Best Time

白 马 时 光

初恶一生

北途川 著

百花洲文艺出版社
BAIHUAZHOU LITERATURE AND ART PRESS

图书在版编目（CIP）数据

初恋一生 / 北途川著 . — 南昌 : 百花洲文艺出版
社 . 2022.8
ISBN 978-7-5500-4679-5

Ⅰ . ①初… Ⅱ . ①北… Ⅲ . ①长篇小说—中国—当代
Ⅳ . ① I247.5

中国版本图书馆 CIP 数据核字（2022）第 004406 号

初恋一生
CHULIAN YISHENG

北途川 著

出 版 人	章华荣
出 品 人	李国靖
责 任 编 辑	杨 旭
特 约 策 划	大 俊
特 约 编 辑	大 俊
封 面 设 计	白砚川
版 式 设 计	彭 娟
封 面 题 字	白砚川
插 画 绘 图	符 殊 一只秧陌 噜 噜
出 版 发 行	百花洲文艺出版社
社 址	南昌市红谷滩区世贸路 898 号博能中心 Ⅰ 期 A 座 20 楼
邮 编	330038
经 销	全国新华书店
印 刷	三河市金元印装有限公司
开 本	880mm × 1230mm 1/32
印 张	9.25
字 数	246 千字
版 次	2022 年 8 月第 1 版
印 次	2022 年 8 月第 1 次印刷
书 号	ISBN 978-7-5500-4679-5
定 价	49.80 元

赣版权登字：05-2022-24

发行电话 0791-86895108　　　　网 址 http://www.bhzwy.com
图书若有印装错误，影响阅读，可向承印厂联系调换。

「我追你这么久，你考虑得怎么样了？」

目录

Contents

第一章

他会光芒万丈

晚上。

陆季行最近的通告一个接一个，难得回来看她一次，不做点儿什么好像实在可惜。

他的话本来就不多，这会儿只剩下……做了。

热汗淋漓，灯光昏沉暧昧，眼角的泪被光折射成彩色的光晕，透着迷幻的色彩。尤嘉喘得都要背过气去了，偏偏他还故意使坏。

她求饶似的叫了声他的名字，他似是得逞地笑了下，用一种沉哑的声音，尾音缱绻地问她："想我了没？"

尤嘉心里直哼哼，谁想你了，鬼才想你了，不想、不想、不想！

一出口却是很轻的一句："嗯。"

他笑意就越发深了，眼睛微微眯起来，带着细微撩人的弧度。其实，他骨子里是透着点儿坏的，不过好像全使她身上了。他为人也很慢热，所以看起来总是显得高冷，靠得近了就会发现，其实他是有点儿幼稚的。尤嘉莫名地想起来这几天看新闻，到处都是他的消息，搞得她觉得跟自己领证结婚的人和电视上的人是不同次元的。

媒体是怎么说的呢？

哦，说陆季行——冷酷、帅、荷尔蒙炸裂。

粉丝更离谱，因为他最近在担任评委，节目上总是冷着脸，于是粉丝给他起了个称号叫"黑脸大魔王"，并把他跳舞的视频截了出来，说的话也极具性吸引方面的心理暗示。

她一个已婚少妇，看得面红耳赤的。

陆季行拨开她的头发，问她："捂着脸干什么？"

尤嘉舔了舔干涩的嘴唇："……没，没怎么。"她心虚，声音都发着颤。

她从小就是个特别能脑补和发散思维的人。

"专心点儿。"他啃咬她耳垂。

尤嘉脚趾都忍不住蜷缩了起来。她以前在网上刷到过一条提问：和明星认识是一种什么样的体验？

那时候尤嘉压根儿没往陆季行身上想，脑补的都是别人。心想，大概就是很激动吧！明星欸，每天活在镁光灯下的人，现实里也认识，这种感觉应该会很奇妙。

现在，她倒是终于把陆季行列入明星范畴了——真的是"太不方便"了！

见一面跟地下组织接头似的，出去逛街也不能明目张胆。而且，他的工作很忙，通告已经安排到了后年。她想见他，只得从各种缝隙里扒时间，况且，她的工作也并不清闲。

就像这一次，她已经两个多月没怎么见他了。

上一次见他还是春天，那时候，她穿着薄卫衣送他去机场，有点儿冷，他临走的时候抓住她的手搓了搓，呵了口气暖着，然后帮她塞进口袋里，低着头跟她说："想我了打电话。"

尤嘉"哦"了声，戳了戳他的脸，想说几句煽情的话，最后只是踢了踢地面，歪着头说："那你早点儿回来。我们科室有很帅的小哥哥，说不定哪天我就忘了你，婚变了。"一年才见几次面啊，跟异地恋似的。

他觑着眼盯了她一会儿，一副"哟，能耐了"的淡然："有我帅吗？"

真自恋。尤嘉嗤笑了他一声："差不多，关键是低头不见抬头见。你知道的，我这个人比较肤浅，颜控晚期患者，喜欢上好看的小哥哥是分分钟的事。而且，人家比你年轻。"她着重强调了最后一句。

其实就是舍不得他，但说不出口，一说话就忍不住满嘴跑火车，他倒是认了真，绷着脸敲着她的脑袋说："你敢。"

"那有什么不敢的。"尤嘉这种给个支点就能撬动地球的天然"杠精"，他话越硬，她越想抬杠。

"尤嘉！"他沉声叫了她一声，声音里带着几分认真，还有几分警告。

尤嘉"扑哧"一声就笑了："笨不笨啊你。"

看他沉着脸，她忍不住踮着脚去亲他。

很清浅的一个吻，一触即离，他脸上的那股寒霜却渐渐散了。他唇角微微弯起弧度，抬手蹭了蹭她的唇角，喉结上下滚动了一下。

他喉结生得性感，每次尤嘉盯着看都忍不住心生遐想。尤嘉觉得他大概是也想亲她，但是最后忍住了。

那时候，他远没有现在名气大，认识他的人不多，走在路上连墨镜都不用戴，顶多戴个口罩，也没有每天追行程的"前线粉"，私人行程很少曝光，尤嘉甚至可以在送机口亲他。

也就两个多月没见，再见面好像全世界都认识陆季行了。

昨天科室的几个实习小妹妹还在讨论他，激动地互相摇晃着："啊啊啊，我好想嫁给陆季行啊！"

"天哪，他的声音好好听！"

"他跳舞好好看！"

"荷尔蒙好强烈！"

"看得我鼻血喷涌！"

"……"

其间夹杂着几句露骨的感情表达。尤嘉听得耳朵尖都红了，默默躲了起来，感叹迷妹精神真可怕。

尤嘉忽然有了强烈的危机感——他这人，在舞台上的魅力简直螺旋式散发——其实小姑娘也未必是真的想要他做男朋友，但作为太太，还是有点儿别扭的。

如果有人问，做明星的老婆是种什么体验？大概是……情敌千千万吧！脑子里正胡思乱想着，他又狠狠撞了她一下，警告道："专心点儿，想什么呢？"

尤嘉好久没见他了，一见面就这么……激情，总觉得自己是他养的小情人似的，几个月不召见一次，一召见就是那什么。还跟皇帝坐拥后宫三千似的，动不动就凶她。

她一生气就喜欢咬他，趴在他的肩膀上就是一大口。

陆季行轻啐了一口气，动作却没停，只重重捏了捏她的腰肢，无声地警告她。

　　

如果让尤嘉来评价陆季行，那会和媒体的评价大不相同。

大概会是：腹黑、占有欲强、傲娇、喜欢做不喜欢说，除了音乐和舞蹈对什么都不太上心……

不过粉丝倒是看得很准，那什么……腰力好……什么的。

啊，不能再想了，他的粉丝大概都是魔鬼！太邪恶了！

结束后，陆季行盘腿坐在床上，用手指挖了一大块药膏给她涂腰。

那一块都青紫了，三个手指头印，特别清晰。

尤嘉蜷缩着侧躺在床上，拿脚趾头戳他，哼哼唧唧地控诉："你禽兽啊你。"

陆季行撩着眼皮子瞥了她一眼："禽兽？你敢不敢再给我重复一遍。"他声音漫不经心的，听得尤嘉却是一哆嗦，心虚地不接话，只是哼哼唧唧得更厉害了。

陆季行给她涂了药，从衣柜里拿出来一件圆领长 T 给她套上，手撑在她身上，低着头问她："饿不饿？"

"饿……"她一向娇气，说话声音软绵绵的，像撒娇。

尤嘉舔了下嘴唇，仰面看着他，她这时候才有机会仔细去瞧他——比上次见的时候瘦了点儿，头发好像也长了一点儿，眼底微微泛着青。听经纪人麦哥说，他最近挺忙的，她突然就心疼了，抬手捧着他的脸，问他："都没好好休息吗？"

他"嗯"了声，侧头在她脸前蹭了蹭："赶工，压缩行程，就为了见我太太一面，结果还被咬出血，你说她有没有良心，嗯？"

尤嘉抱着他的脖子吐了下舌头，眼睛微微下扫，看他肩膀，还……真出血了。她觉得自己也没用多少力来着，一瞬间又愧疚又心疼："好啦，对不起嘛。"

换她拿药给他涂，他只穿了条短裤，曲着腿懒散地坐着，尤嘉半跪在那里给他涂药，刚抹了两下就被他拦腰抱进了怀里。

尤嘉仰着脸看他："干吗？"心跳得快要蹦出来了。

结婚三年，尤嘉面对他还是会脸红心跳得跟个初恋少女似的，大概是他魅力真的太大了吧！

他敛着眉，沉声说着："我也饿了。"那声音里，莫名透着几分可怜和委屈。

尤嘉这人就是吃软不吃硬，一听这话心疼得不行，连声音都放轻了："那……我去煮面？"

他"嗯"了声。

后来，尤嘉穿着睡衣、系着围裙、开火煮面的时候，莫名觉得……套路啊！都是套路！他总是知道她会心软！

所以说，陆季行此人，确实腹黑得很。

第二天天没亮，陆季行就要走了，麦哥来接他，打了电话让他下去，尤嘉就穿着睡衣，套了件外套下楼送他。他这次回来连行李箱都没带，显然是早就决定只待一晚。

凌晨三四点钟，大概连夜猫子都进入了梦乡。陆季行其实也还没睡醒，他一边揉着眉心，一边去按电梯按钮。

他今天要去参加一个代言发布会，穿了一身黑色混搭机车风的休闲装，大概是要跳舞吧！他穿得不是很正式，但是很帅！他这人，穿上衣服跟不穿衣服完全是两个气场。

其实，尤嘉挺心疼他的，大多数稍微有点儿名气的艺人都有自己专属的造型师，或者经纪人会约靠谱的造型师来帮忙。但陆季行出道两三年了，每次活动都是自己约造型师，衣服也是自己搭，很辛苦。有时候尤嘉总是愤愤，他这么优秀，怎么就是不温不火呢！

好了，这下终于如愿了，他最近蹿红的速度令人咋舌，但其实她还是不开心。

他太累了。

通告排得太满，连休息时间都没有。

负二层，地下停车场，麦哥开着车灯等在车位上，陆季行径直走了过去，到了车边又回头，抱了下尤嘉，把她的脑袋按在怀里，低声说了句："下次回来，应该是一周后，不会太久。想我就打电话，我要是不在，就打给麦哥。"

凌晨三四点钟，寂静无声，只有汽车的轰鸣声清晰而刺耳。尤嘉眼眶有点儿热，不敢多说什么，只"嗯"了声："那我等你。你好好吃饭，能休息尽量多休息，注意身体。"

他短促地笑了声："知道了。"

麦哥摇下车窗，一脸没眼看的表情，趴在车窗上，探出头来说："行了啊，搞得跟生死离别似的。嘉妹，你放心好了，我会帮你好好照顾他的，顺带多给他找两个可心的小美人伺候着，保证他过得美滋滋的。"

尤嘉白了他一眼："你敢！"

麦哥笑得前俯后仰。

尤嘉懒得理他，一大把年纪了，也没个正形。

早上，医生、护士交接班后，尤嘉跟着主任去查房，周师姐拿胳膊肘戳她："没睡好啊？"

尤嘉揉了揉自己的脸："很……明显吗？"昨晚睡得晚，早上陆季行走后她又睡不着，躺在床上，失眠到天亮，草草洗漱吃饭后就来上班了。

规培基地提供免费的住宿，但尤嘉基本住家里。当时还是为了她工作方便买的房子，离医院挺近的，来回也就十分钟的路程。陆季行经常不在家，家里留了一个阿姨陪她一起住，早上起来的时候阿姨还问她："小季呢？"

她"哎"了声："有工作，天不亮就走了。"

"哎哟，怎么这么忙嘞？"

可不是嘛。

周师姐抿唇笑起来，扯着她走在最后面，小声说："还好，就是一副纵欲过度的萎靡感，你老公昨晚回来了啊？"

……

尤嘉顿了一下，耳根忍不住泛了红，周师姐语重心长地拍了拍她的肩膀："理解、理解，小别胜新婚嘛。年轻人精力旺盛，折腾一整夜也不稀奇，我懂。不过可别犯迷糊啊，昨晚两个危重，有一个是主任的，今天还有四台手术，三台都是你们的，有得忙了。"

理解什么啊！尤嘉哭笑不得。不过听见"危重"两个字，还是打起了精神。

尤嘉抱着病历，拿着本子跟在主任后头，速记要点。她这种菜鸟规培生，其实挺害怕遇见生死一线的情况的——和死神抢人，半点儿差错都不敢出，整个人好像被绷成一条直线，有种剑拔弩张的凛冽感。好在她的带教廖主任是名优秀的外科医生，也是位很和蔼的长辈，愿意包容她，传授了她很多临床经验。

但是周师姐就比较惨了，经常被"师太"骂。不过，周师姐这个人，神经粗大，扛骂，也算是……优点？

其实，规培生跟实习生也差不了多少，唯一的区别是，规培生已经拿到了医师执业资格证，有工资拿。虽然没奖金，但各项补贴林林总总加起来，也养活得了自己。

今天发工资，钱在临中午的时候就到了账，算是一片愁云中唯一一件喜庆的事。大家忙到中午才稍稍闲下来，叫的外卖也陆陆续续到了。

尤嘉懒得下楼吃饭，也没定外卖，打电话叫食堂送了份炒饭上来，准备在休息室吃。她对面坐着两个实习的年轻小妹妹，手机横放在前面，正在看一个综艺直播。

因为在吃饭，戴耳机很不方便，小姑娘就问尤嘉："嘉嘉姐，介意我们开个外放吗？我们声音小一点儿。"

尤嘉笑着摇摇头，伸了伸手，一副请便的姿态。她这个人，没那么讲究，也很好说话，两个妹子感激地冲她抱了抱拳。

科室刚刚从急诊那里转来一个车祸病人，"师太"派周师姐前去问诊，忙了大半个小时，周师姐才终于被放回来，她一进休息室就是一声哀号："哎哟，我的面啊，不知道还能不能吃。"本来都要下班了，外卖送来得刚刚好，但是一转身就被"师太"逮走了，再见她的面，已经是半个多小时后的现在了。

一打开，面早就坨成了一坨儿，周师姐一脸生无可恋地倒在桌子上，痛心疾首："医生这个职业真不是一般人干的，惨绝人寰，惨无人道，晴天霹雳！"她随意扒拉着吃了两口，实在太难吃又吐了出来。

这用词也是相当"鬼斧神工"了。

尤嘉觉得又心疼又好笑，抬头跟她说："我在冰箱放了蛋糕，你要不要先吃点儿，或者我把炒饭分你一半？"

周师姐义正词严地摇头："不行，你都那么瘦了，我怎么忍心抢你的饭吃。"她去冰箱了拿了蛋糕，又掠夺了实习妹妹的一瓶酸奶，勉强垫了垫肚子，"算了，凑合凑合算了，姐姐今天发工资，晚上去吃点儿好的，犒劳一下自己，顺便去买身新衣服。"

说着，她身子探向尤嘉："嘉嘉，晚上逛街去？"

尤嘉歪头思考了下，反正下班了也没什么事可做，就说："好啊！"

达成共识，周师姐安静地去啃蛋糕了。

那边实习妹子手机里的声音就显得清晰起来。是直播，起先是两个女人在说话，两个实习妹妹一边吃饭一边盯着手机，不满地嘟囔着："哎呀，我老公怎么还不出来。"

"这个主持人不行啊！"

"问的都是什么问题。"

"她好爱抖机灵啊！但是一点儿都不好玩，也不好笑。"

"待会儿我老公出来肯定要把她气死。"

"哈哈哈，我老公可是出了名的冷场小王子，他从来不接梗。"

……

两个人一直小声吐槽着，气氛很欢快，跟周师姐那边形成了强烈而鲜明的对比。

过了几分钟，"师太"在外面敲了下门框："周扬，下午跟手术，你待会儿先过去。"

周师姐奔拉着眼皮，坚强地点点头："好的。"

她囫囵把蛋糕咽了，大口吸了两口酸奶，还不忘调侃："咱们这个职业，大概是跟淑女啊小仙女啊沾不上边了，扛着器材健步如飞，穿一身白能吓哭小朋友，赶时间的时候，我一口能吞下一个大包子，我的天哪！"

尤嘉被她的碎碎念搞得直笑，冲她握了握拳："加油！"

周师姐被她幸灾乐祸的样子气得直翻白眼，风风火火地离开了休息室，临走前还敲了尤嘉的脑袋："你这磨人的小妖精！看我回来怎么收拾你！"

尤嘉："……"

一个被霸道总裁小说毒害的女人，真可怕。

外面下雨了，雨点敲在玻璃上，滴滴答答的声音很清晰。

尤嘉听见对面手机里传来熟悉的声音："大家好，我是陆季行。"

女主持人夸张地叫着："小季哥哥的迷妹在哪里？尖叫声呢？让我听见你们的欢呼声，好吗？告诉我，帅不帅？酷不酷？是不是你们老公？"

对面两个妹妹举着筷子，兴奋地手舞足蹈，互相撞了撞胳膊，压抑着声音"啊啊啊"地叫着。

"帅！酷！是我老公！"

尤嘉的心莫名地提了上来，她能想象得到他说话时的语气，惯常的动作。他早上走的时候穿的那身衣服不知道换了没有，明明早上才见过，这会儿却觉得跟他隔了一个次元那么远。

真是……

尤嘉抬了下头，两个妹妹立马噤了声，不好意思地看了她一眼，笑着作揖："对不起哦，嘉嘉姐，太激动了，太激动了。"

尤嘉失笑，很轻微地摇了摇头，只是听她们一口一个"老公"地叫着，感觉自个儿被绿了似的。其实大家只是表达一下对他的欣赏，"老公"更像是个形容词。

欮……但还是仿佛头上顶着青青草原。

尤嘉收了餐盒，去值班室睡午觉。她比周师姐要幸福，至少还有午觉睡。虽然也没多少时间，但能眯一会儿是一会儿。昨晚熬夜，今天上午她明显感到精神不济。

她今天是长白班，上午八点上班，工作到下午六点，中午有两个小时的休息时间，这会儿还剩一个小时左右可以午休，算是很幸福了。路过隔壁的时候，那边的护士也在轮流吃饭了，几个年轻护士也在看视频，依旧是那个直播，主持人不知道说了什么，很长很长的一段台词后，陆季行思考了半天，回答说："嗯。"

几个护士笑得前俯后仰、上气不接下气："哈哈哈，我们大魔王不愧是'冷场小王子'，主持人心好累，工作好难啊，哈哈！"

"生活不易啊，生活不易。"

尤嘉也忍不住笑了下，最近打开朋友圈或者网络首页，到处都是陆季行的消息：活动照片、综艺截屏、视频剪辑、各种表情包，还有无数的资讯，当然少不了各型迷妹的疯狂安利和表白。

看得多了，她反而有种不认识他的错觉了……

尤嘉步子没停，走到走廊尽头，推开值班室的门，脱了白大褂，挂在门后的挂钩上，揉着酸痛的脖子走去床边，仰面躺在床上，一条腿还搭在床沿，她闭着眼踢了鞋子，脚趾勾着被子，搭到了身上。

只过了三五分钟，她就闭着眼，沉沉睡了过去。

她一上午都在奔波，查房、开病历讨论会、接病人、病史采集、体格检查、开医嘱、写病历……今天新病人还特别多，她陀螺似的在病房和医生办公室来回转，护士一直在催廖主任开医嘱，廖主任忙得很，就都丢给她。尤嘉切切实实地感受到了被工作支配的恐惧，累惨了，一闲下来，眼皮好像有千斤重。

她似乎做了个梦，又或者半梦半醒间想起了陆季行。

是自己上大学那会儿。

那时候，陆季行刚刚签了经纪公司，但因为一些原因一直被压着，手里资源少到可怜。经纪人麦哥是新手，一点儿地位和话语权都没有，带着他跌跌撞撞在资本的洪流里来回摇摆。这条路其实并不好走，利益关系错综复杂，要想冒头，是太需要天时、地利、人和的一件事。

很长一段时间里，他没有通告，公司有时候会安排一些乱七八糟的商演和代言给他，都是麦哥拼命在帮他斡旋。能推就推，宁缺毋滥。所以曝光率自然低到不计。

最令人绝望的是，他连拍拍屁股走人都做不到——违约了会有大笔的违约金等着他，他承受不起。麦哥急得嘴上起燎泡，每每为了争取一点儿资源，他都铆足了劲儿，但总是绝望大于失望。

公司不作为，机会一个一个地从手里溜走。能怎么办，熬着呗！乐观些这样想。但一个艺人发展的黄金时期，一眨眼就过了呀！

尤嘉那时候经常红着眼眶偷偷跟麦哥说："他怎么命这么不好啊！"

麦哥那时候经常给她灌鸡汤，什么"百炼成钢"啊，"厚积薄发"啊，还有"是金子总会发光"之类的。

让尤嘉很感激的是，无论多惨，麦哥一直坚信："他肯定会红的，他天生就是吃这碗饭的。"陆季行发行第一支单曲的时候，几乎没有推广、没有宣传，麦哥勉强在一家网站拿到了一小块版面的滚动图推。

最后，新歌打榜结局惨烈，下载量寥寥。

那时候，尤嘉经常晚上戴着耳机单曲循环，就想，总有一天，当有人提起流行音乐，会想起他的名字的。会有很多人认识他，他会光芒万丈。

这一天——

终于还是到了。

第二章

陆季行其人

尤嘉被闹钟惊醒，拥着被子坐在值班室窄窄的硬板床上。外面的雨下得更大了，天气预报说，未来三个小时将有持续强降雨。

她给陆季行发了一条信息：阿季，如果你在外面有狗了，我就红杏出墙，给你戴一顶巨大的绿帽子。

她在后面加了一个表情包，那只兔子抱着胳膊、顿着脚，傲娇地从头顶飘过一个"哼"字。

穿好白大褂出去的时候，廖主任正趴在护士站的台子上和护士长交流，扭头跟她说："待会儿我去门诊，你在这边守着，有事打我电话。"

尤嘉点头："好的，主任。"

下午相对来说会闲一点儿，周师姐一直在手术台上没下来，临时又叫了本科室、神经科和心内科的医生去会诊，这边医师走了大半，就剩尤嘉和几个实习生了。

她有点儿紧张，12 床的病人一直嚷着屁股痛，叫她去看了几次，她做了详细的检查，实在没看出来有什么可疑病症。而且每次询问她到底哪里痛，她讲的地方都不一样。12 床不是廖主任负责的，她也不是很了解，又去翻了病历。

女，77 岁，丧偶，一子一女，心脏搭桥手术术后三周。

各项指标都正常，按理说，已经该出院了。应该是主治医师认为其年纪大了，为了保险起见，多留院观察了几日。

第三次过去的时候，隔壁床的阿姨过来悄悄说："哎呀，小姑娘，你不要理她嘛！她儿子、女儿都不来看她，自己太寂寞啦，她不痛的，哪里痛嘛！刚刚下床还很利索呢！"

尤嘉不敢妄断，拨了她主治医师的电话过去请示。

那边还在会诊，背景声嘈杂，对方压着声音说："没事，你不要管，上次我就跟她女儿说，让她开个精神证明过来，我怀疑她有阿尔茨海默症早期征兆。但是她家里人对她很不上心，一直都没去。前天就通知他们出院，也不同意。你不要和她讲道理，她不听的，她说什么你就顺着她，我开完会就回去了。"

尤嘉"嗯"了声，松下一口气："那好，您忙。"

她终于闲下来喝口水，摸出手机来看了一眼，陆季行没回她。

可能在忙。

他最近总在忙。

以前尤嘉觉得自己就够忙了，每天在科室飞奔，跟时间赛跑似的。有时候，到了下班时间，被病人绊住了，就不能按时下班了；有时候，主任叫她走，她也不能安心走。

现在，他比她忙多了，有时候连好好睡觉的时间都没有，只能在车上或者飞机上眯一会儿。偶尔给她打电话都捡很小的时间缝隙，说两句就挂。

唉……尤嘉叹了口气。她趴在护理站翻看病历，和值班护士聊天。这会儿难得闲一会儿，时间跟偷来的似的。

过了一会儿，有人过来敲了下她的肩，余光里只看得见一抹黑色，她以为是病人找，忙站直了身子，手还在口袋里插着，转身道："你好……"

抬头的时候，却瞬间哑然，喉咙像被扼住了，一点儿声音都发不出来。

面前的人穿了一身黑色休闲装，帽檐压得很低，耳朵上挂着一个黑色口罩。他目光隐在帽檐下的阴影里，带着一点儿隐藏的笑意，声音压得很低，微微俯身道："听说我老婆要红杏出墙，我来看看她是不是翅膀长硬了。最近很出息啊，嗯？"

尤嘉一下子又想哭又想笑，推着他往楼梯拐角去，压着声音说："你怎么过来了啊？就这么大摇大摆上来了？没事吗？"

他拨了下她头发，低声说："想你了，来看看。没事。"

"阿兰，帮我看一会儿，我出去一下。有事打电话给我，我就在楼下。"尤嘉扬声拜托了人，脱了白大褂扔在更衣室里，然后急匆匆地扯着他下了楼。

她怕被人发现。

这里可是医院啊，要是被人围观造成混乱，她罪过就大了。

偏偏他还一点儿不自觉，懒懒散散地被她扯着手，不紧不慢地走着，尤嘉生气了，捶他胳膊："陆季行！我要生气了。"

他歪头瞧了她一眼，终于正经了点儿，也只是笑着拿指头蹭了蹭她的下颌，低声说："哦。"

其实真的没什么事，他的粉丝也没多到可怕的地步。他最近关注度高，也仅仅是节目加持，路人粉比较多，有观众缘。但在路上，尤其是这种场合，被认出来还被人围观的概率几乎是没有的。毕竟，在路上戴着口罩和帽子或许会很奇怪，但在医院，大家都戴口罩，也就很少会有人注意到他。谁能想到他会这时候出没在这里，还被一个女医生牵着手。

尤嘉这性子万年都改不了——谨慎，胆子小得可怜。她小时候就是个乖乖女，抄个作业都紧张兮兮的。他真担心要是哪天他一个不留神，让媒体暴露了她，她可能会被吓得不敢出门。

麦哥把车停在露天停车场最里面的位子，正靠在车身上抽烟，瞅见尤嘉，先喷喷两声："我总算知道什么叫'红颜祸水'了。两个小时后的飞机，非要绕路过来看你一眼，费劲不？"

陆季行上午有市内的活动，下午还要去外地拍摄，这边离机场不近，到那边怎么说也要一个多小时了，如果耽搁些时间，势必会很赶。

尤嘉冲他吐舌头："那你怎么不拦着他？"

"算了吧！摊上你的事，我拦他有用吗？"麦哥把车门打开，然后敲了敲手表的表盘，"十五分钟啊！不然真来不及了。"

尤嘉"嗯"了声，弯腰钻进了车厢。

陆季行跟上来，伸手把车门勾上，忽然扭腰把她按在椅背上，低头亲她。

身上那股懒散劲儿都消失了，整个人透着股强烈的侵略感，两只握住的手固定在旁侧，专注地吻她。

尤嘉仰着脖子迎合着，起初是闭着眼的，后来半睁眼看他，四目相对，他很轻地眨了下眼，然后腾了一只手去勾她的腰，把她拖进怀里。

尤嘉再没有多余的精力去瞧他，只闭着眼，感受空气一点儿一点儿从胸腔挤压干净，舌尖一直被他含着，发了麻。他放开她的时候，尤嘉胸口都隐隐发疼，大口大口地喘着气，拿膝盖踢他："你这人，怎么这么霸道啊！"

陆季行一只手撑在她身后，俯身看着她，拇指指腹擦过她的唇，低声笑着："我这堵高墙立在这儿，你这辈子是别想出墙了。所以，你趁早断了这心思。"

还记着呢……

尤嘉失笑，别过头去，"哼"了声："这么紧张，你在外面有狗啦？"这是她刚学的词，拿来一直说，跟个刚学会"网上冲浪"的老年人一样。

陆季行捏她下巴："是我昨晚不够卖力？让你有这种误解。"

尤嘉瞪了他一眼，说话这么露骨……

"把你放在外面，太不安全了。"

尤嘉想起自己科室那些年轻小姑娘整天迷妹式的尖叫，忍不住想他在圈子里会遇到什么姑娘："现在，连我们科室的小姑娘都整天对着你'老公、老公'地叫，哎呀，我觉得我脑门儿一片绿……"

陆季行低头啄吻她喋喋不休的嘴巴，再抬头的时候，眉眼都带着笑意："这醋你也要吃？她们叫我又听不见，不过，你叫我倒是听得见。叫一声，我听听。"

尤嘉："……"

最后叫了吗？

叫了。

他很得意。

所以说，他这个人，其实幼稚又腹黑，强势又霸道。

尤嘉真正意义上了解陆季行，是十六岁那年。

但知道这个人，却是从记事起。

他比她大三岁，住在混合房型小区最里面的别墅区。小区里有两个名人，一个是尤嘉，另一个就是陆季行。尤嘉有名是因为乖巧、懂事、学习好，陆季行出名是因为叛逆、不服管教、学习差！

陆妈妈第一次带着陆季行来家里做客的时候，尤嘉吓得直往妈妈背后躲。那一年，尤嘉四岁。七岁的陆季行比她高了两个头，穿一身黑，裤子侧边坠着几根银链子，鞋子是某牌子的限量款。在尤嘉眼里，他看起来高贵而冷艳，随意往那儿一杵，就透着股不良少年的压迫感。他似乎看出了她怕他，故意冲她眯了眯眼，还趁着家长们不注意，偷偷对她做了个抹脖子的动作，看到尤嘉吓得往后一缩，他扯着唇角，恶劣地笑了下，那模样别提多坏了。

陆季行和尤嘉的哥哥尤靖远是同岁，两个人很要好，所以那时候，尤嘉经常会看见陆季行。但尤嘉比较怕他，除非爸爸妈妈或者哥哥要求，不然她不会主动和他讲话。因为年纪小，两个人基本也没什么交集。

尤嘉是"别人家的小孩儿"，从小就乖巧，学习认真，做事一板一眼、端端正正。听爸爸妈妈的话，被老师、同学喜欢。她软兮兮的，是个标准的"可爱萌妹"。

但陆季行就是家长眼中的坏孩子，不爱学习，总喜欢一些莫名其妙的东西，活脱脱"玩物丧志"的典型代表。叛逆，不走寻常路，他上了初中更是痴迷音乐，经常逃课，泡在酒吧里，跟着打碟师学打碟，或者去街舞社跟人闹腾。

他喜欢那种强节奏的东西，每次尤嘉路过街舞社，透过满是涂鸦的玻璃墙往里看，总能看见他混在一群染着五颜六色头发的街舞少年中，像是活在光怪陆离的妖精世界。他跳街舞真的很帅，很有天分，天生节奏感强，一学就会。跳舞的时候，他带着股说不清道不明的魅力，尤其是比赛的时候，脸上总是带着意气风发的少年气。

但那个世界，离尤嘉很远。

她的世界被考试和名次填满了，除了周末四个小时的民族舞课，她的生活里没有其他与学习无关的东西。而妈妈之所以报了个民族舞的班给她，也只是因为高考会加分。

他们两个，实在不是一个世界的人。

尤嘉从未试图去了解他的世界，见到他，总是躲得远远的。后来，陆季行把她堵在 KTV 昏暗的走廊里。那一年，她才十六岁，因为上学早，刚高考完的她跟着哥哥出去嗨，后来，他也去了。尤嘉出来透气，他跟着出来，横在窄窄的走廊上，把她整个人挡在角落里，歪着头看她："谈恋爱了？"

大概是尤靖远跟他说了些什么。

没有，只是有人追她，但她没有答应。可是这又关他什么事。但她一向比较怕他，于是轻轻摇了摇头，尻兮兮地说："没……没有。"

他点点头："你还小，不急。"

他从口袋里摸出一颗硬糖，摊开手心，问她："吃吗？"

她小心翼翼地捡了一颗，剥了放在嘴里。他也咬了一颗，没再说什么，歪着头说："走吧！"

什么……什么意思？

尤嘉想了两年都没想明白，那时候，陆季行被送去封闭式培训，一个月才能给家里打一次电话，有时候会打给尤靖远，点名要她接电话。她那时候真不明白，自己跟他又不熟，他要她接电话干什么呀！她不情不愿地接起来，陆季行话本来就少，两个人经常没聊几句就挂了。尤嘉从小被教导要有礼貌，虽然每次并不情愿，也都"小季哥哥"地叫着，从没拒绝过。

两年后，陆季行年末终于能回趟家，聚会的时候，尤靖远把尤嘉带去了。结束后，陆季行送她回家，站在她家门口的路灯底下，他问："我追你这么久，你考虑得怎么样了？"

尤嘉犹记得自己当时的心跳，不是心动，而是被吓到了——

啊？

追谁？

考虑什么？

后来，很久很久之后，流行一个词，叫"套路"。

比如，对付一个涉世未深的小姑娘，这个小姑娘还有点儿守规矩、胆子小，除了循序渐进，最快的办法就是一棒子打晕，让她晕得找不到方向，然后再牵着她的手，告诉她："来，跟我走就对了。"

大尾巴狼哄骗小白兔的标准教程。

陆季行可以负责任地说一句："亲测有效！"

尤嘉："……"

她是很多年后才回味过来，自己被他套路了。那天站在路灯下，尤嘉一脸蒙圈地看着他，真情实意地"啊？"了声。

他一句"我追你这么久，你考虑得怎么样了"真真吓到她了，一来觉得太不可思议，二来觉得过于玄幻。他喜欢她？妈呀，不是她谦虚，是她真的看不出自己身上有哪些特质是能吸引他这种人的。而且他……真的没有一点儿喜欢她的表现……吧？

尤嘉从小到大都是循规蹈矩的小姑娘，听到"早恋"两个字都会心跳加速。她每次都被吓够呛，压根儿不敢回应。但至少她还是分辨得出别人是不是在追她的。喜不喜欢自己，她靠着直觉还是能判断得八九不离十的。

陆季行理直气壮地质问她"你考虑得怎么样了"的时候，尤嘉对整个人生都充满了怀疑，心虚得觉得自己像是做了什么对不起他的事一样。

她开始反复思考这两年的每个细节。

真的，一个巴掌就数得过来：通了不到十次的电话，每次都是短短的几分钟，聊的话题无非是"今天天气怎么样""吃饭了吗"这种毫无营养的口水话；视频过三四次，每次都是他和尤靖远聊天，她不小心出镜，然后尤靖远会扯着她说"给你小季哥哥打个招呼"。

尤嘉乖巧地叫人，他每次都很跩的样子，只"嗯"一声，特别高贵冷艳，倒真的跟个不苟言笑、严厉冷酷的哥哥似的。

顶多有一次，他莫名其妙地说了一句："最近瘦了。"

尤嘉小声"啊"了句："可能因为最近考试。"

医学生的期末考试就是大型屠宰现场，太血腥、太凶残了。每逢考试脱层皮，完全不是夸张。每次大考，她好几天都吃不好、睡不好。

他"嗯"了声，没再说什么，只应了句："别太累了。"

那时候，尤嘉还有种受宠若惊的感觉，毕竟他这个人，实在是不太会关心人的类型，对谁都冷冷的。

哦，还有她生日，他都有表示……也只是红包而已。那时候，电子红包还没时兴，他都是寄信封回来，里面十张毛爷爷，四个字：生日快乐！但因为数目太大，尤嘉都……上交了。

没了。

尤嘉努力回想，还有什么细节是自己漏掉的，想来想去也只想到一点。十六岁那年的夏天，他横在KTV的走廊里，把她堵在角落，歪着头问她："谈恋爱了？"

尤嘉记得自己屁屁地摇了摇头，怕他跟自家哥哥告状。其实，陆季行在尤嘉眼里一直是哥哥一样的存在，有点儿严厉，偶尔会管教她，她有点儿怕他，所以总是很听话。

他点了点头，说："你还小，不急。"

然后他从口袋里摸出来几颗糖，摊开手心问她："吃吗？"

他这人，向来有一种说一不二的气场，尤嘉怕自己不吃他不开心，于是小心翼翼地捏了一颗吃了。就觉得挺甜的，难不成还有别的深意？

最后他说："你好好想想吧！"

那口气，跟老师说"你好好反思一下自己错在哪儿了"有异曲同工之妙。

反正，不管怎么样，他成功把她"打"晕了。追没追过她不重要，重要的是，他成功地让她认为他追过她了，而她这个"渣女"还一直吊着他，不给回应。于是，后来尤嘉怀着莫名其妙的愧疚心理，稀里糊涂地上了他的贼船，然后再没能下来。

尤嘉回科室的时候还在愤愤不平：陆季行这个人实在太坏了，特别喜欢套路她，得逞了还要得意。

下班之后，周师姐拖着尤嘉去逛街，辗转各个柜台扫货，疯狂购物，拿不下了就打包寄回去。

周师姐一边走一边跟她说："你知道吗？除了恋爱，购物是最能让人肾上腺素飙升的事情。这种快感，是你这种精打细算的女人体会不来的。"

尤嘉咬着一支"剥削"来的雪糕频频点头，可不是嘛，毕竟一天之内败完一个月的工资，她看着都要心肌梗死了好吗？

人生苦短，及时行乐——周扬的座右铭。

周师姐特别像个富二代，不过可惜，她有富二代的心却没有富二代的命——父母早亡，自己吃饱，全家不饿，不买房、不炒股、不开车，工资发了就花，花完了就勒紧裤腰带，日子过得贼随便。

有时候，尤嘉觉得她不该做医生，她应该去天桥下头做个流浪歌手，那气质一点儿都不违和。

周扬看中了一款手链，坐在珠宝柜台前，跟售货员聊天，尤嘉百无聊赖地蹭在隔壁柜台前看手表，看了半天才发现是男款的。柜台小姐很耐心地跟她讲解："这一款是我们这一系列的主打，无论是做工还是外形，都非常……"

尤嘉没听进去，只盯着表盘发呆，她很久之前好像把陆季行的一块手表不小心泡在消毒水里了……然后就……

她哭丧着脸问他："怎么办呀！是不是很贵啊？"

他满不在乎地捏了捏她的下巴，挑了挑眉说："不贵，某宝八十八元包邮，你想要，我也买一块给你。"

他对她说话向来没个正形，尤嘉自然是不信的。

但她没想到……这么贵！

尤嘉数了数，个、十、百、千、万、十万……

不行了，又要心肌梗死了。在心梗之前，尤嘉泣血出声："帮我包起来吧！"

周扬看到 logo 的第一眼，一口口水差点儿喷出来，问她："你去抢银行了？"

尤嘉："……"

"还是包养小鲜肉了？"

尤嘉："……"

包养陆季行吗？感觉不错哦……

其实，周扬一直觉得尤嘉这个人让人挺……看不透的。你说她乖吧，她有时候又透着点儿坏。你说她抠吧，她总能给你个惊喜。比如募捐的时候，大家一般都拿个千儿八百或者百十来块钱，结果她听说，尤嘉偷偷捐了五位数的款，还不让公布。可是负责人嘴碎，私下里提了一句。周扬觉得尤嘉是那种太过善良的人，如果你激起了她的同情心、保护欲，她很愿意去帮助你。

再比如，一口气买个几十万的表什么的，简直刷新了自己对她的认知，就连自己这种花钱大手大脚的，那种牌子她也是连看都不会看一眼的，因为这完全不是她们这种消费层能承受得起的。

现在想想，可能对尤嘉来说，那点儿钱并不算什么。

尤嘉这个人真的……住在高档小区里；开着白色小 mini；已婚；年轻；穿着倒是普通，几乎没有能看出来牌子的衣服；很少戴首饰，就脖子里挂了一条链子，一直塞在衣服里，有一次周扬无意捞出来看了眼，才发现是把婚戒挂在脖子上了，那时候才知道她已经结婚了。

没什么花钱大手大脚的毛病，吃饭也一直嫌弃外卖太贵，偶尔吃吃食堂，偶尔自己做。就是普通的刚毕业学生的生活习惯。就是……她太像单身了。如果不是两人关系好，尤嘉偶尔会不经意提一下她老公，周扬真会觉得老公那玩意儿是尤嘉杜撰出来的。

这么琢磨了会儿，周扬对尤嘉的老公简直起了三百六十度螺旋飞升的好奇心。

她忽然想起来一种可能性："你不会是被……哎，看起来也不像啊！"她上下打量尤嘉。尤嘉的颜值放在任何圈子里都是很能打的水平，但她的气质却是很乖、家教很好的"好孩子"类型。

尤嘉愣了下，琢磨周扬可能是想说她是不是被包养了，暗自无语了一会儿，尤嘉白了她一眼："你霸总小说看多了吧？"

哪个霸总包养小情人还附赠结婚证的？不过想想，真的还……挺像。

她记得读研的时候也闹过流言。有一次陆季行来看她，开着车等在侧门口，她太开心了，看见靠在车门的他就飞奔了过去，扑进了他怀里。

他大概被砸得胸口痛，敛了下眉，旋即又舒展开，捏着她的下巴颏儿调笑她："这么着急见我？你早说，我先开个房去。"

尤嘉是真的很想他，但也是真的觉得他不要脸，拿拳头捶他胸口。他这个人做事向来没什么顾忌，加上西侧门这边基本没什么人经过，他便揽了她的腰，直接把人竖着托抱了起来，开了车门，把她塞进去，一条腿压着她的腿，把她按在了后座上……

说起来，两个人好像经常在车上见面。他忙的时候满世界飞，偶尔有空来看她也都匆匆忙忙的。因为见面时间不长，尤嘉已经习惯他的热情和肆无忌惮。因为时间真的很宝贵啊！

那时候，他开一辆白色路虎，虽然不是什么爆款豪车，但从车标就能看得出来富贵气，稍微识货的都会觉得那辆车不便宜。

尤嘉在学校一向是个乖乖女，拿奖学金，在团委、学生会做干部，认认真真、兢兢业业，不和男生搞暧昧，也不谈恋爱，除了学习，就是在图书馆兼职做管理员。认真、刻苦、努力、端正，她一直是个标准的三好学生的模样，老师们都很喜欢她，也照顾她。在同学们眼里，她大概是那种乖巧、单纯、善良的小白兔，象牙塔里长大的小公主，不娇气，柔软而懵懂。

所以，突然有一天，看见她被一个男人抱着塞进一辆路虎车里的时候，大家那震惊程度是无法用言语来形容的。

起初，尤嘉是不知道的，她不是个喜欢在公共场合亲热的人，但因为校区改建，西侧门那边几乎连个人影也没有，不然她也不会任由陆季行胡闹。谁能想到那么巧，那天居然有人在，还刚认识她，又刚好就撞见了。

学校这种地方，说大也大，说小也小，一旦有什么劲爆的消息传出去了，那传播速度可以用"病毒式蔓延"来形容。

没两天，尤嘉就吃了一嘴八卦，说医学院有个学霸堕落了，找了个社会人，开路虎，穿衣打扮一看就很不正经的那种……八成是被富二代养了。

一开始她还想，原来真的有这种事啊！她还以为这种事情只会发生在小说或电视剧里呢。而且，就算有，也不应该发生在他们这群苦哈哈的医学生中啊！

直到不知道从哪里传来了照片，虽然打了厚厚的码，但尤嘉还是一眼就认出了上面的人，可不就是她自己嘛……原来，吃了半天的瓜，主角竟是自己。

尤嘉跟陆季行吐槽的时候，说："竟然还有人告到导师那里，强烈要求学校撤销我这种'社会毒瘤'的读研资格，让我回本科多学两年思想品德教育，我……"一向脾气好的她都忍不住想骂一句脏话。这真是咸吃萝卜淡操心，想象力还挺丰富。

陆季行听了，没什么反应，只说："需要我过去跟你们老师解释下吗？"

"不用，可能需要……我爸妈过来。"找他来也解释不清啊，全凭两张嘴，说他们交往很多年了，是正当男女关系？没什么说服力。还不如让她爸妈来，家长来说，总比她干说要有力度点儿。

陆季行顿了两秒，忽然说："把证领了吧！"

"啊？"

"我去跟叔叔阿姨说，明天请一天假，跟我回家一趟。"

尤嘉："……"

啥？

"一劳永逸，能省不少麻烦，总归是要领的，早晚而已。"

"哦。"

尤嘉的婚事，就是这么草率地定下来的。

第二天回家见爸妈，二老对儿女的婚姻一向看得很开，陆季行这个人又一贯腹黑，三言两语就哄得尤爸尤妈心花怒放，户口本往他怀里一塞，催他："早点儿领了也省心，赶紧去、赶紧去。"

后来回到学校，老师又找尤嘉的时候，她直接把开的结婚证明搁在了老师面前。的确挺方便的。于是，尤嘉从身到心接受了这个设定。

过了会儿，周扬实在好奇，问道："一直也没听你说过，你老公是做什么职业的？"

尤嘉想了想，回她："他是唱歌的。"

周扬"哦"了声，脑补了一下酒吧驻唱或者天桥下卖艺的，虽然她对这种职业挺感兴趣的，但从普世意义上来说，似乎不太稳定啊！可能是富二代吧！不用担心生活，也不太上进，可以做自己想做的事。因为有钱，尤嘉嫁过去就有很好的底子，虽然也不都靠老公，但偶尔挥霍一下，也有资本。

周扬觉得自己已经猜得八九不离十了。以她多年沉浸八卦论坛的经验来看，这种配对方式，一般都是男丑女美，资本的魅力啊！宛如一朵鲜花插在粪饼上，虽然肥沃，但实在是……不那么赏心悦目。

生活不易啊，生活不易！周扬十分感慨地拍了拍尤嘉的肩："哪天带出来，一起吃个饭吧！都工作这么久了，我好像还没见过他？"

尤嘉很不好意思地摇了摇头："他……挺忙的，不一定有时间，真不好意思。"

周扬看尤嘉犹犹豫豫的样子，更加觉得她老公大概是不怎么能拿出手的。

"没事，有空了再说。"周扬叹了口气。她虽然是个思想挺开放、什么都接受得来的人，但还是觉得尤嘉太让人惋惜了。好花就应该配好瓶。

不过，这世上哪有那么两全其美的事，失之桑榆，收之东隅，能量守恒定律，什么好事都集聚在一起了那还了得？尤嘉觉得挺不好意思的，她之所以很少谈论陆季行，一来是觉得他的职业不好说什么，就算那时候不火也算个十八线艺人，通告虽少，但也不是完全没有。二来这是她和陆季行之间的私事，她更喜欢自己体会咀嚼，不习惯和人分享。

于是尤嘉解释了句："他工作的确很辛苦，我都经常好多天看不到他。"

周扬挑眉……

"很忙哦？"跟富二代人设好像不太搭。

尤嘉点点头。

周扬又脑补了一个整天走穴演出、跑场子的酒吧小驻唱，都过成这样子了，尤嘉还要给他买奢侈品啊！这结个婚跟投资似的，还稳赚不赔。

周扬内心啧啧，深深地看了尤嘉一眼。这难不成真的包养了个小鲜肉？

太有出息了。

第三章

手表风波

陆季行最近是"热搜体质"，屁大点儿的事都能上热搜轮一圈。今天热搜前十，有两条是他的——"陆季行机场""TVN 流光代言人陆季行"。

前一条上热搜是因为他今天的搭配，由于活动需要，他染了头发，有点儿野性乖张的造型，一身黑色私服配上他那张冰块脸，实在是太抓人眼球了。一大拨造型图出来后，粉丝产出了一大堆壁纸啊、表情包啊、大头像啊，全是"舔屏"的。

后一条上热搜就纯属搞笑了。

众所周知，陆季行造型变化很多，很敢尝试不同的风格，颜值高，怎么折腾都好看。但是，他有自己钟爱的配饰，比如手表和鞋子。他自出道到现在只穿一个牌子的鞋子；戴过两款腕表，都是一个系列的，颜色和款式也都相近，很大众的一款。前段时间还有粉丝吐槽，说要众筹给"大魔王"买表。他现在好歹也从十八线飞升至三线，直逼二线，爆红预定了，怎么能这么寒碜。

但今天，粉丝机场送行的时候突然发现，陆季行他换——表——了！

TVN 经典款，流光系列主打款。这一款其实有点儿冷门，主要是它有一种高贵到极致的锋利感，气质太过冷艳，一不小心反而显得人土气。

不过他戴着，倒是毫无违和感。

连 TVN 官博都出来抖机灵，热情推荐"大魔王"来给 TVN 代言。粉丝纷纷起哄，甚至连广告词、海报都想好了。甚至还有粉丝直接将成品图拼接了出来，搞得跟真的似的。于是，不知道哪个媒体傻乎乎地当了真，一本正经地写了个简报报道了出来，不知情的其他媒体、路人纷纷转发，知情者则乐不可支，网上弥漫着一派欢乐祥和的气氛。

尤嘉刷到的时候，整个人都"龟裂"了，这……一个手表引发的血案？

事情愈演愈烈，一个网络小号不知怎么被人挂了出来，对方是一名商场售货员，声称前几天，南方百货大楼一楼柜台前来了个不起眼的小姑娘，看着年纪不大，穿着打扮也挺普通，谁料一出手就是阔绰的 78 万元，买了一块男款手表，而刷卡签的名字是某当红艺人，并说博主看到名字的时候吓了一跳。

尤嘉看得很开心，都说粉随爱豆，但陆季行的粉却一点儿都不随他，一个个堪比段子手。

他没火的那几年就有一群死忠粉，每天跟尤嘉一样感叹他怎么还没红，别家都是打榜、刷数据、疯狂表白，他粉丝却都安安静静的。倒不是不热情，只是他们觉得狂热地刷存在感的行为太低级，从这点来看，他的粉丝还是有一点儿像他的——带着点儿清高和骄傲，不愿意降低格调和节操去争得头破血流。

他们始终相信，陆季行有大火的命，他天生就属于舞台。

如今，陆季行终于冒头了，一直佛系清高的粉丝都跟打了鸡血似的，颇有种老母亲看着儿子飞黄腾达的"与有荣焉"感，仿佛自家宝藏终于被人发现，那种激荡是难以言表的。

所以，他的粉丝是有点儿不同的，一般新冒头的流量明星，大多都是路人粉或者低龄粉，很容易嗨起来，也很容易一盘散沙、一团糟，被贴上"脑残粉"的标签，严重的时候还会被群嘲，败路人好感。但陆季行的核心粉能力很强，经历过爱豆不温不火的长久煎熬，所以更加珍惜现在的资源和热度。

所以，虽然陆季行蹿红的速度很快，但在粉丝给力的情况下，对他的加持也是肉眼可见的。至少到目前为止，陆季行和粉丝给人的观感都是不错的。今天两条热搜都带着搞笑成分，粉丝很有分寸地调侃、自黑加笑料，不会让人觉得这热搜来得太过尴尬和莫名其妙。

尤嘉本来看得正开心，但在看见那个网络小号的时候，突然被吓了一跳，心跳得快要蹦出来！她一瞬间脑补了很多，什么陆季行圈外女友暴露，陆季行糟糠之妻，陆季行疯狂掉粉……

她太过明白，陆季行这个年纪，已经不能再耽误了。大器晚成者有之，但若能早日登顶，谁希望自己是落后于人的那一个。无论男明星还是女明星，黄金期都只有一段时间，之后是沉淀成金子，还是像泡沫般瞬间消散，全看发展。这个圈子竞争太大了，稍稍有点儿差错都可能迎来灭顶之灾。尤嘉不觉得自己有能力帮助他，唯一能做的也就是不给他添麻烦罢了。陆季行现在虽然在飞速上升期，但还没有能奠定基础的代表作，稍不留神就可能什么都没了。

而对一个发展还不稳定的男明星来说，恋情是大忌，已婚更是掉粉点。虽然陆季行很多时候并不在意，但没有粉丝，没有关注，就没有话语权。

尤嘉哆哆嗦嗦地打电话给陆季行，带着哭腔问他："我是不是……闯祸了？"

现在的粉丝，简直是魔鬼啊！全员福尔摩斯，顺着一点儿蛛丝马迹就能扒出各种事情，简直太可怕！

陆季行正在片场。这是一部早几年就开拍的电视剧，因为制作团队严苛，拍摄周期硬是跨了三年半。其实满打满算只有六个月的拍摄时间，但跨度比较久，这是签约前就说好了的。

原定的男主角是个流量小生，签的时候还没什么名气，后来莫名其妙就红了，便不愿意在这种剧组耗着，一直赶通告，频频旷工。最后，导演忍无可忍，把人踢了，私下里还感慨，这些年轻人浮躁得很，没有守信意识，没有职业道德，一点儿也耐不住性子，早晚得吃亏。那时候，便有人介绍了陆季行过去，麦哥接到通知带陆季行去试镜的时候还一脸的不可置信。但圈子里也不是没有这种情况，一些知名导演都喜欢用新人，价格上不会太离谱，而且可塑性强。但麦哥没想到的是，过去居然是直接试镜男主角！他那天激动得差点儿从试镜的十八层楼高的高台上蹦下来。

陆季行这个人，就一点，无论什么时候，都绷得住。对他来说，厚积薄发也未尝不是好事。底层磨砺久了，性子也稳了很多。至少面对这种境况不至于跟尤嘉似的，一股子傻气。

导演在催下一场，他把手机从左手换到右手，言简意赅地嗤笑了她一声："出息。"

"阿季，可以开始了。"

他点头，招了下手，对着电话听筒又软着声音说了句："没事，别哭了。出事了，我顶着，你怕什么？笨蛋。"

再让催就不合适了，他一向不习惯别人等，说了这么一句，就把手机丢给麦哥了。

"帮我哄哄她。"

跟了他这么久，还是这么胆小，真是个顽固不化的胆小性格。

陆季行去补了妆，开始拍下一场戏。麦哥躲到僻静处和尤嘉说话，乐不可支，一点儿也没着急的意思，反而调侃她："哟，嘉妹，最近很有出息啊！会败家了，不错，不错，争取早日刷爆陆季行的卡，我很看好你。"

尤嘉本来担心得不行，结果两个人都这么对她，顿时气成皮球，哼了句，开始反击："又没败你的，你管我？我花我老公的钱，我开心，他都不管我，你管我？"

"哎哟。"麦哥笑得前俯后仰。尤嘉就跟只猫似的，脾气好得让人心软，但偶尔露露爪子还是挺……可爱的。但是越可爱就越让人想欺负一下："你最近很凶哦，我管不了你，但我可以管你男人啊！下次，我给他接一部全是激情戏的剧，全程搂搂、抱抱、亲亲、举高高，气死你算了。"

尤嘉："你……"怎么那么想打人呢！

"你来打我啊，哎，你打不着！"

尤嘉向来不会吵架，憋了半天就憋出来一句："他敢接我就敢离婚，离婚前先爆他黑料，然后让他身败名裂，到时候，你就跟他一起喝西北风去吧！还激情戏，想得真多。"

不得不说，口才见长。

两个人斗了有半个小时的嘴，最后气得尤嘉都忘了自己打电话是干啥的了。

麦哥这才终于正经说了一句话："这事你别操心，公司的公关团队也不是吃白饭的。况且，都是小事，最差的结果也就是曝光一下陆季行已婚的事实罢了。他个人是不反对的，但是公司大概不会同意，我个人也不希望他过早地去消费私生活。而且，不曝光也有利于保护你。他其实很怕会有人打扰你，所以才一直回避已婚这件事，并不是为了什么'男明星曝光恋情必脱粉'的狗屁定律。所以，这件事你不用操心，我来解决，不是什么大事。只要你好好的、开开心心的，阿季那里就是最好的状态了，懂不懂？"

"嗯。"突然煽情，还怪不好意思的。

尤嘉挂了电话，摸了摸脸，竟然有些发烫，真是的，结婚这么多年了，怎么突然跟刚谈恋爱似的，两句好听话就哄得自己心花怒放……还不是他亲口说出来的。

要命。

她这边春心荡漾的，那边麦哥转头就把她卖了，得意扬扬地跟陆季行告状："你老婆最近可是越来越出息了，说我要是给你接激情戏，她就离婚，离婚前还要爆你黑料，让你身败名裂，以后再也没戏接，喝西北风去。"

告了个黑状的麦哥等着陆季行收拾尤嘉呢，结果陆季行听后突然笑了，笑得还很得意。

麦哥："……"

什么毛病！

最近，尤嘉连着上夜班，精神萎靡，一得空就倒在床上呼呼大睡。麦哥说没事，她也就放下心来，好好休息养精神。熬夜使人变丑，陆季行那张脸本就犯规，她可不想有一天他比自己精致太多，那可要人老命了！

所以，外界那些风风雨雨，她都不再关注了。后来，周扬神神秘秘地凑过来问她："网上说的是你吧？"

尤嘉"啊"了声，点点头。这事的确很明显，那天周扬跟她在一起，根本也瞒不住。

周扬还在跟她念叨："刷卡签单的时候，你签的名字是……陆季行。

然后没多久，陆季行就戴了同款的表，然后他们都认定陆季行在外面有情人。哈哈哈，他们说你是陆季行的情人欸，哈哈哈，不行了，笑死了。"

尤嘉："……"

"话说，你老公竟然和陆季行同名同姓，这么巧的吗？确定我不是在看段子吗？哈哈哈！"

看她笑得前俯后仰、惊天动地，尤嘉整个人都处在茫然的表情中。周扬是个话痨，保不准宣扬得到处都是，尤嘉觉得自己还是和她说清楚比较好。她虽然话多，但也不是守不住秘密的人。

于是尤嘉正了正脸色，跟她说："没，陆季行就是我老公。"

周扬听了之后愣了两秒，随即哈哈大笑，笑得眼泪都出来了，指着她："哈哈哈，你要笑死我这个仙女吗？"

尤嘉："……"

有一个十分伟大的哲学命题，叫作：怎么证明你是你？现在，尤嘉也面临着同样伟大且深刻的终极人生问题：怎么证明你老公是你老公？

出题人不是太高明就是太傻，尤嘉决定拒绝回答。保护智商，从我做起，从身边做起，从点滴小事做起……让周扬做她欢乐的梦吧。

不过，看到周扬的反应，尤嘉倒是有了个大胆的想法——瞒什么瞒，压根儿不用瞒，反正也没人信！

周扬笑够了，抹了抹眼泪，拍着尤嘉的肩膀说："没想到啊，没想到，你竟然也开始追星了！这世界真可怕！我有一个追行程的师妹，下次去前线让她帮你要个签名什么的，哎哟、哎哟，我的妈，哈哈哈，不行了，我还想笑。"

尤嘉无语地看她一眼，那一眼在周扬看来，饱含感激、羞涩、不好意思等复杂的情感，于是她咧嘴温柔一笑："哎，不客气。"

"……"

尤嘉在心里飞出一大串不雅词汇。她最近学了很多骂人的词，还有网络黑话，都是没事上网刷出来的。但其实，她并不明白每一句的意思，她这种乖宝宝，从小熟读圣贤书，年年被评选为优秀少先队员、优秀共青团员、优秀党员……对网络用语确实不算精通。

陆季行说一周后回来看她。其实是一周后他要参加最直播代言人的公布会，总部就在 B 市，他行程里有一晚的自由时间，可以回家一趟。后来活动因故临时推迟了，他便给尤嘉打了视频，说自己暂时回不去。

尤嘉哼了他一声："男人都是大猪蹄子。"

陆季行凉凉扫了她一眼她就怂了，舔了舔嘴唇，冲他甜甜一笑："但你不是。"

陆季行："……"

小狗腿子。

工作邮件大部分都是麦哥在处理，但还是有一些必须陆季行亲自看，这会儿积了很多。他一心二用，一边陪她聊天，一边快速敲着键盘。

尤嘉习惯了他一边工作一边开着视频和自己说话，虽然多数情况下两个人都不说话，各自做各自的事情，但感觉上还是很好的。她喜欢看他，动态的、静态的，都喜欢。

见不到人，看看脸也是好的。

他敲键盘的速度很快，尤嘉盯着他看了会儿，特别想夸他一句，只是想了好半天也没想起来合适的词。其实就是想表达一下他认真工作的时候特别迷人。不过"迷人"这两个字尤嘉说不出来，最后灵机一动，捧着脸说："哇，单身二十年的手速！"

尤嘉在他面前话总是多的，喜欢碎碎念，他多数时候都是宠溺地听她讲。她骨子里还是个小女生，喜欢的东西总是千奇百怪，他有时候也听不懂。

但这一句他可是听懂了。陆季行手上的动作蓦地停了，眯着眼睛抬头看她："你说什么？"

尤嘉从他眼神里读出了一丝危险的味道，身子默默后撤了一下，小声而倔强地重复了一遍："我说你单身二十年的手速……"

夸……夸还不行了。

陆季行咬了咬后槽牙："尤嘉！"

"啊？"她被他喊得腿软。

"你在挑衅我吗？皮痒了，是不是？"

尤嘉："……"

她险些挤出来两滴金豆豆，干什么啊！吓唬谁啊？

对于这个描述，她其实一知半解，起初还以为这句话是说，因为单身久，更有时间和精力去钻研某种技艺，从而达到一种熟练甚至卓绝的境地。她以为是夸人的话。作为新新人类，对网络文化的了解匮乏至此，尤嘉实在是用生命诠释了物种的多样性。

陆季行警告她："等我回去再收拾你！"

尤嘉最近还真是越来越出息了，什么话都敢说了。所谓无知者无畏，她到最后也没闹懂自己到底哪里说错了。

第四章

医院险事

尤嘉最近比较头疼手下的病人。主任最近手术排得满，大多数时间留她在病房守着。她规培时间不短了，很多东西都不需要再亦步亦趋、小心翼翼了，但毕竟经验少，很多突发状况是她压根儿处理不了的。

12床的老太太不见了。病区有严格的管理制度，按理来说，患者是不能私自外出的，无论出去多长时间，都要在护士站报备登记，长时间外出还要责任医生签署同意书。

老太太是突然不见的，她是二级护理，护士每两小时就会巡房一次。她的主治医师今天和廖主任一起做手术，临走前还交代尤嘉，让她好好观察一下老太太。老太太平时动不动就按铃叫护士，即便多数情况下是无聊找事做，但护士也都会去看上一眼。今天大半天那边都没什么动静，护士交班的时候还特意提了一句，说今天12床特别安静，好像心情不太好，大家多多留意下。

所以她突然不见，很快就有护士发现了。尤嘉赶紧叫了护工一起去找，查看监控，查出入记录，最后，在康复大楼的楼顶发现了老人。

楼顶的通道很窄，就是个小方孔加了盖，本来就是防止人进去的。日常检修的工人大概是忘记了关闭盖门，也不知道老太太是怎么上去的，她颤颤巍巍地沿着房檐转来转去，嘴里嘟嘟囔囔的，不知道在说些什么。她似乎想要翻过护栏，但由于身体很弱，加上年纪大了，翻了几次都没翻过去，最后咿咿呀呀地哭了起来。

尤嘉爬上去的时候有点儿被吓到了，七十多岁的老太太正像个小孩子一样号啕大哭。两只满是枯皮的手紧紧地攥着护栏，依旧试图翻越过去。

她想自杀吗？

尤嘉的第一反应是这个，她紧张得手心都出了汗。尤嘉慢慢地伏低了身子，用最温和轻柔的声音叫了声："奶奶，您在干什么呀？"

"丢了，不见了……找不见了啊……丢了！"老太太一直焦急地重复着说。

"什么找不见了？"尤嘉轻声问她。

老太太忽然愤怒地拍着栏杆："不见了！不见了！就是不见了！"她身子往上一蹿一蹿的，好像迫不及待地要往外面翻，护栏只有一米高，外面是延伸出去的檐台，只有二十厘米宽，这里有十七层楼高，若是摔下去后果不堪设想。

尤嘉很着急，她知道，这时候最好的办法就是不要轻举妄动，但是她觉得，什么都不做的话，好像会更糟糕。她舔了舔紧张到干涩的嘴唇，顺着老太太说："好、好、好，不见了，我帮您找，好不好？您先过来，那里很危险，我去找人帮忙，我们一起找，好不好？"

老太太表情似乎有些愣怔，攥着栏杆的手也松了些，她侧过头，一双浑浊的灰色眼球里带着些许迷茫和无助："找找？"

尤嘉往前走了两步，身子伏得更低，步子缓慢再缓慢，生怕惊扰了她。她精神似乎有些不正常了，这种情况很可怕。

"对，找找，我们一起找，我帮您多叫些人过来。"尤嘉有些焦急。

老太太突然半边身子探出去，情绪再次大变，因愤怒而涨红了脸："骗子！都是骗子！找不见了！丢了啊，呀呀呀！"她再次用手大力拍打栏杆，因为用力，整个身子都在摇晃。

有那么一瞬间，尤嘉觉得自己浑身发凉，后背都是冷汗。

一秒……

两秒……

时间过得太慢、太煎熬了。保卫科的人终于赶到，119也到了，心理干预专家、谈判专家还有心理科的医生纷纷赶上前来，廖主任和12床的主治医师也紧急赶了过来……尤嘉从满身冷汗中缓过劲儿来，微微松了一口气。虽然几乎每天都会直面死亡，但患者处在这样的境地，她还是第一次遇见。

但一口气还没松完，老太太忽然扯住尤嘉，往护栏上推，掐着她的脖子，双目赤红地骂道："骗子！你还我儿子！你把我儿子弄哪里去了？"

老太太摇晃着尤嘉，栏杆硌得她腰疼，余光里是令人眩晕的十七层楼的高度，有那么一瞬间，尤嘉觉得自己要死了。她不敢轻举妄动，那种一脚踏在死亡线上的感觉，实在是太可怕了。

"还好有惊无险！"麦哥给陆季行复述的时候，重重地抹了一把汗，尤嘉那胆子芝麻大点儿，铁定被吓得够呛。

陆季行已经出了机场，寒着脸对着电话听筒说："帮我去跟导演说一声，活动那边也推了，腾一周时间出来，我回去陪她几天。"

"别吧，你这还不如杀了我。资本家都是喝血的，哪会听什么理由，你这才刚起来，别出幺蛾子啊！这样好不好，我回去帮你看着尤嘉，你安心工作。"

"推不了就按合同赔违约金。你回去个屁！那是我老婆，又不是你老婆，你操什么心。"

陆季行直接挂断电话，出了航站楼，往医院去。

麦哥盯着息屏的手机屏幕看了一眼，摇头啧了声："红颜祸水啊，红颜祸水。"

尤嘉在医院待了这么久，还是第一次以患者的身份躺在病房里。周扬拖了张凳子，大马金刀地跨坐在上面，捞了颗橘子在手上，一边剥一边说："我的心肝小宝贝啊，你可吓死我了！那老太太可真够呛，被扑下来之后就一直哭，说他儿子丢了，还说他儿子今年八岁，很乖，特别黏她，跟妈妈走丢了肯定吓坏了，要警察赶紧帮她找……她儿子刚刚也过来了，这会儿正闹呢！说我们医院失职，连个老太太都看不住，而且本来人好好的，还给整出精神问题来了，正嚷嚷着索赔呢，一开口就是一百万元，啧。"

离谱，医院真是个神奇的地方，什么人都能碰得到。

尤嘉激动地坐起了身子："他怎么能这样啊！谢医生很早就跟他说过，要他带他妈妈去看一下精神科。是他自己不去的，一而再，再而三地拖。这个人还讲不讲理了！"

周扬瞥她一眼，一脸"你还是太年轻"的表情。这事就算是老太太拖着尤嘉一块儿从十七楼上跳了下去，家属想闹照样能闹得起来。尤嘉受了这么大的惊吓，那一家子来看过一眼吗？没有。这会儿还在闹腾呢。人要是不要脸起来，什么事做不出来？

不过，周扬不想给她添堵，就没再继续说。小可怜，这么娇嫩，真不适合做医生。

"听说，前年也有人在医院闹自杀，从急诊大楼最顶层的窗子上翻了出来。刚开始，她估计没想死，人就坐在窗台上，脚在外面耷拉着。急诊科的主任过去劝她从窗户上下来，问她有什么困难，说可以尽力帮助她，没什么大不了的，以后日子还长，千万不要想不开。

"你猜她为什么想自杀？"周扬卖了个关子。

尤嘉很配合地问她："为什么？"

"她有被害妄想倾向。她隔壁床是个年轻女人，正在热恋期，晚上总是躲在阳台，小声跟男朋友煲电话粥。她就觉得，那个女人一直在说她坏话，很痛苦，所以不想活了。"

"……"

"唉，人啊，其实很脆弱，生老病死，谁也没法避免。虽然家属很过分，但老太太挺可怜的。你别管了，安心在这边儿待着，一帮子领导都在那儿呢，哪轮得到你操心。对了，要不要叫你老公过来陪陪你啊？"

尤嘉反应慢半拍地抬头看了她一眼，还没从老太太儿子的无耻中缓过神来，回说："别了，又没什么大事，要不是院长非把我塞过来观察，我都不用来这里。他那么忙，我不能因为这点儿事把他闹过来。"

这事也怪她自己，没考虑好，就贸然冲了过去，人救不救得下来另说，再把自己搭进去可就真的得不偿失了。

笨！

若是陆季行知道了，肯定这么骂她。她都能想象得出来他骂人的语气。

周扬看她一脸小媳妇的样儿，"哟哟"了两声，撇着嘴说："瞧你这点儿出息。你是嫁了个老公啊，还是请了个大爷回家啊？要是我老公……除非他有陆季行那么妖孽的颜，达·芬奇那么变态的智商，不然凭什么我要惯着他？让他来就得来，不来自己看着办吧。"说完"啧啧"了两声，"不过，长成陆季行那个样子，地球上也没几个凡人能跟他配对吧？"

尤嘉："……"

这也太夸张了。

她小声反驳了句："我觉得，我配陆季行，还是可以的。"

周扬摸了摸自己的脑袋，一下把橘子塞进嘴里半个，瞪着一双铜铃般的大眼，不可置信地看着她："完了，人都吓傻了。"她又摸了摸尤嘉的脑袋，"发烧了啊你，都开始说胡话了。"

尤嘉："……"

说个实话，真的太难了。

有种职业叫职业碰瓷，老太太的儿子还挺专业，找了一帮不知道从哪里租来的"群众演员"，声情并茂地在外科大楼的大厅里蹲着哭闹，势必要医院给个说法。

典型的医闹。

尤嘉上学那会儿，正是舆论高峰期，到处都是报道出来的医闹恶性事件，把人吓得够呛。后来，老师还在人心惶惶的时候，义正词严地告诫他们："你们是未来医院的一线人员，会遇见各种各样的病人，仅仅因为个例，你们就不治病了、不救人了吗？不要以偏概全，管中窥豹，要记住，没有一个病人是为了和医生作对才来医院的。医者仁心，这并不是一句假大空的话。"

那时候啊，尤嘉觉得自己太狭隘了；这时候啊，又觉得自己太单纯了。人性复杂，而医院，正是一个太能暴露人性的地方。

尤嘉休息期间，院长亲自来看了她一次，主任也来过，一个个亲切又和蔼，搞得她还挺不好意思的。她一遍一遍地强调自己一点儿事也没有，完全可以立刻投入到工作当中去，但仍然被勒令在病房休息、留观。

　　说起来，当时也是凶险，如果没有尤嘉在，谁也不能保证以老太太当时的精神状况，会不会当场翻过护栏摔下去，现在至少是有惊无险。老太太人没事都能闹成这个样子，要是真的出了事，家属更是会不依不饶。

　　媒体闻风而来，这会儿正满医院地堵领导。老太太的儿子更是起劲儿地在诉苦，对着采访镜头哭得天地同悲。如果不知情的话，真想掉两滴眼泪来表达一下同情。院长也很头疼，遇见这种事，有理也说不清。造谣一张嘴，辟谣跑断腿，哪怕明明医院是无过错方，被讹传得多了，没有也变成有了。尤嘉还年轻，遇见这种事，难得没有吓破胆，也没闹着辞职，这算是迄今为止唯一的幸事了吧。

　　"你好好休息，别的就不要管了，我给你放一周的假，回家好好休息一下。不过，现在别急着出院，留下观察一晚上，不然我不放心你回去。"

　　很多精神上的刺激并不会立马表现出来，可能会在一段时间后突然爆发。

　　一开始，尤嘉感念主任的仁心，后来是佩服得不行——因为到了晚上，她开始控制不住地做噩梦。一睡着就是头朝下、高空坠落的感觉，醒过来满身的汗，抹着额头心有余悸。老太太的脸扭曲了似的在她的脑海里一遍一遍地晃。

　　尤嘉不得不开着灯，在病房盯着天花板，盯得眼睛都重影了——困，但是不敢睡。后来她去护士站要了张报纸回来打发时间，不好意思打扰任何人。

　　尤嘉住的是单人病房，屋子里冷冷清清的。后半夜的时候还下了一场急雨，雨打着芭蕉叶子，声音密集地轰炸着神经。尤嘉痛苦地皱着眉，顿时生出一种凄凄惨惨的感觉来。

　　今晚，护士站是小孟值夜班，后半夜的班总是最磨人，要和强大的生物钟做对抗，她眼皮涩得都要黏在一起了，但还是强撑着精神。核对医嘱的时候，更是不敢马虎。

　　一个发高烧的病人她还没处理完，重症室里一个今天刚手术完的病人的血氧饱和度就一直往下掉……然后抢救，大半夜约手术室，将病人送上去，回来的时候，她整个人身心俱疲。

楼层安全门那里的按铃就是这时候响的。小孟接起了传话筒，强压下低迷的情绪，温声问对方："请问，哪位？"

"1床家属。"陆季行咳嗽了一声，他最近嗓子不太好，有些感冒，"今天住进来的那个，你们医院的医生。"

"心外科尤医生的家属？"小孟觉得这声音有点儿熟悉。病区晚上是不允许探望的，但院长有交代，要多照顾尤医生。她听心外的周扬医生说，尤医生的老公特别忙，估计都不能来看她。本来觉得尤医生还挺可怜，这会儿看她老公深夜赶来，有点儿感动。

"嗯……"小孟权衡了片刻，"您带证件了吗？"

"带了。"

"我去给您开门，稍等。"

陆季行戴着口罩，没有戴帽子，一个人站在楼层锁闭的安全门前，整个人被医院的白炽灯笼罩着。有那么一瞬间，小孟觉得自己在做梦，这梦还有点儿玄幻。

本来是要核对身份的，结果都给忘了，她只是侧了侧身，说："您请进！"

陆季行点头说"谢谢"，掩唇轻咳了声，抬脚往走廊走去。

小孟脚步发飘地跟在他身后。

如果……如果没认错的话……

啊啊啊，这是什么玄幻剧情，要疯了，要疯了！不行，不行，你的专业素养呢？你在上班啊！绷住，别慌，别花痴！他是病人家属而已！啊啊啊，绷不住了！可不可以去要个签名啊！天哪，不合适，不合适！他好像生病了，要不要帮他拿点儿药啊！他刚刚说他是谁的家属？谁来着？

小孟在脑子里疯狂地刷着弹幕。她喜欢陆季行有好几年了，刚粉他的时候，他还没正式出道，印象里就是惊为天人，始于颜值，陷于才华，忠于人品。这么多年，墙头爬了一个又一个，唯独他屹立不倒。而他也终于迎来了事业的春天，她真的特别为他高兴。

"她怎么样？"陆季行忽然问了一句。

小孟迷迷糊糊地"嗯？"了一声。

陆季行偏头看她，重复道："我说我太太，她今天怎么样？"

小孟觉得心脏都快跳出嗓子眼儿了，满脑子都是"啥？""你说啥？""你再说一遍？""我有没有听错？"，面上却艰难地维持着职业素养："目前没有发现什么，做了检查，没有外伤或内伤，神志清楚，无不良反应。尤医生一直要求出院，不过为了保险起见，主任希望她能留院观察一个晚上。不过，尤医生好像睡得不太好，刚刚过来要了杂志和报纸去看，这会儿应该还没睡着。"

到了房门前，小孟推开一号病房的门："尤医生，你……家属来了。"

灯开着，尤嘉正手撑着脑袋在翻杂志，闻声抬起头，她眨着眼睛愣了几秒钟，脸上才露出惊喜的表情，目不转睛地看着他，好像怕自己一转眼他就突然不见了似的。

陆季行摘了口罩，走过去把杂志抽了，扔在床头柜上，坐在床边，敛着眉看她："大半夜的，不睡觉干什么呢？"

小孟退了出去，把门轻轻带上了。她捂着自己的心脏，觉得今晚真是刺激连连，心情像过山车一样起伏不定。

尤嘉捏了捏陆季行的脸，又扯了扯他的头发，眼睛紧紧盯着他……

陆季行握住她手腕，警告她："干吗呢？"

"我在想，我是不是在做梦。"尤嘉的声音有点儿飘，她今天都没敢跟他说这件事，还以为他不知道呢！这会儿突然看见他，总觉得跟做梦似的。

陆季行敲了下她脑袋："你糊涂了？"

他骂她的时候还是熟悉的"配方"，那感觉真是太亲切了，尤嘉"哇"的一下哭出了声："我做噩梦，我害怕，我睡不着，我好痛苦，阿季，你抱抱我啊！"

陆季行心疼得一塌糊涂，坐在床边，把她揽在怀里："笨死你算了，害怕不会叫人过来陪，不会给我打电话？"

尤嘉哭哭啼啼地在他胸口当"嘤嘤怪"："我都这样了，你还凶我，你有没有良心哇！离婚算了，这日子没法过了。"

陆季行掐她腰："吞回去。"

尤嘉疼得眼泪汪汪，控诉似的看他。

啥？

"不许说离婚。"

尤嘉："……"

这么较真儿干什么。

"好嘛，不说就不说。"

这边单人病房有陪伴床，但是尤嘉往边儿上挪了挪，拍着病床空出来的那一半："你过来陪我睡一会儿，好不好？我自己不敢睡！"

陆季行嗤笑她："出息！"

身子却不由自主地挪了过去躺下来，胳膊伸出来，尤嘉抿着唇笑，很自觉地钻进他的臂弯里，脑袋在他怀里蹭了蹭："阿季，你太好了！我太喜欢你了！"

陆季行在她看不见的地方勾了勾唇角。

"知道了，睡吧！"

周扬起了个大早，秉着关爱同事的优良传统，她决定去看一看尤嘉同学，给她送个早餐，还可以友情赠送一个豪华专座，送她回家。

她被自己感动哭了。

路过护士站的时候，周扬看见值班的小孟同学，打招呼说："早上好啊，小可爱，我们嘉嘉昨晚怎么样，有没有哭鼻子？"

这完全出于老母亲关心自家傻闺女的语气也是欠打得很，小孟困得整个人都混沌了，也懒得和她贫，反应慢半拍地回答她："挺好的，哎，你这会儿先别进去吧！估计不太……合适。"

人家老公陪着，有什么不好的，就是不知道两个人这会儿起了没。

小孟一整晚都处在一种悲喜交加的情绪当中，如果不是自己还在上班，干的是关乎人命的活儿，她真想摸鱼去天台蹦个迪，简直是太刺激了！

刺激得整个人都要神经错乱了！

她认识陆季行少说有三年了，了解他从练习生时期到现在所有的信息，包括视频、音乐、八卦、人际关系等，唯独不知道的，是他有老婆。

认识他越久就越觉得他身上有一种"注孤生"的气质，凭实力单身的典型代表——不撩妹，连粉丝都不撩，别家爱豆还会时不时地发发糖，他不发刀子就不错了，偶尔说句感谢的话都是又官方又严肃，粉丝到现在也没跑，真是全凭他的颜值和才华在撑了。

哦，不，应该说还是有一点儿蛛丝马迹的，只不过这些在当时的她看来——是完全不可能的！

记得很久之前，那时候还是个人网站时兴的年代，陆季行有自己的站子，他不常上去，但偶尔会冒个头，有一次他发了一支舞在上面，后面有两个伴舞。

这些都没什么，比较稀奇的是，那次的伴舞有一个妹子，瘦瘦的，皮肤很白，戴了一顶鸭舌帽，虽然看不清脸，却也能从口罩的轮廓下看得出是张小巧的巴掌脸。

漂亮的小姑娘也没什么，但关键的是，陆季行有自己固定的伴舞，那个视频应该是在公司的练习室里拍的，突然冒出来一个陌生妹子，难免会惹人注意。那时候，还有粉丝去扒经纪公司新签约的艺人，毕竟长得太好看了，还是个女孩子，所以就有人猜可能是同门师妹，不过到最后也没扒出来什么。有小道消息说，对方是陆季行的女朋友，在一起挺久了，但是，粉丝哪会信这些。

陆季行向来过得很佛系，粉丝闹腾归闹腾，他很少出面解释什么。

还有一次见面会，陆季行在台上唱歌，下面有人扯着嗓子在叫"老公！"。

他蹙了蹙眉："叫我名字就好，别乱叫，不合适。"

见他一本正经，粉丝乐不可支，调侃他是不是谈恋爱了，这么敏感啊！

他"嗯"了声。

那句"嗯"特别撩，不过更像是顺口开个玩笑，也没人当真。

有时候，爱豆和粉丝距离好像很近，但其实很远，哪怕对方就在面前，你知道他所有的信息，也并不了解他。这些观念也是陆季行一直强调的，他很少表露情绪，唯一一次说得比较长的一段话是："喜欢我的歌、我的舞都可以，没必要喜欢私下里的我。下了舞台，我就是个普通人，也会生气、发脾气，会骂人，会因为忘记女朋友生日被骂，和你们，和大多数人一样。"

那时候就有科代表画重点："会因为忘记女朋友生日被骂！"

"所以，小季哥哥是有女朋友的？"

那时候，他粉丝不多，大家也都很理智，彼此处得像朋友，哪怕知道他有女朋友也顶多调侃两句，跟他八卦几声，顺带求点儿"狗粮"吃。不过，他很少跟粉丝聊天，他不喜欢聊私事，也很少会回应什么八卦，所以大多时候都是粉丝在自嗨而已。大家自己玩儿得很开心，他要是哪天突然蹦出来解释些什么，那才是奇怪呢！

小孟昨晚一直在想着陆季行，想着他离得那么近，但又不敢靠近，知道他最近各种通告时间总是赶得很紧，半夜来看自己的太太显然是临时赶过来的。

特别心疼他，又莫名觉得很甜！

周扬哪知道小孟在说什么，这有什么不能进的。她连门都不敲，推门就进。不过，也并没有看见什么不该看的东西。

尤嘉没睡够，迷迷糊糊地被陆季行的手机铃声吵醒，抱着他的胳膊，扯着他，不让他起。

他拍着尤嘉的胳膊说："别闹！"

尤嘉撇撇嘴，放他走了，人也清醒了，就是有些困顿，打了好几个哈欠，眼泪汪汪的。陆季行出去接电话了，这会儿还在楼道里没回来。

周扬就是这个时候进来的。

第五章

过往皆序章

"我的心肝宝贝甜蜜饯，我带了皮蛋瘦肉粥和南瓜小米粥，你要吃哪个？"

尤嘉坐起来看了她一眼，思考了一会儿说："皮蛋瘦肉粥，南瓜小米粥留给阿季吧！他不喜欢吃皮蛋。"

"谁？"

"哦，我老公！"尤嘉古怪地看了她一眼，思考待会儿要不要跟她说其实她老公只是恰巧和陆季行长得有点儿像而已。

"你老公来陪你？"周扬把粥摆在床头，"我就说嘛！这种时候都不来陪你，离婚算了！忙、忙、忙，什么工作啊，这么忙？到底工作重要还是老婆重要？"

病房门被推开了，陆季行从外面走进来，周扬愣愣地看着来人，声音渐渐弱下去。

他点了点头："你好。"

周扬机械地点头："你……你好！"

尤嘉把粥打开，递了一份给他："你喝这个？"

他"嗯"了声，在她边上坐下来，捏了勺子小口吃着。有点儿烫，他把碗搁在一边，微微撩着眼皮子看周扬："坐？"

周扬这才反应过来，就近坐在了边上的凳子上，颤抖着声音问他：

"您……贵姓？"

陆季行觉得莫名其妙，挑了下眉，但还是答了句："免贵，姓陆，陆季行，尤嘉是我太太。麻烦你照顾她了。"

尤嘉一口粥差点儿喷出来，这俩人是来搞笑的吧！

而周扬却快要疯了！

这、不、是、在、拍、电、视、剧？！

她抓了抓自己的头发，然后捂住胸口，感觉自己马上要昏厥过去了。她淡定地起了身，淡定地走出去，淡定地说："你们先吃，我出去透透气。"

尤嘉："……"什么毛病！

陆季行点头："请便。"

小孟等着交接班，还没走，远远地就看见周扬拿脑袋咣咣撞墙，忍不住过去问了句："你没事吧？"

周扬抬起一张生无可恋的脸，淡定地摇了摇头："没事，就是想起了一些不堪回首的往事！"

一想到那天她"哈哈哈"时，尤嘉在一边一脸不可形容的表情看着她，她就觉得自己要心梗了。那些哈哈大笑流出来的泪，都是她脑子进的水啊！多明显的一件事，她愣是错失真相一个世纪。多么痛的领悟！

心态崩了，她不想去病房了，没脸见人了。

尤嘉吃完东西，出来丢垃圾，顺便去护士站给主任打电话，告知对方自己要回家了。陆季行在病房里收拾她的东西，零零碎碎的，充电器啊，笔记本啊什么的，他将它们一并归拢到包里，然后带着出去了。就像个普通的来陪床的丈夫，出去的时候，他把口罩戴上了，面色平常地过去找尤嘉，问她要不要办什么手续。

尤嘉摇摇头："不用，主任安排我进来的，也没办入院，不用什么手续，我跟他讲一下就好。"

陆季行点了点头，"嗯"了声。

周扬觉得，这大概是她经历过最玄幻的一个早晨。

她会铭记这一天的。

　　周扬现在回想起来，前几天陆季行的绯闻——疑似圈外女友暴露。起因是陆季行突然换了块腕表，有不知名的网友爆料了一个小号，小号上感慨现在真是人不可貌相啊！南方百货的一楼柜台，一个看起来衣着打扮普普通通的年轻妹子来看手表，好像是陪别人来的，闲逛到那边，导购礼貌性地介绍了款式，打心眼儿里没觉得对方会买，结果最后妹子一出手就是阔绰的七十八万元，刷起卡来淡定无比，仿佛就是花两块钱买了棵白菜。

　　签单签得很草，模模糊糊看得出来一个"陆"字和"行"的半边，后来网上闹腾得厉害，导购才忽然福至心灵地反应过来……陆季行？

　　本身买这款表的人就寥寥，前脚刚买，没两天陆季行就戴上了，颜色、款式一模一样，关键是地址还是陆季行长居的 B 市。但大家潜意识里认定这是一个巧合，在网上开玩笑似的感慨了一下，连陆季行的名字都没提，只是说某当红明星。

　　导购的号上几乎没有熟人，但因为经常混圈、会修图，有不少圈里人关注，最后不知道怎么就被翻出来了。那条内容是十九号发的，陆季行关于手表的热搜是二十三号的，这时间差着实微妙。

　　陆季行最近一直在拍戏，抽空去录制节目、参加活动，忙到没时间睡觉。网上腥风血雨，也没见他出来应一声。麦哥也保持缄默，他跟尤嘉说他能处理，宗旨就是：不理会，放任自流。

　　这种事情，没必要去解释什么，说到底是私生活，如果连这个都要给个交代，那以后要解释的事情多了。

　　陆季行的粉丝很能控场子，"粉头"站出来表了态：

　　1. 理智追星，不造谣，不传谣，对于空穴来风的事，不要胡乱猜测。

　　2. 关注作品，远离私生活。

　　3. 对方是不是和哥哥有关系还不确定，什么关系也不一定，可能是家人，可能是朋友，可能是助理等，这些都不确定。一些媒体恶意靠绯闻博眼球，我们作为粉丝，应该学着保护自己的偶像，而不是被人牵着鼻子走，被人当枪使。

　　4. 艺人也是普通人，是独立的个体，有自己的交际圈。退一万步讲，就算真的是哥哥的女友，那也是他的自由。他年纪不小了，也正是谈恋爱的好时候，我知道，我们当中有很多女友粉，但是我们也应该知道，哥哥不属于任何人，他有谈恋爱、有和任何人交往的权利。我们总不希望他孤独终老吧？只要不涉及人品，这就没什么好讨论的。如果他愿意，自然会和粉丝分享；如果他不愿意，我们就帮他留一点儿私人空间，毕竟谈恋爱是两个人的事。

5.能祝福就请祝福，不能接受也请默默离开。他没有做错什么，我们没有权利去指责他。爱他是为了让他变得更好，让自己更快乐，而不是用爱去束缚、去要求什么。如果他的作品曾带给你短暂的愉悦，那是彼此的缘分，离开了也不要伤害。

6.哥哥最近处在上升期，会有越来越多的人关注他，也会有越来越多的人去诋毁他。我希望，我们可以做他坚强的后盾，而不是他前进的绊脚石。

7.我也希望我们能给他底气：谈恋爱又如何，我们就是爱他，就宠他！他做他的"大魔王"，我们做他的"臣民"，为他摇旗呐喊，为他冲锋陷阵！

麦哥觉得，这个走向很理智，也就没再干预。事实上，粉丝懂事，爱豆能省很多心。

周扬那时候也在吃瓜，没事就会翻看两眼，觉得陆季行的粉丝贼牛，这说话一套一套的，还挺团结，没几天，营销号带节奏就带不下去了。

但也仅此而已。至于圈外女友，周扬没当真过，现在这消息真真假假，看看就算了。话题也渐渐消下去，大家欢欢乐乐，继续看他采访解闷儿，听他唱歌，看他跳舞，刷节目、看视频。

陆季行这个人，"宇宙级直男"，明明情商、智商都不低，但是说起话来总是太过简洁明了——懒得说话，能用一个字表达的绝对不会用两个字；也不像别的爱豆会撩撩粉丝，他对粉丝的态度一向是感谢但不感激，冷淡但不冷漠。他也很少发私人动态，各种社交平台都拿来做宣传和发放福利，基本都和作品有关。

但他把自家粉丝当自家人，还是挺护短的。记得有一次拍戏，本来说好每个月六号是开放日，各家粉丝可以前去探班。这种公开的探班，一般都基于剧组宣传营销的考量，两方受益，皆大欢喜。各家粉丝不仅会去现场看爱豆，还会翻着花样地准备小礼物给剧组，送餐车、送水果车或者别的，只要和剧组后勤商量好，都可以送过去。当时原本定于六号的开放日因为拍摄需求延迟了一天，剧组在通知各家粉丝的时候唯独忘记通知陆季行家。于是当天去了现场的七八个粉丝代表全部被挡在了外头，花钱定的水果拼盘也送不进去，大家一筹莫展，不知所措。

偏偏那天导演心情不好，看见一群人围在片场周围，很生气。粉丝怕给剧组添麻烦，让哥哥不好做，赶紧退了出去。但是那么多水果，又退不回商家那里，全砸在手里的话，回去也不知道该怎么和其他粉丝交代，东西都是大家集资买的，全是心意，碰上这种事真的是很沮丧了。

后来，不知道陆季行怎么和剧组沟通的，东西接进去了，只是人不能进去。一行人走的时候还下了暴雨，大家一个个的都很沮丧，只能自我安慰，还好东西送进去了，也不算无功而返。

因为打不到车，一行人站在路边等了很久。然后，有人开车过来，麦哥探头喊他们："这边不好打车，阿季让我送你们去市区。"麦哥借了后勤的大车，专门过来送他们。几个人受宠若惊地上了车，心情像过山车一样一下子从低谷升到高点。

车上，麦哥跟大家说："今天辛苦你们了，阿季说，谢谢你们。不过，以后可以不用每次都过来，我知道你们害怕别家粉丝过来，你们若是不来，会让他尴尬。但是没必要，心意他都明白，他也不在意这些虚头巴脑的东西，只是希望你们喜欢他不要超过喜欢自己，多留点时间给自个儿。"因为都是年龄不大的女孩子，麦哥说话难免带了点儿说教的成分，有些严厉，几个粉丝听得心惊胆战的，总觉得自己是不是还是添了麻烦。

后来，他们才知道，其实那天陆季行发了脾气，说本来就是剧组的失误，结果对着几个小姑娘凶，完全没道理。扯皮了好久，剧组才同意把东西接进去，免得让人失望而归。

其实，粉丝也明白，对很多人来说，会觉得粉丝喜欢爱豆是一种仰望和追逐，那种爱掺杂着卑微和小心翼翼，所以有时候，剧组会把粉丝摆在一个很低的位置，会觉得他们麻烦，会添乱，会觉得反正无论态度怎样，他们都会风雨无阻地为爱豆的一切埋单。

但陆季行不会，他把粉丝摆在一个很平等的位置。他会不厌其烦地告诫自己的粉丝，时间有很多，拿来提升自己比任何事都重要，喜欢一个人无可厚非，但不要为了喜欢别人而模糊自己，无论是喜欢谁。他并不完美，也无意做一个完美的人，不需要把他捧太高，平常心就好。

总之，陆季行和他粉丝都是很神奇的人。

周扬觉得尤嘉更神奇，毕竟，连陆季行那种看起来就很野性难驯的人都能拿下，想想就很牛，好吗？

陆季行带着尤嘉走了，周扬把人送到医院门口，回来的时候，她连走路都是飘的，拿手机给尤嘉发消息："老子恨你！里子、面子都丢干净了，你这个人有毒！你们夫妻俩都有毒！"

尤嘉无语——什么鬼？

小孟下班的时候，亲眼看见陆季行和尤嘉上了车。尤嘉手里捏着一袋包子，是刚刚周扬送去的，她没吃完，就一直拿在手上，她一口吞了一个，陆季行嫌弃地瞥了她一眼："几岁了你？"

尤嘉腮帮子鼓鼓的，含糊不清地回答他："年方二八，家中已有婚配，公子不必再说了，我们是没有结果的。"

陆季行淡笑，戏精上身了还。

他屈指敲了下她脑门儿："别逼我揍你啊！"

尤嘉一边吃包子，一边拿手背揉自己脑袋，哼哼唧唧地控诉他："我申请换个老公，这个太凶了。退货行不行？"

"你再说一遍？"陆季行眯着眼看她。

"……哎，我错了。"她讨好似的塞了一个包子给他。

车门彻底关闭了，引擎发动，车子缓缓汇入车流，然后消失不见。

小孟被虐得体无完肤，又激动、又心酸、又感慨、又失落，仿佛初恋情人被人半道截和了一样，又仿佛做了个美妙幻梦。

她狠狠搓了搓脸，强忍住向全世界炫耀的心情。

不能说啊！憋住！

回家的时候，小孟觉得整个人憋得精神都升华了。最后，她矜持地发了条动态：今日，晴，相遇。他太太很可爱、很漂亮，他很幸福，我很开心。

朋友都在安慰她——喜欢了 N 年的男生结婚了，新娘却不是我——这种剧情实在是太虐了。

"小孟，你好好的，别想不开。"

"男人嘛，旧的不去，新的不来。"

"你一定会遇见更好的，唉，别伤心。"

她摇头，叹了口气，依旧憋住没说，浑身充满了一种"众人皆醉我独醒"的孤独感，整个人四十五度角仰望天空，飘飘然地有了种要成仙的感觉。

周扬还在和尤嘉有一搭没一搭地闲聊，总觉得意难平，一想起自己丢人丢得面子、里子都没了，就特别想把尤嘉拿去炖汤。不，想把她拿去实验室，切片好好研究一下，看看这妞儿到底是个什么构造——把陆季行这种绝品拐带回家了就算了，还一副淡定的样子。

陆季行是什么人？她一个不追星的最近都被灌了一耳朵传奇经历——年纪很小的时候就参加过舞蹈和歌唱比赛，十九岁参加全艺赛，获得歌唱、舞蹈、表演组三料冠军。

但当时，全艺赛偏专业，不带综艺性质，所以关注者寥寥。业内倒是不乏关注者，很多公司会从全艺赛挖人。也是因为这个契机，陆季行签约了 LP。LP 是一家综合娱乐公司，旗下艺人从培训到出道有一个很完整的流程，培养出过无数的明星大腕，对新人，尤其是有才华的新人，也会很友好。

陆季行进去后就被重点培养，虽然他从小舞蹈和音乐就很厉害，但毕竟玩票性质大一点儿，也没有很系统地学习过，公司便给他制订了三年的培训计划。他完成得很出色，之后没有立马出道，他又申请去了洛杉矶进修。在那边，他认识了很多大腕，给有"悬疑大师"称号的威廉姆斯导演客串过一个重要配角，在夏日音乐会上受邀给一位摇滚巨星伴过舞……

公司有意让他走国际化路线，但是他不习惯待在国外，最后还是回国了。很不幸的是，他回国后没多久，国内环境大清洗。LP 作为老牌娱乐公司，到底没抵过资本风暴，被腰斩了，旗下分公司变卖了不少，所有签约艺人也全部转手新公司。陆季行当时被转到了天维旗下。因为他本身经历够打眼，公司对他还算重视，匆匆忙忙把他包装起来，就打算推出去。但天维不像 LP 有足够的资本和耐心，可以把艺人运营得很好，天维太看重利益了，只想赚快钱，艺人一旦没有利益，也就没有了利用价值。

陆季行虽然经历不错，但天维走了很致命、很错误的路线，国内消费者不买账，起步推行就遇到了很大的困难。于是，公司很快就把他从一线上拉了下来，资源也被撤掉，并给他配了个新上手的经纪人，差不多是放弃他的意思了。

那一年，他二十四岁，职业生涯却好像已经走到了尽头。

合约还有两年到期，这期间，他什么都做不了。

只能等。

那段时间，说起来不过两年，但对陆季行来说，应该会很难熬吧！合约期满后，他带着麦哥一起离开了天维，接下了来自 MG 公司的橄榄枝。

MG 给陆季行安排的第一个试水工作，就是全艺赛的评委老师。

当年，他是全艺赛举办以来唯一的三料冠军，如今他坐在评委席上，人生就好像经历了一个轮回，而他所有的霉运和不幸就此终结。他太优秀了，光芒太亮眼，一旦被推上舞台，没有人可以从他身上移开目光。

全艺赛举办了十几年，如今由 MG、光华、三线传媒联合承办，乐鱼视频平台播出，赛制经过多年改进，带了点儿综艺倾向，但专业性依旧在。这一期的评委都是业界大牛，但陆季行夹在中间毫不逊色，甚至因为年轻、新面孔、神秘，更惹人关注。节目开播三个月以来，陆季行人气持续走高，话题量居高不下。

所以，他和尤嘉的搭配，就显得越发不可思议。

周扬忍不住问了句："哎，你就不担心……那个……花花草草啊……？那个娱乐圈啊，全是胸大腰细的美人啊！要是我，我这心脏是受不了……"周扬又"哎"了声，"对不起，话太多了，但我实在是太好奇了。你放心，我会为你保守秘密的！我现在感觉我手握重大新闻，稍稍透点儿风声，明天就是头版头条，我的天！我有点儿激动。"

"你多虑了，亲爱的，小说看多了不好。"尤嘉有点儿无语，但想了想，她好像的确没考虑过那些，大概是陆季行给她的安全感足够多吧！

别人看陆季行，只觉得满身是光，璀璨夺目，有时候甚至觉得他带着点儿"神圣不可侵犯"的感觉，属于"可远观，不可亵玩"的一类。他私下里的确也不太和人亲近，不苟言笑，做事认真，公司里的小辈见到他都会恭恭敬敬叫一声"陆老师"。一些工作人员多多少少都有点儿怕他，总觉得他气场太强，属于很不好惹的那种人。连麦哥都觉得，这世上能不惧他脸色，说话毫无顾忌还不遭他冷脸的，估计也就尤嘉一个了。

尤嘉在他面前可谓是放肆了，她不怕他——谁会怕自己老公啊！

他这人看着高冷禁欲，脱了衣服照旧是个流氓；他脆弱的时候，也会把脑袋搁在她的肩窝里求安慰；他是有很多优点，但也不是完美无缺。他只是个凡人，也有七情六欲，没有什么可怕的。

她回周扬："有一年我生日，他集训很忙，忘记了，我一整天都没理他，他半夜坐飞机回来，在我身边只待了几个小时，就又赶着走了。我不担心他啊……他不是那种人。"

陆季行喜欢谁，就是一心一意的那种。

尤嘉进了房间，趴在床上，把衣服撩起来，让他给她擦药。老太太把她推到栏杆上挣扎的时候，磨出了血，不是很严重，缠上绷带也不影响活动。但尤嘉怕感染，受伤面积太大了，如果感染后结了痂、留了疤，那多丑啊！

陆季行半跪在床上给她擦药，想起上次回来，他也是盘腿坐在这里给她涂腰，那次还是他掐出来的印子。

他忍不住啧了句："跟个瓷娃娃似的。"

尤嘉趴在那儿，也想起来了那天，撇了撇嘴，手架在下巴上，偏过头和他说话："是你太粗鲁了，好不好。"

陆季行撩了下眼皮看她："嗯？"

尤嘉一看他这表情就瑟瑟的，眨着眼说："可……可以温和一点儿。"

陆季行又撩她一眼，手上力道重了点儿："是吗？"

"那或者……注……意一点儿？"

陆季行盯了她一会儿，忽然勾着唇角笑了起来："哦。"

尤嘉被他笑得莫名其妙，等他帮她缠好绷带，翻过身来踢他："你这个人怎么这么讨厌呢！"

只是刚踢到他，脚腕就被他攥住了，一拉一扯，就把她捞进了怀里："讨厌？那我走？"

尤嘉被他困在怀里，心跳都过速了，戳着他胳膊："你这个人，坏透了。"

过分，太过分了！

尤嘉默默地抓住他，小声咕哝了句："别嘛！"好不容易回来的。

陆季行就又笑了。

臭不要脸！尤嘉在心里默默吐槽他。

尤嘉晚上又做噩梦了，睡不安稳，总是无意识地往他怀里钻。

陆季行被她闹醒好几次，看她皱着眉头，不安地来回扭动，就拍拍她的背，低声哄她两句，看她眉头舒展了才继续睡去。

第二天，陆季行眼底微微泛着青，尤嘉还扒着他的眼睛问："你昨晚没睡好哦？"

陆季行沉默地看她一眼，扭头走了。

尤嘉在后面扯自己头发，怎么了嘛！

阿姨准备了早餐，很开心地和他打着招呼："阿季终于回来啦！"

"嗯。"他应了声，去了露台坐着，闭目养神。

早晨的阳光透过稀薄的云层穿破合闭的眼皮，映照出一片朦胧的橘红光晕。光晕忽地变成了黑色，他睁开眼，尤嘉正弯着腰俯身看他，一双眼滴溜溜乱转，前前后后、左左右右地打量他，好像能把他看出一朵花来似的。

他撑了下腿，拦腰把她抱了过来，搁在大腿上，侧头看她："看什么？"

尤嘉摇摇头，把散开的头发拢起来绑在脑后，俯身过来抱着他的胳膊，弯着眼睛讨好地笑："我昨晚是不是吵到你了？"

他皮笑肉不笑地扯了下唇角："别这么狗腿地看着我，待会儿再跟你算账。"

尤嘉"哎"了声："你这人怎么这么记仇啊！还能不能愉快地做夫妻了。"

他神色古怪地看了她一眼，重复了一句："愉快地……做……夫妻。"

他点点头，低唔了声，"了解了。"

尤嘉不知道他又憋什么坏水，哼了他一声，从他腿上下来，进屋去帮阿姨准备早餐。

"不和你讲话了，你这个人太讨厌。"尤嘉一边走一边念叨，"一肚子坏水。"

陆季行把手架在后脑勺儿上，靠在露台的沙发上晒太阳，吊着嘴角笑了笑，随后便睡着了。

尤嘉作为一个睡眠质量向来不太好、晚上睡觉都要做好多准备的人，看见陆季行靠在露台沙发上沉沉睡过去觉得实在太羡慕了。她蹲在他腿边看他，他睡着的时候眉眼干净温和，有股子浅淡的少年气，特别人畜无害。

尤嘉看了他好一会儿，他都没醒。大概是工作太累的缘故，昨晚又赶着回来见她，夜里还被她吵，这会儿实在是太困了吧！尤嘉心软，不舍得叫醒他，便挨着他坐了下来，把脑袋搁在他肩膀上，陪着他闭目养神。

陆季行醒过来的时候，尤嘉已经整个人歪在他怀里了。

尤嘉其实很黏人，晚上睡觉的时候就喜欢追着他跑，他翻个身，她也要翻个身，要挨着他睡，他起身上厕所，她都要不满地哼唧半天。有时候，被她闹得厉害，他就把人拉起来操练，她累惨了自然会躲着他。但没多久，又会没记性地凑过来。

陆季行低头看了她一会儿，把她抱起来，往屋里去。

一动尤嘉就醒了，迷迷糊糊问他："早餐准备好了，你要不要吃啊？"

"待会儿吃，先吃点儿别的。"

"啊？"

他笑，抱着她进了卧室。

就那么一句话，尤嘉反应过来就开始脸红心跳，被他稍稍一撩拨就招架不住了。昨晚安安稳稳睡觉，她还想着他最近需求很少嘛，大概熬夜久了肾亏，不大能折腾了。结果一大早就被打脸。

他太磨人了，有时候还带着点儿故意，尤嘉又是踢又是咬的，完全招架不住。最后被吃干抹净，压榨完了最后一分体力。

陆季行终于神清气爽了。

尤嘉蔫了。

他心情好的时候就爱惯着她，她说什么他都依着。

尤嘉说："我想要全身按摩。"要捏捏才舒服，这浑身酸痛得都快爬不起来了。

他挑眉笑了笑："你确定要现在提这种要求？"

尤嘉点头，又猛地摇头："还……还是算了。"

陆季行凑过去，亲了亲她的嘴巴，拍着她的脑袋，一脸大尾巴狼样地说了句："乖！"

尤嘉："……"

禽兽啊，禽兽！

第六章

披着猫皮的小狐狸

　　能腻歪的时间总是短暂的，说好回来陪尤嘉一周，但陆季行还是临时有了事。第三天半夜，他站在阳台上接电话，麦哥在那边叽里呱啦说了半天，他在这边沉着脸，最后只"嗯"了一声。

　　尤嘉默默地"唉"了声，倒是习惯了。

　　她拥着被子，一脸迷糊地坐着，陆季行过来的时候，她抱着他的腰，把重重的脑袋蹭过去靠着，鼻音很重地说："你忙呗，我又没什么事。"

　　医院给她放了这么久的假，无非是怕她有什么心理阴影，以后工作有抵触情绪，但其实，她还没有那么脆弱。一开始，她晚上还会做噩梦，但有他陪着，她也就没那么害怕了，这两天已经不做噩梦了。

　　陆季行捋了捋她的头发，沉默良久。尤嘉很孩子气，又爱黏人，但他知道，她很懂事，从来没让他操过心，这反而让他更加心疼和愧疚。

　　他思考了好一会儿，用下巴蹭着她的脑袋："我带你出去玩两天吧，嗯？"

　　尤嘉迷迷糊糊的，脑子不是很清醒，闻言，反应了好一会儿才"嗯？"了声。

　　最后开始兵荒马乱地收拾东西。

　　麦哥来接他们的时候，尤嘉还不是很能反应得过来。陆季行很忙，平时很少会带着她。一是不方便，二是不喜欢把工作和私事搅和在一起。这一次是怕她一个人待着又做噩梦，不放心留她一个人在家。尤嘉又兴奋又担心。

麦哥看见尤嘉，吹了声口哨，对着陆季行啧啧不断："还拖家带口啊，被你粉丝逮到了怎么说？就说是你新招的小助理？"

陆季行把行李塞进后车座，把尤嘉扔上车，坐下来的时候才看了一眼麦哥："随便你！"

"啧！"红颜祸水啊，红颜祸水！

尤嘉在车上又睡着了，再醒过来的时候，人已经在殷城了。这边新建了一座影视城，东方神话基地，据说瑰丽异常，被称为"魔幻风里程碑之作"。当初由一个大导牵的头，三家影视公司合资投建，现在由 MG 公司运营，除了日常出租片场和拍摄道具之外，也陆续开放了基地建筑以供旅游和参观，有望打造成下一个横店。

之前，尤嘉就一直想过来看看来着，只是总没什么时间。她一下车就"哇"了一声："Amazing（令人惊讶）！"

陆季行斜了她一眼，有种带幼儿园小朋友出来春游的既视感。

尤嘉开心得要飞起来，陆季行招了招手，她又乖乖地跑回来，叉着腰、仰着脸看他，一副"有事快说，没事别耽误我起飞"的架势。

他抬腕看了下表，已经是临近傍晚了，嘱咐她："麦哥会带你去酒店，白天没事可以在这边逛逛。我有空就来陪你，没空你就跟着麦哥，别自己乱晃。目前有些地方还在施工，尤其是晚上，不是很安全。"陆季行扣着她的脖子，把她拖过来，拿额头碰了碰她脑袋，"听话！"

尤嘉点点头："知道啦！"

陆季行眯了眯眼："被我发现你阳奉阴违，我铁定收拾你。"

尤嘉："……"

人家都是"知子莫若父"，她是"知妻莫若夫"。

敲打完后，陆季行满意地离开了。麦哥在旁边幸灾乐祸，笑得旁若无人、前俯后仰。

"哪里有压迫，哪里就有反抗。"尤嘉坚定地向他表明立场。

麦哥点头："嗯，我很看好你。"

"如果你把你幸灾乐祸的表情收起来，我会更相信你。"

麦哥用他宽厚的手掌温柔地拍了拍尤嘉的肩膀："有时候啊，人需要认命，放弃治疗吧！你这辈子是斗不过陆季行的！"

所谓"一物降一物"，陆季行那种对什么都很淡的人，不争不抢，不出风头，但每次一碰上尤嘉，就跟换了个人似的，霸道、强势、腹黑，吃她吃得死死的。

尤嘉斜了麦哥一眼，一边沿着街道往前走，一边语重心长地对他说："有时候，人也需要一点儿善意的谎言……你不打击我会死啊！"

"会痛不欲生，我亲爱的嘉妹。"

尤嘉："……麦哥，我喜欢你，我太喜欢你了。"

麦哥惊恐脸，一脸警惕地看着她："真叫人害怕。"

尤嘉侧头看着他笑起来，露出一侧的小虎牙，尖尖的，像某种嗜血动物，麦哥鸡皮疙瘩都出来了。

她点点头："下次见阿季，我就这么跟他说。"

那陆季行岂不剥了他！

麦哥："嘉妹，你学坏了，果然近墨者黑。"

尤嘉矜持地笑："谢谢夸奖。"

麦哥："……"

最近有部奇幻大片在这边拍摄，陆季行过来友情客串。原定的是半个月后进组，但因为拍摄需求，临时调整了拍摄计划，剧组问陆季行可不可以提前过来。其实拒绝也无可厚非，但陆季行欠导演人情。他这个人一向不喜欢欠人人情债，早还早安心，所以趁着休息便过来了。

他作为客串，没几个镜头，最快两天、最慢五天就能拍摄结束了。片场很忙，几乎没有人注意到他。

他进来的时候是步行过来的，穿着一条洗白牛仔裤，配白色大字母的T恤，外面套了一件夹克，没戴墨镜也没戴帽子，就扯了个口罩。

工作人员还把他拦住了："对不起，这边封闭，不开放参观，游客请往前走。"

陆季行把口罩摘了，把工作安排表递给对方："你好，陆季行。我来见周导，核认一下工作。"

工作人员看了他好一会儿，最后笑了："您这也太低调了。"

按陆季行最近蹿红的程度，出行怎么着也得保镖、助理全程跟着，然后墨镜、口罩全副武装才合适。况且 MG 最讲究排场，旗下艺人都是一个赛一个地阔气，该有的配置统统都是顶配。

周导最先发现了他："哎，季行，你怎么这时候来了。"他打电话回复的时候，本来说明天进组的。

陆季行颔首示意："没事，您忙，我提前到了，就过来看一眼。"

"真是辛苦你了，还特意跑一趟。"原本以为他人在剧组，那边和这边离得不远，时间调和一下，两边跑也可以。只是没想到他临时回家去了，听说是家里出了点儿事。

周导问他："家里可还好？"

"还好，没什么大事。只是我太太受了点儿惊吓，回去陪陪她而已，已经没事了。"

"那就好，不会耽误你什么吧？"周导推着眼镜，不经意打量了他一下，微笑道，"早就听圈里一些人说你结婚了，我还不信，没想到是真的。"其实多多少少会有一些风声，但圈里有圈里的规矩，当事人不说什么，谁也不会多嘴去问。

很多时候，像陆季行这种突然大红大紫的，会很小心地经营自己。尤其是他这个年纪，靠着这张脸走偶像路线是最稳妥的。感情方面就需要更加注意，不仅要在粉丝面前闭口不言，在圈子里也要模棱两可，不要落人口实，不然指不定谁会在背后捅上一刀，那可不好受。

陆季行说"我太太"三个字的时候，周导是有些意外的，因为他说得太自然了，那架势不像新婚，倒像是结婚好多年的。

陆季行回答他："不会，她也过来了，在附近玩。"

周导挑眉："那有空叫她过来剧组玩啊！你在这边，她也可以陪陪你。"

"谢谢，我会向她转达。不过，她脸皮薄，可能不太敢过来，您见谅。"

周导笑眯眯道："脸皮薄倒是个麻烦，以后跟着你出去难免会被人围观，她可要好好适应了。"毕竟"陆季行的老婆"这个名头，实在太惹人注目了。

陆季行抿唇轻笑了声。

去是不可能去的，尤嘉尿得跟什么似的，也就只敢在陆季行面前耀武扬威。她属于自嗨型的人，擅长自己跟自己玩，在陌生人面前就乖得不得了。小时候就是，典型的"别人家的孩子"，乖巧懂事，成绩优异，讨人喜欢。其实是只披着猫皮子的小狐狸，旁人看她总是毛茸茸、软兮兮的样子，其实她骨子里蔫儿坏，坏得还不明显，你靠得她近了，她才会时不时地伸个尖尖爪子出来挠挠你。还挺会察言观色，你要是软一点儿，她就得寸进尺；你要是强势一点儿，她又退回去，可怜兮兮地瞅着你。

陆季行对她的了解可谓是深入骨髓，所以总是能恰好地捏住她的七寸。别看她瞧着乖，花花肠子多着呢！不管教她，她能上天去。

他记得尤嘉十几岁的时候，经常坐在露台上写作业。她家在二楼，露台稍矮，沿路。他有时候从外面回来，抬头就能看见她。她如果刚好抬起头来，会叫他一声："小季哥哥。"声音软软的，有小女孩儿独有的娇憨和可爱。

她写作业的时候总是坐得端端正正的，左手边放书，右手边放她的粉色小水壶，文具盒摊开，放在正前方。

她很乖，但有个坏毛病，特别爱发呆，动不动就用手支着脑袋出神。尤妈妈为了纠正她，经常去露台巡视。她喜欢自己跟自己玩，很讨厌别人干扰她，连妈妈也不行，但她不直接说。

有一天，他发现她经常抱她家的猫咪去露台，她写作业，猫咪就窝在她手边，她偶尔会腾出手来，揉揉它的肚皮。

小女孩儿都喜欢毛茸茸的动物，他也没觉得有什么。

后来是尤靖远告诉他："别看我妹乖，鬼精着呢。你知道吗，我家那只猫是从姥姥家带回来的，刚过来那会儿，总是欺负我家的狗，被我妈凶了好几次，特别记仇！现在三十米开外听见我妈的动静都要炸毛，我妹为了防止我妈搞'突然袭击'，整天抱着猫去写作业，整个一活体警戒标志，装得可像了。"

陆季行听后微微挑眉，忍不住笑出了声。一想起她那副乖得不得了的样子，再配上这一肚子花花肠子，就觉得似乎有点儿好玩。

仔细注意的话，其实能发现很多细节。陆季行还记得有次他和尤靖远几个人出去聚餐，尤靖远怕回来太晚，被母亲骂，拖了尤嘉出去做挡箭牌。几个人在大排档吃烧烤，都是大男生，平常就喜欢逗尤嘉，一看见尤嘉就好像找到了欢乐源泉，但尤靖远哪会给他们这个机会。况且，尤嘉从小养得矜贵，尤靖远也不敢给她吃些乱七八糟的，就买了点心和牛奶给她，单独给她要了个包间，让她在里面……写作业！美其名曰，小孩子吃烧烤不好，功课要紧。

大概小孩儿对不被允许的东西都有着超凡的向往，尤嘉就眼巴巴地看着尤靖远，扯了扯他的袖子："我就吃一点点。"

尤靖远无情地拒绝了她，拍着她的脑袋说道："写你的作业！"

尤嘉也没说什么，就闷闷不乐地"哦"了声。看起来挺逆来顺受的。只是后来陆季行发现，临走的时候，尤嘉去前台要了个打包盒，装了几条鱼尾巴，说是要回家喂西瓜。西瓜是她家的猫，就是那只从姥姥家带回来的、肥得走路都慢吞吞的大胖橘。

当时尤靖远还啧了声："你倒是时时刻刻记着西瓜。"

尤嘉乖巧地点点头。

车上，几个人在扯皮聊天，尤嘉就安安静静地坐在角落，安安静静地打开了尤靖远的包，安安静静地把那盒鱼尾巴不动声色地放进了他包的最下面，摸着下巴思考了会儿，又拿便笺写了两个字：早餐！

第二天，尤嘉可怜兮兮地跟妈妈说自己给西瓜的早餐不见了，而尤靖远背着昨天的书包去了学校。那时候，尤靖远有个初恋萌芽的对象，和他坐同桌，尤靖远每天最大的乐趣就是欺压人家小姑娘给他整理课本和作业。那天早上，小姑娘从他包里拿出来一个贴着早餐便笺的一次性食盒，递给他："喏，你的早餐！"

而尤靖远显然早就忘了那是个什么东西，还以为是母亲给他准备的，顺手就拆了，结果里面躺着几条摆放整齐、被啃得面目全非的鱼尾巴，角落里还很精致地摆了一朵萝卜雕的花——尤嘉从餐桌上捡来的。之后一整天，同桌小姑娘都用一种古怪的眼神看着尤靖远，大概是在惊讶他口味竟如此与众不同。

回去的时候，尤嘉还控诉他："哥，你干吗把西瓜的早餐拿走啊？"

尤靖远是个神经大条的人，哪会想那么多，只得说："哦，大概是没注意。"

陆季行听说这件事的时候，脑海里首先闪过的就是尤嘉安安静静坐在角落里，把盒子小心地塞到尤靖远书包最下面的时候摸着下巴思考的无害样子。

这丫头，一点儿都不老实。

晚些时候，麦哥打来电话，说尤嘉不见了，他找了好几条街都没看见人，她也没回酒店。

陆季行沉吟片刻，冷静地开口："你跟她说，我知道她就在边上，别跟我玩花样，小心我收拾她。你也是，多大人了，还跟着她胡闹？"

麦哥："……"

尤嘉："……"

套路陆季行，这辈子怕是不可能了，难度系数太高了。他跟开了天眼似的，猜尤嘉的心思一猜一个准，从没失手过。虽然尤嘉至今没放弃挣扎，但差不多也认命了。

麦哥幸灾乐祸地冲尤嘉摇了摇头："啧，毫无家庭地位啊，嘉妹，这能忍吗？"

尤嘉："……"

这能忍吗？这当然……能。

尤嘉别过头去，坐在路旁的椅子上给陆季行发消息：你说吧，你是不是在外面有狗了。我不见了你都不先想着找我！我生气了，有小情绪了，哄不好的那种！

有种套路叫——先发制人！不管对不对，声音都要坚定，态度都要强硬。要站在制高点，说对方说的话，让对方无话可说。

　　过了四五秒钟，陆季行回过来消息：往右，扭头。

　　尤嘉下意识地扭过头去，目光穿过层层叠叠的人群，一下子就捕捉到了一个熟悉的身影。陆季行正穿过人群走过来，步伐不疾不徐，从容而淡定。荷尔蒙在他周身聚拢成旋风，从她每一寸神经上刮过，给了心脏一记暴击。即便她从小到大看了成千上万遍，还是没办法免疫。

　　但尤嘉莫名觉得，他每一个动作都透着股秋后算账的气息……她愣了有三秒钟，脑海里闪过四个血红大字：美色误人！她起身，往左转，撒丫子就跑。

　　这时候不跑，绝对是傻子！

　　麦哥在后头"哎哎哎"了好几声，恨铁不成钢地说："嘉妹，你跑什么啊！正面刚啊！怼他啊！你看你怂的！"

　　不远处的陆季行看着她的背影，勾了下唇角，低头，不紧不慢地打字。

　　尤嘉跑了半条街，收到他消息：我来哄你，你跑什么？

　　尤嘉：……

　　信你才有鬼了！

　　殷城很大，划分了九个区，每个区的风格都不太一样。尤嘉在的这边，有集市，有街道，主要是给仙侠修真类的影视用，其他有需要拍这些镜头的，大多也会在这边取景。没有剧组使用的时候，这边会对游客开放，流动商贩会聚，很是热闹。很多游客会在这边拍照留念，也会有电影学院的学生过来观摩或者拍摄作业。只是，景区开放的时候，没办法拍到空白景，拍摄效率是很低的，一整天也难拍出一个满意的镜头。

　　尤嘉跑了两条街，想着怎么也把陆季行甩掉了，于是捂着胸口喘了口气，坐在一旁的椅子上，优哉游哉地喝了一瓶随身带的酸奶。顺手举着手机，也给自己拍了一张照片。镜头正对着自己，她四处挪动着找角度。

　　你看过恐怖片吗？就是角色在愉快地照镜子，镜子里突然出现一张脸的那种……尤嘉在镜头里看见陆季行的脸的时候，吓得手机都要扔了。

　　她扭过头，踹了他好几脚："啊啊啊，陆季行，你干吗！人吓人，吓死人，你知道吗？！"

　　陆季行握住她的手腕，偏头笑道："还跑吗？"

尤嘉都要哭了，他是怎么找到她的啊！这么大的地儿，这么多的人，他属狗的吗？千里追踪？

陆季行能找到尤嘉其实很简单。这边纵横八条街道，横三竖五，中间夹杂若干巷道和近路。尤嘉往左跑的那个方向只有一条主道，通往第三街区，中间穿插三条巷道。以陆季行对尤嘉的了解，她一定会沿着主道走。毕竟一个从小到大胆小又乖的好孩子，没事是不会往偏僻的巷道跑的。

这种无意识的选择，可能连她自己都没注意。

第三街区走过三分之二的路程，纵向是第七街区。这时候，尤嘉会往左拐，或者往右拐，或者直走。陆季行首先排除了直走的可能性，她那单纯而简单的小脑瓜，有时也喜欢思考点儿复杂的东西——能拐弯的时候，她一定会拐。

他站在路口，往左往右各看了一眼，三秒钟后，直接往右边走了。左边没多远的地方聚了一群人，看模样是群演跟着摄影助理在踩点。尤嘉很不喜欢钻人群，看见人多的地方，她一定会避开，那么，只能是往右。

果然，走了不到三分钟，就看见她了。她正坐在路边的长椅上，美滋滋地自拍。他笑了下，摸了摸鼻尖走过去，手撑在椅背上俯身看她……

所谓了解，大概就是能看到别人看不到的细节。

尤嘉又踢又打，看到他警告的眼神，立马狗腿又乖巧地后退了一步。她掏了掏口袋，掏了半天，终于摸出来一颗糖，剥了塞进他嘴里。

投诚求饶呢！

陆季行静默片刻，忽而闷声笑了下，大力揉了把她的脑袋，偏头说："走吧！陪你逛一会儿。"

……欸？

不……不算账吗？

幸福来得太突然，尤嘉有点儿没反应过来，扯着他衣服的下摆问他："你今天不忙哦？"

"嗯。"他把她抓了糖葫芦又抓肉串、至今没洗过的爪子从自己的白色 T 恤上撸下来，尤嘉还没来得及控诉他无情无义、无理取闹，他已经反手握住了她的手，十指扣在一起。

尤嘉愣了下，然后眯着眼，抿唇偷笑，仰头看他的侧脸，他倒是淡定。周围行人匆匆，他却连口罩都没戴。

其实卸了妆，陆季行在镜头前和镜头后还是很不同的。尽管现在他路人粉很多，但除了一些死忠粉，没多少人能一眼认出他，尤其在这种环境中——到处是游客。今天是开放日，九个区开放了六个，街道比往常要热闹得多，其热闹程度媲美热门景区。而他一身简单的白 T 牛仔裤，少年气十足，不像明星，倒像个邻家男孩儿。

但人这么多，又是影视城这种地方，多少人来这边只为了偶遇明星，只要谁稍稍注意点儿他，怎么可能认不出。尤嘉向来胆小又怂，生怕被围观，把口罩从口袋里拿出来，给他戴上了。因为够不着，她还踮了下脚，低声跟他说："现在带你出来，跟带只大熊猫似的，我得时刻提防着有人觊觎你……真想把你锁家里。"

囚禁 play？脑海里冒出这个词的时候，她被自己吓了一跳。

陆季行低头看她，脸被遮住了看不见表情，只能看见眉眼，他挑了下眉毛，然后捏了捏她的下巴："锁？"

尤嘉迎着他迷惑的目光，舔了舔自己的嘴唇，有些不好意思给他灌输了色泽鲜艳的思想。都怪周扬这个网瘾少女每天对她进行科普！

她弱弱地、委婉地表示："就是……这样……那样，嗯，打个比方。哈哈。"

哎呀，太羞耻了。

周扬给她讲过，所谓"霸总"，首先要霸道，然后要变态。喜欢一个人的时候，表白啊、追求啊、约会啊，这种都不符合霸总的气质，要开门见山地表示："女人，我看上你了。"行动要干脆直接，比如塞过去一张黑卡："密码是六个零，随便刷！"如果还不从，那就只能出绝招了："天凉了，让王氏破产吧！"哦，如果女人是王氏的女儿的话。等对方哭得梨花带雨地去求他的时候，他就可以跷着二郎腿，高傲且冷酷地表示："陪我三年，我就帮你救王氏。"然后霸总就成功把人锁家里这样那样了。

尤嘉听说后大为震撼，问出了一个百思不得其解的疑问："这……犯法吧？"

周扬白了她好大一眼："霸总富可敌国，手眼通天，法是什么，不存在的！"然后又白她一眼，"不是，小说而已，还不能放飞一下想象力了？你难不成要从霸总文里找逻辑？你从小到大都在干什么，小说都没看过吗？"

没……尤嘉仿佛被打开了新世界的大门，学到了新的知识和技能，也放飞了一下想象力——想象一下，把陆季行锁在家里，手拿小皮鞭看他我见犹怜地求饶，还……挺刺激的。

她在想什么，陆季行不用猜都能看出个七七八八——都写在脸上了。尤嘉耳朵尖红得跟要滴血似的，无意识地舔着嘴唇，眼神四下乱瞟，一看就没琢磨什么好事。

陆季行眯了眯眼，低头在她耳边说："这样……那样……？"

尤嘉"哎呀"了一声，彻底绷不住，捶了他一下，把脸埋在他胸口，闷声说着："你也太恶劣了，就不能让我一回嘛！"

老是欺负她，意会不好吗，非要说出来。

麦哥他老人家气喘吁吁地追上来，先是被眼前的一幕刺激了一下，然后捂着胸口，大声咳嗽了一声，摇头叹息道："大庭广众的，注意一下影响，好不好？"

尤嘉把脸露出来一半去看麦哥，陆季行体贴地揽着她的腰，对老婆的主动投怀送抱，他向来是没什么抵抗力的。

麦哥一脸没眼看的表情，瞅了尤嘉一眼，问她："你脸怎么这么红？"说完看了眼陆季行，表情更加有内涵了，"阿季，注意点儿影响啊！你看看你把嘉妹弄的。知道你老婆脸皮薄，还大庭广众之下调戏她，还是不是人了啊你。"

陆季行："……"

谁调戏谁？

尤嘉自己调戏自己还差不多，内心戏也是很足了。

最后，陆季行跟拎只猫崽子似的把她拎走了，尤嘉不满地嘟囔着："尊重一下人权啊，阿季，你就这么对待你貌美如花的媳妇吗？"

陆季行瞥她一眼，拎着她衣领的手下滑，重新扣住她的掌心，微微倾身靠近她，在她耳边吐了两个字："闭嘴。"

"哦。"

所谓秒杀，大概就是如此了。尤嘉在心里默默吐槽，但看在他抓住她手的动作做得如此清新、自然、不做作，她就勉为其难原谅他好了。

第七章

家贼难防

街上有很多流动摊贩，卖些稀奇古怪的小玩意儿。有时候被导演组看上，还能客串个群演什么的。尤嘉是个没见过什么世面的"小朋友"，从小到大都在和课业打交道，真真"两耳不闻窗外事"的那种，人生最大的变故就是被陆季行拐带走了。

为此，尤靖远没少感叹：千防万防，家贼难防啊！他整天防着觊觎他家傻不愣登、没心眼儿妹妹的各路豺狼，不许她早恋，不准她收情书，不准她和男生单独出去……防得密不透风。结果千防万防，最后被陆季行这大尾巴狼给惦记上了。

在尤靖远的印象里，陆季行这个人很清高，特别是感情方面。长成那副样子，桃花当然是常开不败的，追他的女孩子一大把，优秀的也一大把，他表现得都很淡，不跟人玩暧昧，也无意找女朋友。相比来说，他更喜欢一个人，自由，没那么多麻烦。

说实话，陆季行挺懒的，懒得哄人，懒得多废话，所以很难想象他会主动想要谈恋爱。

尤靖远一直觉得陆季行太过冷淡，对女人的兴趣一直不大。他觉得陆季行这个人，大概属于那种自己玩够了、年纪大了、家里逼得紧了，才会想要去找个女朋友一起生活的人，简直"渣男本男"了。

没想到啊，没想到，他那种性子的人，竟然闷不吭声地瞄上了尤嘉。

大意了啊，大意了！

尤嘉是什么人，十成十的好孩子。亲戚、朋友谁见了都说乖巧、懂事，谁见了都夸，是特别讨人喜欢的那种小孩儿。这种小孩儿实在太乖，循规蹈矩，没什么娱乐爱好，性子也不够活泼，有时候甚至显得有些木讷。即便尤嘉已经十五六岁了，尤靖远还总是习惯把她当小孩儿，那种需要照顾、需要疼爱的小孩儿。

所以，后来当他知道陆季行冲自个儿妹妹下手，他觉得陆季行简直太禽兽了，怎么下得去手！

尤嘉被陆季行牵着手，乖乖跟着他走，偶尔停下来看看路边的小摊。她买了一支会叫的竹蜻蜓、一把会吐雾的折扇、一柄缠丝的钗子、一件纱制的披风、一盒流光溢彩的珠子、几捆丝线……零零碎碎，好大一堆。最后，实在拿不下了，又买了一个木质的小提箱，把所有东西都放进去，然后塞到陆季行手里，双手合十，眨着眼睛、两眼弯弯、谄媚地看他："阿季，你最好了。"

陆季行矜持地抿了抿唇角，做出一副嫌弃的样子，等她转身去看别的，还是没绷住，笑了下。

麦哥实在是没眼看："我走了，再多待一会儿，我怕我会打人。"他拍了拍陆季行的肩膀，"你注意着点儿，别被人堵了，有事打我电话。"

陆季行摆了摆手。

麦哥走出去两步，忽然想起来："对了，尤总这两天在剧组监工。你看，嘉妹正好过来，要不要让他们见个面什么的。"

陆季行偏头看了眼不远处蹲在地上看老爷子变魔术的尤嘉，内心狂翻旧账，抿直了唇角："不见，不知道，你也没告诉过我。"

麦哥撇撇嘴："您老这记仇的本事可真是登峰造极了。不就做了回你和嘉妹人生大事的绊脚石嘛！你现在把人家妹妹也拐带回家了，背地里竟然如此肮脏地阻拦人家兄妹见面。我妹妹要是被一只大尾巴狼叼走了，我也不乐意。"

陆季行这个人，当初为了和尤嘉在一起，见了尤靖远会乖乖地叫一声

"哥"。

那时候的尤靖远简直要飘起来了。结果人一拐到手，就背后偷偷算账，一点儿亏也不吃，腹黑得紧。

尤嘉好久没见自家哥哥了，她给尤靖远的定义——一个自大狂、暴发户。大学的时候，他跟着一帮管理学院的同学创业，最开始可怜兮兮地骗她零花钱搞投资，资金周转不开的时候卖车、卖装备，穷得只剩一条裤衩。他去学校看她，还是她请他吃的饭，看他可怜，尤嘉还多塞给了他两百块钱。

最开始，尤靖远他们就只是租设备，给学校办活动而已，像什么文艺会演、元旦晚会啊，会用到那种灯光、音响、显示屏的器材，他们就拿来出租，还会负责安装灯光、音响、调试等琐事。最开始估算的时候是稳赚不赔的，但真正做起来，会碰到这样那样的问题，头疼得很。

陆季行刚追尤嘉那会儿，尤靖远事业刚刚起步，给尤嘉办了护照、签证，让助理带她出国玩。尤嘉迷迷糊糊就上了车，再回来已经是半个月后了，一出机场就看见了陆季行。那时候是冬天，尤嘉从温暖的南半球回来，看见满身寒霜的陆季行，觉得整个人都冻清醒了，有些害怕地后退了一步，小声叫了声："小季哥哥。"

陆季行站在她面前，掩唇轻咳。他感冒了，面色都苍白了几分，显得……更变态了。他这个人冷着脸的时候，是有点儿可怕的。

尤嘉害怕，舔了好几下嘴唇。

他最后只说了句："你哥有事要忙，我来接你回家。"

尤嘉不疑有他，点点头："哦。"终于松了口气，然后乖巧地道了谢，"谢谢小季哥哥。"

他冷淡地"嗯"了声，没说别的。尤嘉恍惚间觉得，前段时间他说的追自己是她自个儿臆想出来的。

当时，陆季行开了朋友的车，半途说不舒服，要回趟家，问尤嘉要不要先去他那儿待一会儿。尤嘉多乖啊，他说什么她都说"好"，最后，跟着他去了他的单身公寓。那时候，他自己住，离公司近一点儿，方便。

六楼，坐电梯，尤嘉全程拧着手，内心忐忑，总觉得这样不太好，可又说不上哪里不好，潜意识里觉得陆季行虽然不太符合传统意义上的好孩子，但其实是个正经人——嗯，后来尤嘉不得不承认，自己看走了眼。

开了门，没有多余的拖鞋，也没有一次性鞋套——后来尤嘉才知道，那都是套路。陆季行追尤嘉，就是个不断套路的历程。他把自己的拖鞋递给尤嘉，自己赤着脚进了客厅，好在客厅大部分地方都铺了地毯，不然，尤嘉该有负罪感了。虽然她也不知道这负罪感从何而来。

尤嘉端端正正地坐在客厅里，陆季行扔了几本杂志给她打发时间，径自去了卧室。过了一会儿，他出来叫她，尤嘉听话地过去，问他怎么了。他脱了上衣，露出背上长而深的两道伤口，说："帮我个忙。"

尤嘉看见渗着血的绷带整个人都麻了，她捂着嘴巴，惊讶地看着他："你怎么……"

他却淡定无比，仿佛身上只是被蚊子叮了下，只偏了下头，示意她往卧室来："没什么，训练的时候不小心受伤了。你不是学医的吗？帮我换个药。"

陆季行趴在床上，医药箱放在床头柜上，尤嘉手抖，几次碰到伤口，血水染了自己一身。他没吭一声，尤嘉自己却内疚得不行，一直小声地跟他道歉。他笑了声："这么紧张干什么，你们医生心理这么脆弱？"尤嘉嘟囔了声，她还是个学生。况且，看着身边的人受伤和看着陌生人受伤，完全是不一样的感觉。

他找了件自己的衣服给尤嘉换上，说待会儿把她行李箱拿上来再换。尤嘉觉得他太体贴了，更不好意思了。以至于后来他说："我受伤的事别跟别人说，尤其是你哥。他要是问你在我这边做了什么，你就说没什么，聊了会儿天。"

大概是不想别人担心吧！他培训的那段时间，其实过得挺辛苦的。尤嘉满口答应，严格执行。

尤靖远找人找到他家里来，敲开门，尤嘉穿着陆季行的衣服，穿着他的拖鞋，因为出了汗，所以去洗了把脸，额前的头发还是湿的。

这一幕差点儿把尤靖远气死。顾忌她的面子，他没有当场揍陆季行，只是在把她带走的时候问她："陆季行有没有欺负你？"

尤嘉拨浪鼓似的摇头："没有，没有。"

尤靖远按了按太阳穴："你们……到哪一步了？"

尤嘉思想单纯，没听懂其中深意，只是时刻谨记陆季行的叮嘱，第一次说谎，声音别提多僵硬了："没，没什么，我们就聊了会儿天。"

谎撒得太过明显，尤靖远扶额，叹息了声，在心里已经给陆季行盖了个特别禽兽的章。

"好了，我知道了。"

尤嘉逛了三条街，地毯式搜索，无差别扫荡，最后成功买了一大堆注定压箱底的乱七八糟的小破玩意儿。

两个人回到酒店的时候，麦哥正好下楼，远远看见他们，摇头叹息，额头冒黑线，调侃她："嘉妹，你这是把人家的摊儿都搬回来了吧？"

尤嘉惯会怼他："麦哥，小明的爷爷活到九十九岁。"

麦哥"哟"了声，拿指头指了指她，对陆季行笑："你老婆越来越出息了！"嘴皮子功夫日益见长啊！

陆季行提着两个木箱点点头，抿唇轻笑，似乎还隐隐透着几分得意与骄傲："是我教导有方。"

麦哥"哈"了声："你俩真是天造地设！"

活宝和活宝爱好者。

"我回公司一趟，有点儿事要处理，明天你就自己去剧组吧！我派个助理过来，或者……"麦哥咧嘴笑了笑，指着尤嘉说，"要不，你把嘉妹带去，替你端茶倒水，按摩揉肩，美滋滋！"

尤嘉白了他一眼："快走，不送！"

陆季行很少带助理，顶多麦哥过来帮他照应照应。

到了酒店房间，尤嘉就开始鼓捣她刚买的小玩意儿——全抱出来，一个个整理好，装箱，打算寄回家去。比起周扬，有时候尤嘉购物更加疯狂。不过，她不太热衷包包、化妆品，净买些稀奇古怪的玩意儿，小孩儿心性。

陆季行也不管，由着她。他觉得这样挺好，无伤大雅，反正她开心就好。家里有三排顶到天花板的博古架，上面摆的都是尤嘉淘来的宝贝。尤嘉说，等哪天他没通告接了，她要是也丢了饭碗，就带着她的宝贝，开个博物馆，门票不贵，就十块钱，然后让他站在门口招揽顾客，铁定人满为患。

摸虎须的下场自然惨烈，陆季行眯着眼、眼神凉飕飕地扫过来，吓得她一抽抽，不过皮一下……真的很开心。

尤嘉拍了照片给周扬看："我给你买了小礼物。看见那个小皮鞭了吗？牛皮做的，流苏是手工编的，鞭身带着软刺，尾巴上有个小铃铛，是不是很漂亮？"

对于一个沉迷霸道总裁小说不能自拔的"网瘾少女"来说，尤嘉觉得周扬一定会喜欢的。

但周扬只发过来六个点："……"然后她诚恳地发表了自己的意见，"如果我把这么个玩意儿摆在家里，不知道的还以为我有什么特别嗜好……"

尤嘉本来脑补的是女侠手握皮鞭、英姿飒爽的风姿，被她这么一说，瞬间变了味。

"你……思想太龌龊了。"

周扬"哈"了声："你今晚睡觉的时候，把这玩意儿摆床头，什么也别说，你看陆季行会不会有什么别的想法。"

尤嘉："……去你的吧！"

她皮又没痒。

周扬"嘿嘿"笑了声，想象一下就觉得流鼻血，就是尤嘉那小身板不知道受不受得住。结束了不正经的对话，尤嘉成功地把自己的宝贝托付给了周扬。因为她不在家，就让阿姨回家休息了，只好把快递寄给周扬，让周扬帮她签收一下。

周扬跟她交换了医院的信息："咱们院长可硬气了，说绝不助长这种歪风邪气，报了警。现在警方正在调查取证，本来说想让你回来配合调查的，不过，老太太突然没了，那家人正满世界找你呢！说什么'杀人偿命，血债血偿'。我的妈，跟疯了似的，太可怕了。院长让你最近先别回去了，等这件事处理完再说。"

"……这也太……跟拍电视剧似的。"尤嘉不可置信地念叨了句。

"呵，生活比电视剧更夸张……算了，不给你灌输这种思想了。真不忍心污染你幼小单纯的心灵，你好好玩吧！不是跟陆季行一起吗？就当再度一次蜜月好了！"周扬又"啧啧"两声，"带薪哦，多好的事！"

尤嘉也不知道医院那边是什么情况，说实话，她还是第一次遇见这种事。现在回想起来，只记得老太太经常迷迷糊糊地按铃叫护士、叫医生，说这里不舒服、那里不舒服。她身边总是没有人，尤嘉极偶尔的情况下才能看见家属过来，往往都是护士打电话通知欠费，要缴费的时候，而且每次都拖到很晚才来，来了就对着护士骂骂咧咧，说什么"黑心医院，净坑钱"。好几个护士都被对方骂哭过，怎么说都认定了医院赚黑心钱。道理根本讲不通，况且，对方也只是纯粹发泄，压根儿没想听你说什么。

人坏到一定程度，有种百毒不侵的可恶，坏得纯粹又可恨。你没他底线低，没他恶，多数情况下，除了一肚子火气，简直毫无办法。最好的方法就是不理会，可无缘无故被骂一顿，谁也做不到完全无事。

几个护士看老太太可怜，私下里经常会多照拂些。没想到，后来家属觉得，让老太太住医院还挺好，虽然花费稍微高一点儿，但报销后的费用也没多少，还省时省力，就死活不肯出院了。硬赶也赶不走，说什么还没好利索，为了保险起见，还是要多住几天，万一要是回家早了，出了问题，医院负责吗？

大家给主治医师出主意，让他多开点儿诸如进口药啊检查啊等医保报销不了的东西，让他出出血，人自然就不住了。但这种缺德事，正经医生哪做得出来。正常人和无耻之人，区别就在于一个有原则，一个没原则，一个有底线，一个没底线。

尤嘉叹了口气，希望早点儿解决吧！

陆季行洗完澡出来，看她垂头丧气的样子，过来捏了捏她的脸："想什么呢？"

尤嘉抱抱他的腰，把脸贴在他胸口蹭了蹭："没事，医院那边的事情还没解决，我暂时回不去了。"

陆季行差不多也猜到一点儿，她从小被保护得太好了，生活环境简单温馨，很少会面对人性恶的一面。突然面对这种事，肯定满心都是费解和沮丧。

他把她的脑袋往怀里按了按，转移话题道："别想了。你哥最近在殷城，你要不要去见一见？"

"我哥？"尤嘉抬头，果然被分散了注意力，"他在这边干什么？"

"有部电视剧在拍，你哥是投资方，过来监工的。"

尤嘉撇撇嘴："不见，见了又该骂我了。"医院环境复杂，当时她学医，尤靖远就不同意，说女孩子学个不那么费脑子，以后坐办公室里看看文件、签签字的多好，学医那么累，吃力还不讨好。这会儿碰上糟心事，他知道了大概又要絮叨她。尤靖远又凶，脾气又躁，她可没有受虐倾向。

陆季行笑了下："不见就不见，我待会儿得去直播，你要不要过来看？"

他最近签了直播平台的代言，合同上要求他每个月至少要直播一次，时长不低于一个小时，条件已经算是很宽容了。不过，他不太擅长这种东西，不拖到月底是想不起来开直播的。最近都比较忙，也就这两天闲了点儿。今晚没什么事，就索性准备直播一下。

尤嘉没见过他直播，心里好奇，看他找了个宽敞明亮的地方开始调摄像头。

直播预告是临时发出去的，粉丝直接炸了窝，纷纷奔走相告，俨然一副过节的架势。

尤嘉就坐在他对面，拿了平板，插了耳机，等他开播。偶尔抬头看他一眼，兴奋地搓手手。她登了自己的小号，陆季行顺便给了她一个管理员的位置，让她看见黑粉说脏话什么的，给禁言处理。

有事可做，尤嘉瞬间就忘了烦恼，兢兢业业地等着做事。直播开始的时候，尤嘉两只大眼睛紧紧盯着弹幕，而粉丝都在盯着她的 ID——

哇，新管理员！

空降？

没见过哎！

兄弟，你打哪儿来？

你这名字有点儿拉仇恨啊！

拔刀吧！情敌！

……

尤嘉看了看自己的 ID：陆太太。

沉默。

这号是尤嘉去围观的时候注册的，看粉丝的 ID 都是什么"陆季行圈外女友""陆季行官方认证老婆""陆季行的小可爱""陆家小媳妇"，尤嘉觉得自己不能落后，就起了这么个昵称。

这会儿看着怎么这么羞耻呢！

麦哥抽空上来看他直播，一看见尤嘉的 ID 和管理员身份，顿时乐了，私戳尤嘉："嘉妹，你不要到处捣乱，我跟你说，你这么高调是要挨打的。"

尤嘉瑟瑟发抖，发了条弹幕，准备表达一下友好。就一个表情——微笑。这直播平台挺狗的，管理员发言会被置顶、加框、标红，于是，尤嘉那个醒目的微笑脸就显得格外醒目。

挑衅啊这是！

妹子 666，你这挑衅水平一流！

女人，你成功地吸引了我等的注意力。

大家注意，向新管理员开炮！

出来单挑吧！

……

尤嘉一脸蒙——啊，我不是，我没有……

陆季行实在看不下去了，掩唇轻咳了一声："好了，听我说。"

弹幕齐刷刷地转了过去——

"好、好、好，听你说。"

"你长得帅，都听你的。"

"说吧，你是要娶我，还是要我嫁给你，我都可以哒！"

"哈哈哈，来自一个被忽视的主播的呐喊！"

"说吧，说吧！先交代一下，你从哪里勾搭来的管理员。"

"坦白从宽，抗拒从严。"

……

这个直播平台的规则是：粉丝值最高的为大管理员，大管理员可以自行选任十二个流动管理员，每次需要保证至少有四个管理员在线，如果十二个管理员在线数不超过四个，就会选任临时管理员，临时管理员由系统自动选任，一般是从数据库里根据活跃度、粉丝值以及打赏频率综合分析，随机抽取的。

但还有一种情况不受任何限制主播可以随意设置管理员。陆季行设置管理员的时候，弹幕上会显示提示：主播陆季行授予粉丝"陆太太"管理员称号。

这条弹幕飘过去得很快，尤嘉都没注意到。但是粉丝是什么？福尔摩斯啊！她们眼睛太尖了，分分钟截图。小群里各自天马行空地猜测，八卦之心熊熊燃烧，然后，大家在弹幕里疯狂逼问陆季行，问他是不是背着她们，勾搭了什么花花草草。

陆季行只轻飘飘说了句："这个以后再仔细说吧，现在没什么可说的。"

关于公不公开，他还在考虑。公开后的情况，一种可能是大家都理解包容，然后各自坦然相处，他不介意和人分享；但另一种可能是尤嘉会被过度关注，若是控制不住局面，很可能让她受伤害，就这一点来说，他暂时不想公开。

大管理员适时跳出来，发了话：都听话，不问私事哈！一群粉丝插科打诨，话题很快又带了过去。尤嘉心虚地抹了一把汗，悄没声儿地溜之大吉！下线，摘耳机，关平板，一气呵成。她用口型跟对面的陆季行说："我不玩了，出去买点儿东西吃，一会儿就回来。"

太刺激了，跟公开处刑似的，吓得她额头的汗都冒出来了。这届粉丝都是魔鬼！

陆季行抬了下眼皮，微微蹙眉，冲她勾了勾手指，指尖朝下点了点，示意她坐下来，别乱跑。

尤嘉哪里坐得住，直摇头，哀求似的看着他，食指对敲着，冲他比画：我十分钟就回来了。这边夜里灯火通明，保安二十四小时巡逻，她就下楼买点儿吃的，一般来说，是不会有什么安全问题的。

陆季行拿她没办法，关了麦，把镜头撇过去，这才出声叮嘱她："手机带着，别走远。"

尤嘉冲他比了个"OK"的手势。

溜了溜了。

尤嘉不知道的是，系统有一个更"狗"的操作，就是管理员上线或者下线都会有明显的提示。尤嘉落荒而逃的时候，下头一群人"哎哟哎哟"着。

"完了，把陆太太吓跑了。"

"你快回来啊！"

"哥，这不是我们的错，是键盘它先动的手，我们没有想吓跑她。"

"哎呀，一定是我们太热情了。"

……

弹幕狂飙的过程中，另一拨又刷了屏——

"哥，你说，你在看什么？"

"唉嘿嘿，看我们啊，看哪儿呢！"

"啥？你还关了麦。"

"你还把摄像头撇过去！"

"哎哟，我的妈啊！孩子大了不由娘，你学坏了，陆老师！你说，你和谁在一起呢？"

"肯定不是助理，我们陆老师都没助理的，难不成新招了？"

"肯定也不是麦哥，麦哥网上刚冒泡，说在车上呢！"

"月黑风高夜，爱情萌芽时，我们家崽儿做成年人该做的事了……"

"哎哟，心痛到无法呼吸。"

……

这场毫无准备的直播，毫无准备地被广大粉丝围陷了。陆季行根本插不上话，偶尔挑挑眉，偶尔点点头，也不知道是在做什么，完全一派吉祥物的架势戳在那里。

他本来想让粉丝找个话题跟他聊聊，结果，她们自己玩嗨了，压根儿顾不上他。陆季行本来话就少，这下更是没话了。粉丝拿礼物炸他，满屏都是花里胡哨的东西，还有粉丝狂欢似的"啊啊啊！"。

陆季行："……"

聊不下去了。

他轻咳了声："要不，今天就到这里吧？"

"别、别、别，哥你别跑。"

"你害羞什么啊！"

"小火车还没开起来呢！"

"好啦，好啦，不逗你啦！别跑喂，好不容易守到你开直播，你要是敢跑，我就哭给你看。"

"你什么都不用说、不用做，你就静静地坐在那里，我可以舔屏一整天。"

……

陆季行："哦。"

第八章

陆太太其人

殷城大酒店高层的套房里，尤靖远揉着眉心在开电话会议。所谓人往高处走，但站得高了，会发现身边人少了，事情多了，更累了。

说人话就是：一堆破事！

下边的人不是阳奉阴违就是溜须拍马，一个个的都不老实。一群老狐狸带着一群小狐狸，净给他玩花样。他背靠在沙发上，双腿交叠，整个人散发着一种冰冻千里的暴躁气场。

助理文清在一旁瑟瑟发抖。

尤总这个人，哪儿哪儿都好，就是这脾气……太躁了。

门铃忽然响了，文清松了一口气，忙低头说："我去开门。"然后健步如飞地逃离了风暴中心。

来的是个女人。如果助理没认错，她是《上古诸神考》剧组的女三号，似乎叫周倩，戏份不多，经常穿着戏服在一旁观摩，话很少，存在感很低。这会儿，她换了常服，一件及膝吊带裙，长发披垂，倒是比穿着戏服多了几分清纯和妩媚。

能做明星的，至少形态上都是很好的。周倩的五官和身材，比一般的明星要更出挑些，大概因为性格原因，平时倒是没那么打眼。

她微微欠身，咬着下唇，轻声开口："请问，尤总在吗？"

得，又一个……

文清也不好恶意去揣测一个女孩子，只得微微垂目，公事公办地问她："请问，您有要紧事吗？尤总身体不太好，晚上不见客，抱歉。"

"……那，不方便的话，我明天再过来，麻烦您了。"她语气柔柔弱弱的，倒像是松了一口气。

文清直觉她不像是有什么花花心思的女人，就软了声音："我帮您请示一下，稍候。"

"谢谢。"

文清对周倩有几分印象，她原本和陆季行一起在天维旗下共过事，小火过一段时间。但天维的操作一向一言难尽，在经营艺人的流程上更是有大问题——太过急功近利，错失了不少好苗子。周倩的可塑性还是很强的，只是缺一个好老板、一个好平台。

尤靖远听了后，微微蹙眉片刻，然后说："带她进来吧！"

尤嘉下了楼，楼下就是一家西点店。她买了一份草莓千层慕斯、一份抹茶芝士蛋糕，打包好，出门的时候和一个男人擦身而过。

错身而过后两秒钟，两个人齐齐回头。

"尤小姐！"

"文清？"

尤嘉在心里大呼：不好，完了，躲不过去了！见了文清，尤靖远肯定不远了！

果然，文清顿时眉开眼笑："您也在啊！真巧，尤总人就在外面。他这个人，您也知道，固执得很，刚刚受了点儿伤，死活不去医院，您快去看一眼吧！"

虽然尤嘉经常对着自己的老哥吹胡子瞪眼，但听说他伤了还是紧张了："怎么会受伤啊？"

"唉……没，意外，您还是先去看一看吧！好歹帮他把伤口处理一下。"文清实在是不知道该怎么跟尤嘉解释。

尤靖远那辆扎眼的车就停在外边，他整个人有些疲惫地靠在车后座上闭目养神。尤嘉拉开车门进去的时候，他睁开眼，微微偏过头来看她，意外地挑了下眉："你怎么跑这儿来了？"

尤嘉目光落在他胳膊上，触目惊心的几道利器伤，大概是玻璃片或者刀片之类的东西划过去的，顿时皱了眉："怎么搞成这个样子啊！"她从储物盒里翻出来酒精和棉签，给他清洗伤口，但是没有包扎的东西。

"你跟我上楼一下，我拿东西给你包扎。"

尤靖远抽回手，一脸领导训斥下属的样子："大惊小怪什么！你还没回答我呢！怎么跑这儿来了？"

"哎！"尤嘉在他伤口上戳了一下，"你这人怎么这么不讨喜啊！受伤了去看医生，不好吗？发炎了怎么办！就喜欢逞强，你以为你是霸道总裁啊！"

尤靖远疼得倒吸了口气，拍了下她后脑勺儿："长本事了啊？没大没小。"

尤嘉白眼都快翻到天上去了："活该你孤家寡人，脾气这么坏，哪个女孩子敢跟你啊！"

"呵！"尤靖远被自个儿妹妹气笑了，"果然近墨者黑，瞅瞅你跟着陆季行都学了什么，嘴皮子功夫见长，是不是？"

尤嘉冲他做鬼脸，连拉带扯地把他弄上楼去了。文清买了点儿吃的出来后，跟在他们后面办手续。

进去的时候，陆季行正低头看手机，尤嘉松了口气："阿季，你结束了？这么快？我在楼下碰见我哥了，他这个人真是不可理喻！冥顽不灵！又臭又硬！哎，我买了蛋糕，你要不要吃啊？我最近特别容易饿，我都怀疑我是不是怀了小小季。"

陆季行抬头，嘴角微微抽搐，想提醒她——直播还没关呢！

想了想，又觉得没什么必要了。

算了。

他脑子里迅速盘算着接下来要怎么处理，抬头意味深长地看了她一眼，然后又看了一眼电脑屏幕，说了句："今天就到这里吧！我有点儿事要处理。"

弹幕一大串"啊啊啊"还没来得及轰炸起来，直播间就被陆季行不由分说地关闭了。

尤嘉保持着手提蛋糕盒子的姿势扮演雕像，满脑子都是：嗯？

尤靖远落后几步，进门的时候闹出好大的动静，嫌弃地说了句："戳在这儿干吗，提灯女神啊你？"

尤嘉一脸要哭的表情，僵硬地转头看了眼尤靖远，又转头看了眼陆季行，不死心地问："我站这么远说话，应该……听不见吧？"

陆季行不忍心打击她，走过来，把她手里的东西接过来，对着尤靖远做了个"请"的手势，然后才跟她说："嗯，听不清。"

对，是听不清，不是听不见。麦克风的收音效果没有那么好，但肯定是能听见有人说话的。以粉丝那无所不能的架势，估计不出三分钟，就可以"解码"出来说的是什么。

陆季行敲了敲她的胳膊："去拿医药箱啊。"

尤嘉就一点好，脑容量小，很容易分散注意力，被陆季行一提醒才想起来尤靖远那一胳膊伤还没处理呢，于是着急忙慌地去找医药箱了。陆季行以前老受伤，尤嘉都习惯随时备药了，就算是出门，她也会装个医药包在行李箱里。不过，这家酒店备有医药箱，尤嘉去抱了出来。

陆季行和尤靖远两个人"仇人相见，分外眼红"，谁也不理谁，都高贵冷艳地坐在那里，脸上都是同款面瘫表情，气氛有种剑拔弩张的紧迫感。如果不是尤嘉知道这两个人的习性，都要觉得两个人快打起来了。

她坐过去，把尤靖远的胳膊扯过来，再次清创，然后包扎。包得跟粽子似的。尤靖远立马将霸道总裁的形象降了三分。他嫌弃地"啧"了声："你没失业，真是人民的不幸！"

尤嘉矜持地微笑："谢谢夸奖！"

尤靖远不客气地又拍了下她后脑勺："还贫上瘾了，是不是？"

陆季行把尤嘉扯过来，到自己身边坐着，尤嘉顺势抱住他的胳膊，整个人八爪鱼似的偎着他，控诉似的看着尤靖远。

尤靖远从鼻腔里发出一声冷漠的"哼"，拿抱枕砸过去，评价道："女生外向！"

尤嘉抱陆季行抱得更紧了，哼哼唧唧撒娇："你看看他啊！"

陆季行无奈摇头，看着尤靖远，点头道："抱歉，尤嘉被我惯坏了。"

尤靖远："……"

他惯尤嘉的时候，陆季行还不知道在哪儿呢！

两个奔三的老男人幼稚地对视了一眼，带着几分显而易见的敌视。

文清又定了一间房，就在隔壁，尤总他老人家迈着阔方步，姿态高贵地移驾而去了。

尤嘉这才拍了拍胸口："我为有这么个幼稚的哥哥感到悲哀！"

陆季行拦腰抱起她，把她抱回了卧室："没关系，你至少可以为你有个能干的老公而感到庆幸！"

尤嘉莫名被戳中笑穴，抱着他的脖子咯咯直笑："你脸皮怎么这么厚啊！"

"你第一天知道吗？"

尤嘉被他推到床上……

折腾累了，一夜好眠，两人睡到日上三竿也没醒，所以，尤嘉不知道今天有多热闹。

两条热搜直接冲了上来——

陆季行直播。

周倩疑似被封杀。

有人从头到尾梳理了一遍昨晚的直播。陆季行给了"陆太太"一个管理员身份；粉丝起哄；"陆太太"溜了；陆季行抬头看了屏幕外一眼；陆季行把声道关了；陆季行把镜头撤过去了；过了大约二十分钟，在粉丝安安静静舔陆季行的颜的时候，一个女声突然出现了……

她的声音以一种振聋发聩的形式，重重地击在了每个在线粉丝的心上，如山崩海啸，如泥石滚滚而下，如世界毁灭，如雷鸣电闪。必须要用如此混乱的形容词才能形容出广大迷妹同胞同样混乱而复杂的心情。

尤嘉说话的时候离得太远，其实听不大清，一群人回放了无数遍，才勉强拼凑出来比较确切的几个词句，比如——

阿季，你结束了？

我在楼下碰见我哥了！

我都怀疑我是不是怀了小小季。

　　声音很软、很甜，毋庸置疑是个年轻女孩子的声音。然后，大家得出一致结论——"陆太太"她可能真的是……陆太太。一时间哀鸿遍野，全网失恋。

　　今天陆季行撩妹了吗？没有。

　　他偷偷藏了个妹子在家里。

　　这究竟是人性的泯灭，还是道德的沦丧？

　　太虐了。

　　永远也不要小看广大人民群众对八卦的求知欲。尤嘉一觉醒来，看见网上近乎爆炸的消息，整个人有种被雷劈过后历劫飞升的感觉。整个人轻飘飘的，手指头尖都在颤抖。

　　真的是……高手在民间。

　　如果说，把陆季行从出道到现在的各个直播、采访、综艺节目、幕后花絮全部整理一遍，筛选出关于感情方面的信息不算什么的话，那把尤嘉从万千边角料中拼凑出来，猜得还大差不差，真的是太牛了！

　　其实，陆季行的采访很少，大多藏在边边角角里，整理起来非常麻烦。而且，之前他名气不大，每次参加活动和节目，他都不是主咖，所以镜头少得可怜。加上他本身话少，也不太喜欢采访这种形式，所以想从各种节目活动的采访和七七八八的边角料中整理一份出来，实在是太不容易了。

　　但全能无敌的粉丝还是做到了。并且，她们充分发挥了如福尔摩斯般优秀的潜质，不放过任何蛛丝马迹地把尤嘉从深深的网络表皮下扒了出来。她们用"穿针引线"的方法，细致地拼凑了尤嘉的形象，还顺便举办了第一届"陆太太杯"二次元形象设计创作大赛！素材来源：陆季行所有公开、半公开的发言。

　　举例如下：

场景 1——*Super Boy* 时尚杂志内页专访

主持人：我知道陆老师不喜欢回答关于感情的问题，那我能冒昧问一下为什么吗？

陆季行：家教比较严。

这是近期的采访，陆季行一本正经说话的时候，会让人分不清是玩笑还是真话，带着股冷兮兮的搞笑意味。看他表情，怎么看都是一副认真回答问题的样子，可听内容，又觉得扯淡得让人想笑。

场景 2——MTV 幕后快问快答

主持人：喜欢唱歌还是跳舞？

陆季行：都喜欢。

主持人：如果要让你放弃一个，你会放弃哪一个？

陆季行：对我来说，没有哪个是放不下的。

主持人：（笑）我还以为舞蹈是陆老师的挚爱。那你有没有无论怎样都不愿意丢下的东西？

陆季行：人吧。

主持人：是吗？（暧昧笑）比如家人、朋友，或者……初恋，这种？

陆季行：（冷淡而正经地颔了下首。）

后来，主持人问他到底是家人、朋友还是初恋，他勾着唇角笑了下，没回答。他这个人综艺感不强，采访的时候，主持人都很小心，不太敢过分开玩笑、逼问什么的，怕闹得太尴尬，后期都没办法剪辑。

但那一笑实在是太酥了，不少人调侃他是不是恋爱了，不然怎么可以笑得这么甜。

类似这样的采访还有很多，内容相对模糊，几乎看不出什么不正常。但其实从头梳理的话，能发现很多暗藏的、被忽略的暗潮汹涌。

刚出道的时候，陆季行去参加一个节目，因为是串场嘉宾，只露面跳了一个舞，然后主持人简短地介绍了一下他。后来谈到初恋的话题才顺带提示了他一下："小季呢，有没有过懵懂的初恋？"

陆季行"嗯"了声。

大概是他太好看了，听帅哥讲感情经历总是格外激动人心，下头的观众一下子沸腾了，主持人就多问了一句："那有没有很甜、很美好的经历？"

他歪头思考了会儿，点头："那时候，她年纪小，我怕带坏她，等到她十八岁，我才表的白。我喜欢逗她，她人又胆小，总是被我气得要哭，每次都说不理我了。我那时候练舞强度大，经常受伤，每次她很紧张。对我来说，可能她本身就是美好吧。"

陆季行很少谈论私人感情，他不擅长煽情，更不喜欢在公众场合剖白自己，所以那次算是很罕见地分享了一次感情经历。

那次主场嘉宾是个当红流量，全场表现平平，没什么亮点，反倒被陆季行抢了风头。后来，他指向不明地说过一些莫名其妙的话，大约就是一些新人野心大、心机重，连带着陆季行在台上分享的故事也被质疑，很多路人评价说带着一股子假惺惺的味道。

对此，陆季行没说什么。

后来他出单曲，有杂志采访他，问他的作品中是不是有初恋的影子，因为曲调很轻快、很甜，他直言："是有。"

那首歌被誉为年度最佳情歌。大概是挡了谁的道，他又被黑了。诸如此类的暂略过不说。反正从那之后，陆季行就很少再谈论感情了，几乎到了闭口不言的地步。大家若不是因为这次的事去仔细扒他，都没注意到这些细节。

陆季行也就刚出道那会儿露面比较多，因为公司起初是给了他资源的，但因为效果没有达到预期，公司很快就撤掉资源，将他慢性雪藏处理了。所以，之前的林林总总加起来，也没有这几个月的素材多。

有一句很重要的信息是：他有初恋，但之后就没有信息了。所以现在这个，还是那个初恋？最后，大家拼凑了很多只言片语的描述后，大概描绘了他初恋的轮廓——胆小、乖，性子软，长发，单眼皮，眼睛很漂亮，不是特别高，偏瘦，笑起来单侧有虎牙，喜欢猫，怕狗。

　　当尤嘉看见有人画了一幅一米八的陆季行和一米五——长着猫耳朵、小虎牙、眯眯眼——的陆太太的插画的时候，她有点儿不知所措。她觉得粉丝们对她……可能有点儿误会！

　　不过，这些不重要，重要的是早上吃饭的时候，文清偷偷告诉尤嘉："昨天周倩来找尤总，不知道发生了什么，周倩是哭着跑出来的，后来，尤总的胳膊就变成那样了。我进去的时候，玻璃碴子碎了一地。"

　　尤嘉吓得一筷子煎饺掉汤里了，溅了自己一身。她苦着脸，擦着自己身上的汤水，又成功被转移了注意力，十分好奇地问她哥："哎，尤总，你对人家姑娘做了什么？"

　　尤靖远撩着眼皮子，冷冷扫了她一眼："小孩子家，不该问的别问。"

　　说完，高冷地把纸巾叠成三角形，擦了擦嘴角，起身走了。

　　尤嘉看着尤靖远单手插在口袋里风骚又矜持的背影，眯了眯眼，八卦之心熊熊燃烧。连黄金煎饺都不吃了，喝了口汤，抓起自己的包就跟了上去："哥，带我一起啊！"

　　尤嘉跟着尤靖远进了片场。作为投资人的跟班，也没人敢问她是哪号人，任由她跟在尤靖远屁股后头自由穿梭，甚至还体贴地给了她一个工作证。

　　尤嘉混了两天，依然没套出来尤靖远的八卦。然后陆季行结束了客串，回到了自己原本的剧组。进场那天，尤嘉拿着工作证和陆季行狭路相逢。

　　她迟钝地"啊？"了声。

　　陆季行咳嗽了下，跟身边的人介绍："这个……我太太。"

　　一个混了三天剧组，连剧组名字都不知道的"傻狍子"，成功地把自己给坑到地洞里去了。

　　生存，还是毁灭，这是个相当严肃的问题。

　　时间仿佛静止了，尤嘉耳边只回荡着陆季行的一句："这个……我太太。"

　　哎呀，妈妈呀！

　　尤嘉和陆季行身边的导演对视了有三秒钟，大脑回光返照似的反应了一下，在濒死的边缘挣扎了会儿，终于半死不活地重新启动了。她微微垂首，微笑，勉强装作淡定："您好。"

周围好多人啊！导演，导演助理，摄影导演，制片人，跟组编剧，还有几个不知道是做什么的工作人员——几个人原本在商讨今天的一场雨戏。

尤嘉只是出来打酱油而已，没想到打到了陆季行身上。

他为什么会出现在这里！

陆季行看她表情就知道，她压根儿就不知道自己在这个剧组拍戏，跟着尤靖远屁颠屁颠就过来了。

尤嘉对娱乐圈的事一向不热衷，从小到大都很乖地在书海里徜徉，电视剧都没看过几部，明星对她来说，就是一张贴在墙上的画报。也就是两个人在一起之后，才稍微关注了那么一点儿，大多是关于他的。有时候连他的也一知半解，比如……现在。她只知道他在这边拍戏，拍什么，跟谁一起拍，他记得跟她提过，但她大概听了也跟没听一样。

大概是尤嘉看陆季行的眼神太"热切"，反应太强烈，陆季行也有点儿没反应过来。为了解释这一离奇的氛围，陆季行思考了片刻，言简意赅地介绍了尤嘉："这个……我太太。"

众人恍然大悟，继而十几双眼睛齐刷刷地落在尤嘉身上。尤嘉觉得自己毕业答辩的时候都没这么紧张过，整个人就差稍息、立正、鞠躬了。

日理万机的导演，三天都没和尤嘉对视过一眼，这下子仿佛看到了什么新鲜东西一样，扶了扶眼镜，笑得脸上都起了褶子："啊，百闻不如一见，阿季好福气啊！"他冲尤嘉点头，声音温和得仿佛大点儿声音都能把她吓跑了一样，"怎么称呼？"

没办法，这两天剧组也八卦，没事刷刷娱乐新闻，一个个都好奇陆季行那种看起来冷情冷性的"高冷 boy"，到底什么样的女人能驾驭得了。有时候，大家甚至觉得，粉丝可能想多了，陆季行那种高冷到不解风情的人，真的能找到另一半吗？

不过，现在看来……世事皆有可能啊！皆有可能！

粉丝把尤嘉的长相概括得很准确。尤嘉是单眼皮，很多时候单眼皮和肿眼泡是搭配出现的，但尤嘉没有。她眼皮很薄，眼睛微微内陷，显得五官稍微带点儿立体的感觉，棱角却不分明，反而很柔和。内眼角圆润，眼距适中，所以即便是单眼皮，也不会显得眼睛很小。笑起来的时候，那个尖尖的虎牙特别明显。

她的五官拆分来看都不算很漂亮，但搭配在一起，就显得分外和谐、抓人眼球，是那种很有特点的美人相。陆季行官方身高是一米八三，尤嘉站直了大概到他下巴的位置，很瘦，骨架小，皮肤天生白皙，整个人看起来透着股精致感。

刚进组的时候，还有人私下里偷偷猜测，说是不是尤总带了女伴过来。

"尤总品味不错。"

不过，后来证实是误会了，只是没想到，最后竟然被陆季行这厮认领了。

尤嘉脑子还没来得及转弯，陆季行已替她回答："和尤总一个姓，单名一个'嘉'字，叫她尤嘉就好。抱歉，她有点儿怕生。"说完，看了尤嘉一眼，眼神深邃。尤嘉从里面看到了一丝安抚的意味，不自觉地舔了下唇，往他那边挪了下。

陆季行下意识地握了下她的手，旋即又松开了，装模作样地塞进了口袋，低头跟她说："剧组人都很好，不用拘谨。"

导演哈哈大笑："欸，我又没说什么，瞧你紧张的，我还能吃了你太太不成。"导演冲尤嘉笑着点了点头，说了两句客套话，就赶着去拍摄现场了。临走的时候，他跟陆季行嘀咕："你太太看起来很小啊！"

陆季行笑了下："嗯，偶尔我也会有罪恶感。"

尤嘉："……"

第九章

片场大白

尤靖远跷着二郎腿，优哉游哉地坐在遮阳棚下头喝茶，文清在外面转了一圈回来，伏在他耳朵边上说："外面炸窝了，都在讨论尤小姐。"

那句"我太太"实在是太振聋发聩了！

尤嘉现在就像大熊猫，路过她身边的人都要瞅她两眼，没路过的也会制造机会路过，好看一看她到底长了几条胳膊、几条腿。尤嘉端庄矜持地走在片场，思考自己怎么溜才能显得大方、自然、不刻意。

还没思考完，就一头撞在陆季行……怀里了！他是从拐弯处突然冒出来的，看她心不在焉，故意站着没动，尤嘉发现他的时候，已经反应不过来了，登时和他撞了个满怀。

尤嘉撞得鼻子发酸，眼泪汪汪地控诉他："你故意的啊？"

陆季行抿唇轻笑了下，直言不讳："嗯。"

外围不小心围观的一大拨人仰头看天：我什么也没看见！

尤嘉又羞又窘，气得几乎要翻白眼："你怎么这么无聊啊！"

不无聊，哪无聊了？看她炸毛是件多有趣的事。陆季行伸手碰了碰她那被揉红的鼻子，笑得一脸大尾巴狼样："别揉了。想不想去看看剧组养的猫？听说它最近不太爱吃饭，不知道是不是生病了。"

"猫？"

"嗯，一只黑猫，很肥。"

尤嘉属于特别吸引猫的体质，原本西瓜就跟她最亲，整天被她抓去阳台陪写作业都毫无怨言。后来，西瓜年纪大了，不爱动，总是懒懒地卧在阳台上晒太阳，眯着眼睡觉，一睡睡一天，谁叫它它都懒得抬眼皮，但偶尔还是会蹭到尤嘉怀里求抱抱。

外婆家里也有一只狸花猫，跟尤嘉也很亲，晚上睡觉喜欢钻她被窝，不给钻就很委屈地喵喵叫。有时候，尤嘉半夜醒来，那只大狸花就卧在她脑袋边儿，呼噜呼噜的，睡得格外香甜，赶都赶不走。睡嗨了还会抱着尤嘉的脑袋，软软的肉垫搭在她额头上，那架势跟抱了个人形抱枕一样。

就连公园里的流浪猫都喜欢围着尤嘉要吃的。有一次一只流浪猫跟着尤嘉，跟了两条街，她心软，去宠物店买了猫粮，喂了它才走。结果下次去，那只猫还带了同伴一起追着她走，弄得尤嘉哭笑不得。

尤嘉果然来了兴趣，跃跃欲试地点头："想！"

陆季行噙着笑意，偏了下头："走吧！我这会儿闲着，带你过去看。"

套路尤嘉，陆季行还从来没失败过。尤嘉一路上只顾着猫，都忘了猝不及防被曝光的事了。

她很好奇："借的猫吗？猫怎么拍戏啊？它又不听人话，如果像西瓜的话，动不动就凶起来，还会搞破坏。"

"捡来的。有一天误进了剧组，喂了它东西吃，就不走了。"陆季行走在她左边，很自然地低头和她说话。两人平常也这样，尤嘉也没觉得有什么，不过，在别人看来就不一般了——陆季行什么时候这么温和、这么平易近人过？这一幕完全可以用"魔幻"来形容了。

尤嘉还在问："那谁来养啊？"

"后勤组在养，谁顾得上就喂喂它，和它玩一会儿。快杀青了。"陆季行难得耐心地回答着。

"之后呢？杀青了怎么办？"

"联系了这边的宠物救助站，到时候，应该会送到那边。"

尤嘉"啊"了声："它肯定很伤心。"

西瓜曾经丢过一次。它在某一天突然不见了，尤嘉找了好久都没找到。有人说看见西瓜在货车边玩，之后就没见到了，不知道是不是不小心被锁进车厢里带走了。尤嘉那时候伤心极了，每每看见货车都要上去问上一问，见没见过一只特别肥的橘猫。

有一次，她碰到了一个下流的货车司机。那人跟她打太极，趁机搭讪，她还傻不愣登地仔细地跟人描述猫的样子。恰逢陆季行路过，直接把她拽走了。她那时候还很怕他，战战兢兢地跟在他身后。尤嘉后来反应过来了，脸红到耳朵尖，抿着唇，一句话也不敢说。陆季行有心训斥她两句，最后觉得不忍心，揉了揉眉心，放她走了。只回头叮嘱尤靖远，叫他看着她点儿。

过了两个月，西瓜突然又回来了，蹲在露台的边沿，小心翼翼地喵喵叫。尤妈妈最先发现了它，但根本没法靠近，一靠近西瓜就如惊弓之鸟，往楼下跳，但隔了没多久，又会跑回来，像是知道这是家，但又不确定一样。

尤嘉放学回来的时候，它还在那边蹲着。尤妈妈刚说了一句，尤嘉扔了书包就往露台上跑。西瓜看见她，才终于确定了什么似的，小心翼翼地从台沿上爬下来，围着尤嘉的脚脖子转了两圈，撒娇似的"喵"了声。尤嘉把它抱起来的时候，它试探地拿脑袋蹭她的胳膊，这才放下了警惕心。

据说，西瓜是被带到城郊的一个农场了，在野外生存了两个月。西瓜警惕性很强，谁都没办法靠近它。它躲在庄稼地里，啃了两个月的草，饿了就猎食鸟类和虫子，竟然把自己养得肥肥胖胖的。

但即便是肥肥胖胖，西瓜还是想要回家吧！七十多千米，谁也不知道它是怎么找回来的。尤嘉说西瓜是"lucky cat"，后来一直陪它到寿终正寝。

尤嘉对猫，有一种特殊的感情。

陆季行捏了捏她的脸："别担心，嗯？吉猫自有天相。"

尤嘉点点头。

那只黑猫叫大白。皮毛肥厚，黑得纯粹，眼珠子是黄绿色，竖瞳纹路很漂亮，这会儿正趴在工作人员对面，伏身做跃起状，身子微微拱起，后撤，龇牙咧嘴地哈气，看起来很愤怒、很警惕的样子。

尤嘉一眼就看出来这猫年纪不小了，皮毛的光泽暗淡了很多。按说到了这年纪，猫的性情大多更高冷、慵懒、不理人了。当初西瓜就是，年纪越大越懒，哄它起来走两三步就往地上趴，时时刻刻想倒地睡觉，你叫它十声，它能回一声都算心情好。

工作人员蹲在地上叫了几声："小祖宗！"又是哄又是骗的，拿了小黄鱼来喂，结果大白更生气了。

尤嘉注意到大白在流口水，忽然想起来西瓜有一次吃鱼骨头……她趴在陆季行耳朵边上问："大白每天吃什么啊？"

"跟剧组一个伙食，其他的……吃鱼比较多。"大白集万千宠爱于一身，但剧组几乎没有会养猫的，都觉得猫爱吃鱼，爱它就喂它小鱼干。

尤嘉上前两步，蹲在地上，叫了大白一声，它转过头来，冲她龇牙咧嘴。但大概由于尤嘉身上那股柔软可亲的气场太强，于是那张高贵冷艳、写满了"愚蠢的人类，你们走开"的脸上，神色缓和了很多。

尤嘉就在边上耐心地哄它，过了大约有五分钟，终于能靠近它了。趁着它放松警惕，尤嘉以迅雷不及掩耳盗铃之势，一把攥住了它的下颌，然后掰开它的嘴巴，大白一脸"上当了"的表情，奋力挣扎起来。

周围人都捏了一把汗，生怕大白把尤嘉抓伤了，还没来得及过去帮忙，只见陆季行三两步走了过去，微微蹙眉，单膝跪在地上，抓住了大白的爪子，把它牢牢固定在那里。大白想要咬尤嘉，陆季行下意识地屈臂挡了下。

尤嘉和陆季行靠得好近啊，他几乎是贴着她跪在地上，陆季行低下头就能碰到她的额头。陆季行一向不太和异性接触，之前有节目为了制造噱头，故意让陆季行和女嘉宾跳双人舞，但陆季行愣是全程保持了绅士距离。他这个人，实在是不解风情得很，也不会撩妹，情话都说不来。

怎么就结婚了……啊，匪夷所思。

在这场人猫大战中，尤嘉反倒成了焦点。但这会儿尤嘉也顾不上不好意思了，专注地对付大白，间或批评一下陆季行："哎呀，你不要扯它的尾巴，它会生气的。"

陆季行"哦"了声，听话地挪了挪手。

围观者互相对视了一眼……隐形"狗粮"，最为致命！然后不约而同地想起有一次陆季行对粉丝说的话："我也是个普通人……会因为忘记女朋友生日被骂。"

这句话，好像突然生动了很多……陆老师那高冷中带着几分桀骜的脾气，竟然也有如此听话的一面。

大白浑身上下都写满了"人为刀俎，我为鱼肉"的悲哀，愤愤地呜咽起来。尤嘉看了看大白的牙齿，果然和她猜的差不多。她松了口气，快速地从包里拿出来一个长条状的东西。拆开来之后，旁边的人才发现是……手术器械？什么鬼？

尤嘉抽出来一把血管钳，一手固定大白的嘴巴，一手快速地把血管钳塞进它嘴里，一拉一拽，一块花生米大的鱼骨头被拿了出来。鱼骨卡在尖牙上了，所以大白最近才不吃也不喝，动不动就凶。不知道是不是错觉，尤嘉帮大白把鱼骨头拿出来的时候，它脸上几乎是一种喜极而泣的表情，撒娇似的呜咽了下，拿脑瓜子不停地蹭尤嘉的胳膊。

因为拍戏的时候陆季行和它互动比较多，所以经常有意识地和它培养感情，一人一猫关系还挺和谐。这会儿，大白完全不搭理他了，只黏着尤嘉，一副感恩戴德的狗腿样子。

尤嘉只好把它抱在怀里，边上一阵欢呼。

"啊，我大白终于恢复正常了。"

"泪流满面。这小可怜怎么被鱼骨头卡成这样。"

"谢谢陆老师的太太啊！"

"太厉害了。我们哄了两天了，竟然一直都没发现它被鱼骨卡了。"

尤嘉略微有些窘迫，倒是陆季行自然地接了句："不客气。"一副与有荣焉的矜持的骄傲感。

尤嘉尴尬地摸了摸耳朵，解释了句："猫咪年纪大了，可能吃不了太硬的东西。我家猫咪以前也不小心被卡过，所以觉得有点儿像，就看了看，没想到真的是。"

"我说最近它叫声都变了，老是流口水，还以为它只是单纯年纪大了。"

有人还在看她的手术器械包，震惊于她会随身携带如此奇特的设备。尤嘉忙擦干净，收了起来，尴尬而不失礼貌地微笑："我学医，有时候拿来练手感。"她真不是变态，就是有时候会拿来练打结而已。上次上手术台，她被廖主任骂惨了，说等她打完结，病人都凉了。其实也没那么糟糕，主要是尤嘉太紧张了，但多练习总是没错的。

"陆老师的太太是医生啊！"这职业太正经了，跟娱乐圈实在是不搭，有种滑稽的喜剧感。

陆季行"嗯"了声，拍了拍尤嘉的脑袋："猫借你玩，去找你哥去，我待会儿要拍戏。"

"哦。"

尤嘉戳了戳大白的肥脸，问陆季行："那……我什么时候把猫还回来？"

"你有空就多照顾它吧。剧组很忙，都没什么时间陪它，它闷坏了。"

尤嘉顿时心疼，点头说："好啊！我可以带它出去散心吗？"

"嗯，把防丢绳带上，别让它乱跑。"

于是，尤嘉成了剧组的御用铲屎官。尤靖远看到猫的时候，嘴角微微抽搐，陆季行对付尤嘉，可真是向来直取命门啊！

尤嘉抖了抖大白的腿，问尤靖远："可爱吗？"

尤靖远一言难尽地点了点头。

傻得可爱。他的傻妹妹，怎么就嫁了只大尾巴狼。

尤靖远扶了扶额，头疼。

"尤总……"

更衣室门口，化妆师惊讶地看了眼来人，什么风把投资人吹来了。尤靖远挥了挥手，示意她不用客套："陆季行在里面？"

"在，陆老师在换衣服。"

"嗯。"

尤靖远敲了下门，说了声："是我。"然后没等回答，直接推门而入。

陆季行一边整理衣服，一边回头看，正午时分，阳光灿烂夺目，映衬得他整个人都有种超凡脱俗的仙气，仿佛雪山上的皑皑白雪，有种百毒不侵的高冷禁欲感。

尤靖远不得不承认，陆季行的这副皮囊，的确是极品。

但两个人相处，并不能只靠脸撑着。陆季行这个人，要怎么说呢？他觉得大概是个矛盾体：冷淡又专情；高傲又谦逊；霸道起来说一不二，但也会迁就身边的人；稳重自持，但有时候又无比腹黑。

最初认识陆季行，是在一家街舞中心。那时候，他不过六七岁，穿一身嘻哈风的宽松衣裤，一段热舞跳得掌声不断，围观者众多，起哄让他和老师比赛。他唇角微勾，一股子少年意气喷薄而出，冲老师做了个"请"的手势，邀对方上场。

年纪虽小，气势却足。

音乐响起，他整个人都仿佛染上了色彩，从一幅清淡水墨画，瞬间变成泼墨油彩，抓人眼球。尤靖远那时候就觉得，这人酷得很，想认识一下。

哪知道后来——引狼入室！呵！男人啊！看起来再禁欲、再高冷、再正经，骨子里也是禽兽！

陆季行挑了下眉："有事？"

尤靖远一脸感慨未消地摇头，大大咧咧地坐在旁边的凳子上，目光重新落在他身上，上上下下、仔仔细细打量着，越看越觉得这人冷酷的外表下洋溢着浓浓的大尾巴狼的气质。

"没事，就是问一下你，尤嘉的事，你要怎么处理？"其实，尤嘉跟着他来剧组的时候，他也料到或许会有今天。之所以没提醒尤嘉，一方面是恶劣地想看看尤嘉被坑的笑话，另一方面也好奇陆季行会怎么处理。

这件事说大可大，说小可小。公开不公开，各有利弊。

从陆季行的角度看，可能弊大于利。其实到现在，陆季行的定位都不是很清晰——若是走偶像路线，他太不会经营了。这几个月，他名声大噪，接了不少代言和活动。如果他心思够活泛，趁机多固粉才是要紧事。但这又涉及一个"人设"的问题，就目前来看，他的性格不适合做太主动的事。娱乐圈最怕什么？最怕崩人设，无论高冷也好，纯情也好，暖也好，痞也好，总有人吃其中一款。就算你是装的，也得从一而终地装。人设崩塌的后果，简直是泥石流一般滚滚而下。

陆季行从出道至今，一直没立过什么人设，就算有，也是粉丝给他立的，他偶尔还会跳出来，自己倒自己的人设。比如那句："我也是普通人，会因为忘记女朋友生日被骂。"他性格就是那样，冷淡，不热情，不喜欢去迎合什么。即便娱乐圈各种明里暗里的规则很多，他也一直坚守着自己的原则和底线，这样实属难得。

从细节处看人品，如果不是相信他的人品，尤靖远也不会放心地把尤嘉交给他。平心而论，陆季行对尤嘉，可以说是溺爱了。

但在一些事情上，他还是想看一看陆季行的态度。

关于婚姻状况这件事，可公开可不公开。尤嘉是个象牙塔里长大的单纯孩子，从小到大没经历过什么烦心事。学习好，努力，无论是学业还是感情都顺风顺水，水到渠成。虽然嫁了个段位比自己高太多的男人，但好在这个男人对她很不错，除了偶尔的逗弄，对她从未使过什么心机。她对这件事没什么想法，也不懂其中的弯弯绕绕。

但尤靖远想得更多一些。如果出于对陆季行的事业考虑，不公开当然是更好的。他这个年纪，未婚比已婚更能引人遐想。说到底，娱乐圈是粉丝经济，粉丝多，资源才会广。但相比之下，尤嘉会委屈一点儿。她是个普通的上班族，在医院工作，有自己的圈子和朋友。所有人都知道她结婚了，但没人知道她老公是谁，在做什么。知道了说不定还会被人无端猜测。

当然，这并不能怪任何人。毕竟两个人身份迥异，也会有很多矛盾。陆季行这个职业，难免被人过度关注，身上任何一点儿细小的东西都会被放大。如果公开，也会有一大堆麻烦。公开到什么程度，会对他、对尤嘉有什么影响，都需要事先考虑清楚。已婚这件事，对平常人是件再正常不过的事，但对他来说，则需要慎重再慎重。

陆季行绑袖带的手顿了顿，敛了下眉，抿唇回答："这件事，我考虑了很久。"其实从全艺赛播出后他就在思考了，那时候他刚刚被人关注，一些女孩子会在网上疯狂刷屏表白，说要嫁给他什么的。

成名是件会让人迷幻的东西，有时候更需要沉下心来，去认识自己。

"之前一直倾向于不公开，是觉得尤嘉可能会没办法接受。她很单纯，很容易害羞，被人过分关注会不自在。而且，我也很怕一些恶意的言论……会影响到她。"

就算只是公开已婚的事实，也会有无数媒体去扒她的"庐山真面目"，迟早会让她浮出水面，他不可能做到完全控制住局面。一些问题是可以预见的，比如攻击她的性格，攻击她的样貌……没有谁是完美的，况且若是本身就带有偏见的话，那尤嘉作为一个圈外人，没经历过网络疾风骤雨的洗礼，他很怕她扛不住。

　　还会不会有其他未知的问题，谁也料不到。

　　"不过，这件事不可能一直瞒着。"撒一个谎需要用无数的谎去掩盖，公开了反而能省却很多麻烦，"是我一直太钻牛角尖。尤嘉没有我想象的那么脆弱。她是我太太，对她来说，更重要的是我，而不是别人。如果我能给她足够的安全感，她就不会害怕。"

　　有时候，尤嘉看起来傻傻的，明明他整天欺负她、逗她，她还是转头就原谅他，下次还上当。其实一个从小品学兼优的人，哪有那么笨，不过是相信他罢了。

第十章

临阵脱逃的胆小鬼

尤靖远从更衣室出来，文清过来，趴在他耳边，说了句什么。

尤靖远眉头锁了锁，吐了两个字："不见！"

这边是个仓库一样的地方，到处堆积着设备和乱七八糟的东西，服装组的人在整理衣箱。今天天气潮热，阳光灿烂得刺眼，可凭直觉和经验来看，今天下午一定会有一场雨。拍摄组也在等下午的雨，如果顺利的话，一场过最好。

剧组最近拍摄任务很紧，之前说是要在沙漠区拍外景，那边是景区范围，与景区方沟通了很久才定下来半个月的时间。这边的拍摄进度却并不理想，所以只能赶，有时候，大家工作完回去，累得倒头就睡。原本导演还会偶尔放慢些节奏，给演员和工作人员一些休整的时间，这几天却是不敢松懈。

尤嘉抱着大白过来找尤靖远，结果没走两步就迷路了，大白喵呜一声钻进纸箱子后面，钻来钻去，找不到了。

真皮！

尤嘉"喵"了两声，沿着动静去找它，听见一个房间里传来猫叫声，她敲了敲门，问："有人吗？"

里面没有动静。

门上写着"更衣室"的字样，没有上锁，尤嘉默默念着："对不起，我不是故意要闯进来的，万一大白把里面的东西弄坏了，会更麻烦。我把大白抱走就出去。"

她推开了门。

屋子里堆着乱七八糟的衣服，化妆品覆满了桌子和衣架。窗子开着，外面几株藤蔓缠绕。尤嘉半蹲下身，小心翼翼地叫了声："大白？"

明明听见它在这里叫啊！怎么转眼就不见了，跑窗外去了？尤嘉走过去，探出身子看了看，外面什么也没有，只有大片的茶花开着。

身后猛地传来一声猫叫，尤嘉回过头去，只见墙边的凳子上坐着一个人——那儿是视角盲区，刚进来的时候是看不见的。大白在那人怀里，仿佛恶作剧得逞似的，很轻快地"喵"了声，毛茸茸的大尾巴扫来扫去地晃着。

抱它的人站起了身，眉眼染了几分笑意，手臂挽着大白肥胖的身躯，递给她："防丢绳呢？不是给你了？"

尤嘉摸了摸胸口，心跳还是很剧烈。大白主动地往她怀里跳，尤嘉伸手接住了，然后抬脚去踩他："陆季行，你真的很幼稚啊！"

无聊鬼！幼稚鬼！

陆季行灵活地避开了尤嘉的"佛山无影脚"，顺带着绕到后面环住了她的腰，捏了捏她的脸："我还没说你呢！多大的人了，一点儿防范意识都没有。今天是我在，如果是坏人怎么办？"

莫名其妙被训斥了一顿，尤嘉竟然还生出了一丝愧疚，鼓了鼓腮帮子，没顶嘴，陆季行低沉沉地笑了声，这傻孩子，太好唬了。

尤嘉一听见他笑就知道他又在那儿装大尾巴狼，腾了一只手去掐他的腰。这次他没躲，只是揉了揉她的耳朵："好了，别闹，跟你说件事。"

"嗯？"

"后天，整组会动身去外景拍摄地，从殷城机场出发，到时候会有粉丝去送机，我想介绍你给她们认识。"他已经让麦哥去打点了，会先和几个大站子通气，探探口风和态度。

尤嘉吓得差点儿把大白给扔了，目瞪口呆地看了他几秒钟："啊？"

"迟早是要认识的，你不用露脸，跟着我走就可以了。无论谁问你什么都不用回答，我来答，嗯？"

尤嘉哆嗦了好一会儿，吞了口唾沫说："我……有点儿……害怕。"长这么大，她从没做过什么万众瞩目的事，大学时候竞选部长，下边坐了二十几个人她都紧张得不行。

这不要她的命吗？

一想到那场面，尤嘉就觉得腿肚子直转筋。

陆季行循循善诱道："我这个年纪，被人关注感情状况是很正常的。如果我只是谈恋爱，怕麻烦，不公开那无可厚非。但我已经结婚了，总是顾左右而言他，严格来说，是一种不怀好意的欺骗，对粉丝、对我来说，都是一种不恰当的行为。你觉得呢？"

哄了大概有十分钟，尤嘉终于点了头。

陆季行抿唇笑了，拍拍她脑袋："好了，去吧！"

他换了衣服，和尤嘉一起出了门。外边站了两个人，看见尤嘉后，一脸"我懂，但我装作什么也不知道"的样子笑着冲尤嘉点了点头，然后转向陆季行："陆老师，下一场该您了。"

尤嘉摸了摸耳朵，抱着大白戳了戳他的腰："那我走啦？"

"嗯，今天收工晚，不要等我。"

尤嘉是正宗喵大王，喵见喵爱。大白和她认识不到一天就黏着她来回跑，她走哪儿，大白就跟到哪儿，一人一喵在片场溜达，身后跟着一群想撸猫的人，奈何大白独宠尤嘉，不怎么让别人碰了。闹得尤嘉跟大哥似的，身后跟了一群"小弟"。拍花絮的师傅非要拍她，尤嘉拿大白挡住自己的脸："别……别拍我呀！"

之后几天，尤嘉都在充当"铲屎官"。晚上回去的时候，大白非要跟着她走，声嘶力竭地叫着，尤嘉心软，打听到它晚上没什么拍摄任务就把它抱走了。当然，第二天还是要抱来的嘛！

陆季行乐见其成。就像温水煮青蛙，尤嘉被慢火炖着，毫无知觉，慢慢地也就习惯了。这几天过得还算正常，虽然大家时不时会好奇地瞄她一眼，但大体对她还是很友好的。尤嘉在关爱与呵护中，慢慢地也没那么窘迫了，甚至渐渐忘了粉丝送机的事。

天亮了。

尤嘉在赖床，昨晚睡得晚，不想起。

大白蹲在她脑袋边上不住地扒拉，焦急地拿它的大毛球脑袋蹭尤嘉的脸。尤嘉感觉到有点儿痒，毛茸茸的，但就是一动不动。这时候能叫醒她的，大概只有汹涌的尿意了，除此之外，没有什么可以对抗一个累到极致的灵魂。

可惜，她并不想去卫生间，况且陆季行还在洗澡。大早上的，她可无意去挑战什么，睡觉不好吗？然而有时候太累了，反而睡不好。尤嘉一直在做梦，梦见陆季行亲她腰窝，又痒又麻，半梦半醒的时候，发现是大白在蹭她的腰。她被大白闹得哼哼了好几声，才懒懒地抬了下胳膊，把大白捞过来，按进怀里。

动作有些粗鲁，大白不满地叫了一声，拿爪子挠她胳膊。它没伸指甲，只是拿肉垫在打她。尤嘉捏了它的肥脸，瓮着声音笑了下："算你有良心。"说完，闭上眼又睡着了。

陆季行洗完澡换完衣服，发现尤嘉还在睡，摇了摇头，"啧"了声。年纪轻轻，真是不经折腾，真不愧是大学四年体育挂了四次的"运动渣"。

陆季行拿了尤嘉的衣服过来，偏身坐在床沿，把她捞起来，哄着她穿衣服："待会儿人会很多，不用害怕，你只管跟着我就行。工作人员会先行离开，咱们后走，大概上午十点。大白走高速，会有工作人员带它，过会儿有人来接。听话，把衣服穿上。"

尤嘉迷迷糊糊地"嗯"了声，反应了好一会儿才一下子睁圆了眼："……今天？"

晴……晴！天！霹！雳！尤嘉一下子清醒了，人也不困了，精神抖擞地爬去洗漱，回来后一件一件地试衣服。入秋了，前几天就一直阴雨连绵，至今也没放晴，气温陡然降了好几度，尤嘉带来的衣服都偏薄，穿着总有一种"要风度，不要温度"的做作感。

今天尤其冷，尤嘉不知道穿什么，苦着脸看陆季行，粉丝会不会觉得她太装了啊？会不会觉得她不好看啊、人太矮啊？

陆季行扔了件他的外套过来，尤嘉果断摇头："我怕你的粉丝炸！"

虽然老夫老妻了，但对粉丝来说，她可是个空降的不速之客，这样穿也太暧昧了！帅哥不应该上交国家，全人类共享吗？独占的风险太大了啊！而且她不仅独占了，还不要脸地拿出去显摆，多过分。这无声又凶猛的挑衅，太致命了……

陆季行揉她脑袋："想得还挺多。"随后打了电话，让麦哥想办法带衣服过来。

麦哥敲开门的时候，看见尤嘉先乐了："我跟你说啊，嘉妹，你就当丑媳妇见公婆，没别的，脸皮够厚就行。实在不行，就说你怀了小小季，亲妈粉会保护你的，真的。知道什么叫'挟天子以令诸侯'吗？"

尤嘉："……"

"以后，你可就是公开情敌了，不光粉丝，连娱乐圈那些漂亮姑娘都盯着呢！比如拍戏的时候，半夜敲个门再正常不过了，你没看见多少男女明星拍戏的时候，大晚上在酒店对台词吗？"月黑风高夜，杀人放火"嘿嘿"时，对着对着可不就擦枪走火了。

尤嘉："……"

陆季行一拳砸在他胸口上："你再吓她！"

麦哥一脸内伤地后退了一步，摇头感叹："只许州官放火啊！呵，男人。"大型双标现场。

陆季行怼了句："去你的。"

尤嘉跟多动症儿童一样不停地走来走去，抱着手机，靠玩游戏来分散注意力，结果连玩贪吃蛇都一直死。

酒店送早饭过来的时候，工作人员正巧来接大白。

麦哥最后给她透露了一个八卦："你哥那种出了名的铁血手腕、不近人情的人，还有小姑娘半夜敲门献身，可真够厉害的。"

尤嘉心口的八卦之火死灰复燃，两眼放光地问他："那个周倩吗？"

文清也说过，那晚周倩去找过尤靖远，然后尤靖远才受的伤。结果第二天的头条就是"周倩疑似被封杀"。

有人猜她是得罪了哪位大佬，顺带把她以前的经历扒了出来。听说，她刚出道那会儿就有猫腻，后来积累了些资源，稍微有了点儿名气之后就想上岸了，奈何浑水蹚过，从良就没那么容易了。之后，她被打击过一段时间，公司都不敢捧她。这会儿怕是耐不住寂寞，想重新下水了。

不过说来说去，都是空口无凭。现在网友口味挑了，不是随随便便一个"震惊体"都能抓人眼球了，吃瓜也要吃新鲜干净的瓜。况且，周倩名气实在不够高，那天又和陆季行一块儿上了热搜，水花还没激起来多少就散了。

不过，当时尤嘉还是特意关注了下，毕竟尤靖远的八卦她还是很乐意看的。

奈何尤靖远这个人嘴实在是太严了，文清又是个老实的，从来都是不该问的不问，不该说的不说，所以这么多天过去，尤嘉也没打听出来什么。剧组的人她又不认识，贸然去问实在是失礼。好奇心都快把她折磨疯了，这会儿猛地听见麦哥提起，别提多激动了。

麦哥倒卖起了关子："算了，你啊，小孩子家的，还是少知道的好。"

尤嘉："……"

过分，太过分了。

尤嘉气得都不紧张了，一脚把麦哥踢走了。然后，她去房间找陆季行，把脸埋在他胸口生闷气，过了好一会儿，抬头问他："哎，陆老师，采访你一下，你有没有半夜被人敲过门？就……讨论剧本那种？"

陆季行瞥了她一眼，一听就知道麦哥又给她灌输了什么不良思想。

"没有。"

"没有吗？"尤嘉一脸八卦的样子，听见他说"没有"，好像还有点儿失望。

陆季行掐住她的腰，把她拉近了，眯着眼看她："皮痒了，是不是？"

尤嘉连连摆手："没，没、没！"

闹了一会儿，麦哥打电话说"车到楼下了"。公司那边也打来了电话，叮嘱他注意分寸。尤嘉上车的时候又紧张起来，还没到机场，远远地就看见不少人拿着应援手幅，还有一些背着相机的。

麦哥把口罩递给尤嘉，陆季行把她的头发散了下来，用拇指压了压她的眼角："没事，不用害怕。"

不……不害怕才有鬼了啊！

尤嘉腿肚子直转筋。

然后……她跑了。

尤嘉一下车就钻到了隔壁尤靖远的车上，死活不下车。而外面的粉丝已经发现了陆季行，正往这边聚集。陆季行扯了扯衣服，没再强迫尤嘉，也不急在一时。

之前，麦哥有跟几家站子的站长透露过，那边分别派了人过来，还特意交代了，说无论陆季行的女朋友怎么样，好不好看、高不高、瘦不瘦、美不美，都一定不能让哥哥难办。毕竟感情之事如人饮水，我们只管祝福就好了。

一群人任重而道远、心思复杂地前来送机，这会儿看见只有陆季行一个人还惊讶了片刻。

从停车场到航站楼，七八分钟的路程，一直有人在跟拍，镜头都快戳到陆季行脸上了，难得他还面不改色。两边拍视频的妹子一直在跟他讲话，问他："哎，哥，你手边是不是少了点儿什么？"所谓的妹子都是骗人的吗？麦哥也没这么恶趣味吧？

陆季行顿了顿，难得回应了一声："嗯，少了一个临阵脱逃的胆小鬼。"

他这人向来高冷，粉丝叽叽喳喳说话，有时候，他根本听不清大家说的什么，就一直点头或摇头，偶尔会说句"注意安全""小心脚下""回去路上小心""就送到这里吧，谢谢"这样的话，很少会去回应八卦什么的。粉丝都习惯自言自语了，反正吧啦吧啦废话一大堆，看见他点个头或者若有所思地挑个眉都是一种乐趣。

这会儿听见回应，反倒是粉丝愣住了，再然后惊起一片"哇"声——圆满了，官方认证了。

一个妹子含泪把一只猫玩偶递给他："哥，收下吧！你不要嫌弃它'卡哇伊'，反正也不是给你的。"

陆季行偏头看了一眼，忽然笑了，低声说："谢谢，我会转交的。"

"祝你早生贵子，哥！"

"三年抱俩啊，哥！"

"我们不哭，真的。"

"哇……我们不哭。"

"哥，我嫁不了你，我可以让我女儿嫁给小小季。"

"梦想还是要有的。"

"哥，你吃饭了没？"

"我们也没关系，反正'狗粮'已经吃饱了。"

"哥，你脖子有点儿红，没遮严实啊！被蚊子咬了吧！"

"嗯，好了，你不用解释，我们都懂。"

"我们不哭，真的，哥。"

"祝你幸福。"

"早点儿生小小季。"

……

陆季行点头："嗯。"

要下飞机了，尤嘉抱着尤靖远的胳膊死活不撒手："哥，你一定要罩着我，我的身家性命都交到你手上了。你说，我是不是你最亲爱的妹妹？"

尤靖远："……"

毛病！

文清拖着行李箱跟在后面，不禁莞尔："尤小姐，你放心，陆先生对你那么好，怎么会忍心责怪你。"

尤嘉以手触额："你不懂。"陆季行是大尾巴狼，总是默不作声地收拾人，这种才可怕。

尤靖远嫌弃地把她扯开了："给我站直了说话，少撒娇，多大的人了？"

"哼！"尤嘉站直了，嘀咕了句，"这么凶，怪不得女朋友谈一个吹一个，谁受得了你。"她一紧张就喜欢皮，在挨打的边缘疯狂试探。从这一点来看，尤靖远还是挺佩服陆季行的，至今没揍过她也是不容易。

没理会她在那边以下犯上，尤靖远只说了句："多大年纪了，做事还是没一点儿分寸。从小怎么教你的？'人无信不立。'答应别人的事就要做，做不到就不要胡乱承诺。都结婚好几年的人了，以为自己还在过家家？"

尤嘉："……"

完了，老尤上身了。

"待会儿跟人道个歉。"尤靖远摇头，沉声叹了句，"看陆季行把你惯成什么样子了。"

尤嘉："……"

被训了一路，尤嘉看见陆季行的时候，就差没以额触地了，她感觉自己就是个超级无敌大坏蛋，该五花大绑、负荆请罪的那种。

正值吃晚饭的时候，剧组除了尤靖远这个投资人，还有制片阿美、景区领导、特聘的航拍师傅及另外几个驼队的负责人在。算是互相熟悉，过个交情。

尤嘉和尤靖远刚下飞机，就有车过来直接接去了酒店。路上，尤嘉问尤靖远："要不要我先走啊？"她的位置挺尴尬的，对剧组来说，她就是个来探班的艺人家属，投资人的妹妹，多待两天也没什么，但总归是不好介绍，像这种场合难免互相客套，介绍起来也麻烦。

尤靖远看了她一眼，没说"好"也没说"不好"，只是打了个电话，对着手机说了句："你老婆在门口，出来接一下。"

尤嘉："……"

还有没有兄妹爱了？

车到了，尤嘉推开门下车，陆季行正单手插兜站在旋转门的一侧，正在与碰见的熟人聊天。尤嘉一时不确定自己要不要过去，陆季行微微侧头看她，冲她招了下手，然后对身边的人介绍道："我太太，最近休假，过来探我的班。"

对方是个中年女人，约莫四十岁的样子，风韵犹存，妆容很淡，但嘴唇涂得很红，整个人带着股冷冽的妖媚，她似乎很喜欢皱眉，但看见尤嘉的时候突然就笑了，上前两步，伸手对尤嘉说："百闻不如一见，你好啊，我叫东晓，是这家会所的老板。我跟阿季是忘年交。之前就听他提起过你，我就想，他那性子找女朋友多难啊！就想着他肯定在唬我，没想到，今天终于舍得带出来让我看了。我一瞅见你就觉得亲切，说来也奇怪，没见你之前，我觉得谁也配不上阿季，见了你，我就觉得他老婆就该是这个样子。"
说着，又上下打量了她一下，眉眼里笑意更深，还揶揄似的看了眼陆季行。

东晓大概是长袖善舞惯了，练就了一张极顺溜的嘴皮子，却并不令人
讨厌，从那语气里，尤嘉甚至听出了几分认真和感慨。

只是，百闻不如一见……

这是标准开场白吗？

尤嘉有些拘谨地笑了下，伸手和对方握了握："你好。"

陆季行很自然地牵了她的手，对东晓点了点头："不麻烦东姐了，我
先送她回酒店，这场合她待不惯。"

东晓一直在笑："连饭都不让吃？你这金屋藏娇也藏得太过分啊！不过，
这么漂亮可爱的姑娘，就是放娱乐圈也不逊色，你可得好好对人家。"

陆季行抿唇笑了下，调侃似的回了句："受教。"

这里是西北高原，海拔平均四千米，这季节已经冷得不成样子。

尤嘉出来了一会儿，手都冻僵了，还有点儿高原反应，一上车，陆季
行就把她两只手攥过来搓了搓，眯着一双狭长的眼看她，似乎这会儿才想
起来秋后算账："出息了是不是？学会临阵脱逃了？"

秉着"大丈夫能屈能伸"的原则，尤嘉立马卖乖："我错了……"

陆季行："……"

"对不起！"

"……"

"阿季，我喜欢你，特别特别喜欢你。"

尤嘉的必杀技。陆季行看了她一会儿，终于笑了。

第十一章

我太太就是标准

　　东晓进了旋转门，追上没走多远的尤靖远，叫了声："尤总……"

　　尤靖远停下脚步，半回身看她。

　　准确来说，东晓今年四十七岁，保养得宜，除了眼角遮不住的细纹，并不显老态。她对红色有着由衷的偏爱，就像她热爱所有火热炽烈的东西。

　　尤靖远那张向来冷酷无情夹杂暴戾的脸上，难得露出一丝可以称得上温和的笑意："东姐，好久不见啊，你看起来还是这么年轻。"

　　"好了，你就别笑话我了。"

　　尤靖远完全转过身来，看着东晓一步一步走过来，她走得很缓，如果仔细看，会发现她的右腿显得有些僵硬、不协调——戴着假肢。

　　"哪里。"尤靖远上去虚虚扶了她一下，被东晓抬手挡开了，"不碍事，我早就适应了。"

　　她说："没别的事，就是想问你一声，周倩那事是不是你做的？"

　　尤靖远那张温和不过三秒钟的脸陡然阴云密布，脸色沉沉，带着一股子山雨欲来的阴沉感："求仁得仁，求不仁得不仁。这结果，无论好坏，都是她自己求来的，你就别操心了。"

　　东晓仰头看了一眼尤靖远，意味深长地说了句："情债难偿啊！"

　　酒店离会所不远，不到十分钟就到了。陆季行送尤嘉上楼，给她叫了餐，又叮嘱她不要乱跑，然后才离开。

尤嘉百无聊赖，登陆了自己的网络账号，小心翼翼地搜了下陆季行的名字。实时动态里全是刷送机路透的，热门的几个视频是几个常年在前线的大 V 拍的。

以往陆季行话不多，大多时候视频都会配上音乐，大家舔舔颜就好了。今天用的却是原声，杂音很多，但陆季行的每句话都很清晰。

"哥，你手边是不是少了点儿什么？"

"嗯，少了一个临阵脱逃的胆小鬼。"

"你就说吧，多久了，你说，我承受得住。"

"很久了。"

"那个初恋？"

"嗯。"

"你喜欢她哪里？"

"哪里都喜欢。"

"哎，不要这么敷衍啊！"

"我很认真。"

"所以有小小季了吗？"

"还在努力。"

"哥，三年抱俩啊！"

"我争取。"

"我们不哭，真的。"

"嗯，反正哭也没用。"

"哥你是魔鬼吗？"

……

大概之前所有视频里陆季行说的话加起来，都没有这次多。

热评前三全是："三年抱俩啊，哥！请把小小季提上日程，谢谢！我们做不了你媳妇，也可以做你儿媳妇的！"

"爸！"

还有人回道："哥这体力和精力，生一个足球队没问题。然后我们分分，希望还是很大的。"

"啊，我陆老师的腰就这么被人承包了。"

"把话筒塞楼上嘴里，灯光师给我往死里照，快，说出你的故事。"

"举报了，谢谢！"

"不……不能想象，流鼻血了……"

"楼上矜持点儿啊！"

"哇，你们都是魔鬼吗？"

……

尤嘉的脸腾的一下就红了，好……好奇心害死猫。

陆季行回来的时候，尤嘉整个人还跟煮透的虾似的，浑身上下都透着奇异的粉色，一双湿漉漉的眼看着他，是那种诱人犯罪的无辜神色。

陆季行狐疑地看了眼酒店房间的影音设备，挑了下眉问她："你看了什么不该看的东西？"

尤嘉："……"

我不是！我没有！你别瞎猜！

尤嘉狠狠瞪了他一眼，然后过去，幼稚地踩了他一脚。

陆季行"哈"了声，直接把人提起来，扔沙发上了，一条腿压在她身上，她那小身板就完全动弹不得了，他眯了眯眼："造反了你？"

尤嘉缩成一团，乖巧作揖："我……我错了。"

陆季行："……"

这尿得也是没谁了。

那只猫玩偶最后到了尤嘉手里，她把脸埋在玩偶肚子上，更羞愧了。她不是故意的，就是……紧张，脑子一热就跑了，粉丝这么温柔，让她都不好意思了。

随后，陆季行发了条网络动态：

@陆季行：东西送到了，她很喜欢，谢谢。

配图是尤嘉抱着玩偶的两只爪子。酒店的休闲室里，顶灯昏黄，色调温暖暧昧。尤嘉坐在高脚椅上，被光一照，整个人越发显得精致，旁边有人跃跃欲试地想搭讪，不过被陆季行冷着眼扫了一下，又退缩了。

尤嘉是没看到这么个小动作，事实上，她对男女关系的认知相当浅薄，什么爱与不爱、试探与反试探……诸多男女交往的套路她都不懂，因为……她情窦还没开的时候就被陆季行骗到手了。

她算是个毫无感情经验的小白选手一枚，这么说可能有点儿夸张，但如果有个男孩子装路人、装没零钱、装借东西什么的过来搭讪，她是肯定不会想太多的。除非对方演技太过拙劣，让她觉得奇怪，她才可能会生出一点儿狐疑来。所以如今"危机四伏""虎狼环伺"，都是陆季行自己造的孽啊！

陆季行不动声色地握住了尤嘉的手，跟她说："来，玩个游戏，做个最丑的表情。"

尤嘉莫名其妙地看了他一眼，接着一只手按着鼻子，一只手扯着耳朵，模仿小猪叫："够丑吗？"

陆季行低低笑了声，拍了拍她额头："乖！"说完，低头去看手机了。

尤嘉无语："……难道你不应该也做一个吗？"这难道不是一个比丑的比赛吗？

"不，太丑。"陆季行恬不知耻又理所当然地回答。

尤嘉："……"

又涮她，过分！

尤嘉过去扯了扯他的耳朵，揉乱了他的发型，终于觉得心理平衡点儿了。

三秒钟后，第一批粉丝到达战场。

"我们陆老师都会发私人博了。"

"可歌可泣，可喜可贺。"

"沾了小小季他亲妈的光，啊，这突然的心酸是怎么回事……"

"什么都不说了，哥，小小季，谢谢！"

"低调点儿啊喂！"

"哼，过分！"

"对方一脚踹翻了你的'狗粮'并爆打了你的'狗头'！"

"还把你绑在了树上。"

"踩了你的脚丫子！"

"最后恶狠狠地跟你说：三年抱俩啊，哼！"

……

还有一波粉丝在研究尤嘉的手。

"小姐姐手真好看。"

"手好小，我猜身高不超过一米六。"

"最萌身高差吗？亲我哥的时候是不是还要踮着脚？"

"我猜哥可以单手抱小姐姐，我记得有次采访的时候他说过。"

"楼上站住，什么节目？哪一期？求指路哇！"

"忘记哪一期了，好像是那个舞蹈节目，主持人问他臂力怎么样，他说他试过，可以单手抱起一个四十多公斤的人。"

当时节目中有人接话，问陆季行："四十多公斤，女孩子啊？"他只是笑了下，没往下接。这会儿被人提起来，优秀科代表立马出来画了重点："大胆猜测一下，那个四十多公斤的被哥单手抱过的人是……嗯，你们懂的。"

"你们……都是魔鬼吗？"

……

陆季行随手翻了两下，摇头轻笑了声，然后就把手机搁下了。

尤嘉偷偷拿过来看。小小季？这个梗是过不去了。她低头瞅了瞅自己平平的肚子，觉得小小季应该还……很遥远？

尤嘉虽然结婚挺早，但之前一直在上学，毕业后进入医院，现在规培期还没过，她自己还跟个孩子似的，怀孕的事，她好像从来没考虑过。陆季行如今事业也正起步，似乎并不是个好时机。

不过尤嘉也好奇，如果以后有了孩子，会是怎么样。

最好像她，好看！

嘿嘿，皮一下总是很开心。

严肃点儿说，还是像陆季行好了。虽然他又腹黑又变态，骚操作一抓一大把，随时随地套路她，但颜值实在很能打啊！

尤嘉就是这么肤浅。

身高最好也随他，继承一下优良基因。

性格就随她好了，可爱……

再皮一下依旧很开心。

其实都无所谓，只要健健康康就好，可以不用那么好看，不用那么高，不用很可爱——孕育一个新生命，本来就是一件值得期待和快乐的事，最关键的是，孩子的爸爸叫陆季行啊！

想想他带孩子，尤嘉就激动得不能自已。

“欸，阿季，你想要个男孩儿还是女孩儿啊？”尤嘉扯着他问。

陆季行叉了一个杧果班戟塞进她嘴里：“顺其自然，都可以。我都喜欢。”他撩着眼皮看了她一眼，说实话，他对她带孩子不是很有信心。

“我想要个男孩儿，女孩儿太娇了，我怕带不好。”尤嘉目光往上看，还在畅想。

陆季行哼笑了声：“想生了？”

尤嘉：“……”

我不是，我没有，你想多了。

“随便想想而已，你现在也不适合要孩子啊！”尤嘉鼓了鼓腮帮子，微微带着惆怅说，“你那么忙。除非你想放任我不管……我会恨死你的。”

她不知道脑补了什么，恶狠狠地瞪了他一眼。

陆季行顿时失笑，捏了捏她耳朵：“顺其自然，怀了就生下来，没什么适合不适合的。”

“哦。”

公开后的第一天，就这么平淡而愉快地过去了。陆季行这么主动曝光感情状态，反而让几大狗仔、大V措手不及，各大营销号和娱乐博主都是一脸震惊。

消息最开始是从粉丝那里传出来的，紧接着，几个狗仔带队出来发了祝福，配图说道：“我见过的最让人省心的艺人，啥也不说了，今天不爆料，就给个祝福吧！祝陆老师早生贵子，三年抱俩！”

然后是娱乐博主："这突如其来的蒙圈是怎么回事？听说陆老师是初恋啊，就是不知道俩人到什么程度了。看样子应该是已婚状态？不管怎么样，先祝福吧！另外，陆老师的粉丝都是天使啊！这么温柔也是罕见，我第一次见当红男星公开感情状态，粉丝这么温和的。"

大季季女孩儿们用一个尤嘉式骄傲又矜持又欠揍的笑脸回应了大 V 的点名表扬——

我哥这么好，他喜欢的人一定也很好，所以我们也要很好。

啊，呸！才不要承认心在滴血。但爱他，能怎么办，还不是选择原谅他！

在网上风风雨雨猜测不断的时候，陆季行在片场接受了一次公开采访。主要是关于剧的，因为拍摄了很久，是边剪辑边拍的形式，终于要在寒假档播出了，最近宣传开始逐渐铺展了。所以剧组安排了一次发布会，来了不少媒体。作为主创人员，陆季行自然是重点采访对象。

记者耍了个小心眼儿，末尾时不动声色地抛了个问题出来："听说剧里陆老师的感情线很弱，女主角是那种手腕很强的人，而你饰演的角色也是冷血无情的性格，所以两个人难免悲剧。那么现实呢？你会喜欢这种强强碰撞的感觉，还是其他的？可不可以透露一下，哥哥的择偶标准是？"记者暧昧地看着他。

这差不多算是套话了，最近网上传得沸沸扬扬，几乎是确凿无疑的事了，但陆季行一天不亲口承认，这事就一直带一点点问号。

这记者也是优秀，一看就是干大事的，顶着陆季行那张冷酷英俊一看就让人生畏的脸，还能如此颇费心机地抖机灵，心理素质也是极好。

陆季行一直在很认真地回答问题，他做事向来认真，从不敷衍，不能回答就说"不能回答"。

记者其实也有些忐忑，但主编让她套话，她也不敢不从啊！作为陆季行的墙头粉，她真的怕陆季行一句话把她怼回来，若是那样，她会伤心死的。

但陆季行那张冷酷的脸上却罕见地露出了一点儿笑意，像是看穿了对方意图，觉得有点儿好笑的感觉。他也并没有遮遮掩掩，只是抬手给她看——无名指上戴着一枚婚戒。

事实上，这枚戒指他一直戴着，但为了契合活动造型的原因，有时候会戴在手上，有时候会穿条链子，戴脖子上。但大概从来没人考虑过他可能已婚的事情，向来自带放大镜的粉丝都没发现这个显而易见的细节。

陆季行抿唇轻笑，脸上是难得可以称得上和煦的笑意："我已经结婚了。"

记者自个儿都蒙了，情理之中又意料之外的感觉。

"所以这个问题，没有回答的必要。对我来说，自然我太太就是标准。"

记者："……"

卒！

公司随后也发了通告，说公开艺人的感情状态，也是对粉丝的尊重，希望粉丝和艺人能互相体谅。在感情方面，能多给陆季行一些私人空间，也多多尊重他太太作为普通人对平静生活的需求。

MG 的艺人经理董悦薇还爆料了一件小事："我第一次见阿季的太太是在一个除夕夜。我记得，那天下了好大的雪，那时候，阿季刚刚来 MG，很多地方还不适应，公司安排给他的伴舞要磨合。阿季那时候恰好有个两百万粉丝福利的舞蹈视频要发，好多天都泡在练习室。除夕夜，阿季原本说好要回家的，但因为视频录制不理想，就耽搁了会儿。阿季太太过来接他的那时候，我还不认识她，我以为是阿季的家人，就请她进了公司大楼，带她去了练习室。阿季那个人，你们也都知道，又冷又酷，见到他太太的第一面先皱了眉，说：'怎么一个人过来了？'阿季太太很小巧，性子软软的，好脾气地回答：'妈让我来看看你，你今晚还回去吗？'他'嗯'了声，是他惯常的那种冷淡语气。我都捏了把汗，心想，'小姑娘可别哭啊'！大过年的。后来才知道，是我想多了，哈哈哈。你们是没看见，阿季一声不吭就出去了，再回来，手上多了杯热可可和一个暖水袋。他把暖水袋和热可可都塞到他太太手里，还替她搓了搓手，手机递给她，给她拿了本杂志，叮嘱她别乱跑。麦哥正好过来，我就顺口问了句：'那姑娘是……？'麦哥贱兮兮地跟我说，那是阿季他老婆，命门子，阿季这人骨子里桀骜不驯，但拿她可没办法。"

一时间，各大娱乐网站都在推送陆季行公布已婚事实的新闻，满屏都是破碎的少女心。当然，大家的哀号多半出于调侃逗乐，无论怎样，都还是表达了祝福。

粉丝料到这事肯定要在热搜上走一圈，没想到直接爆了，爆得还很奇葩——是一段公司放出的舞蹈视频，并配文"憋了这么久，终于能发出来了"。

视频是陆季行两百万粉丝福利时发过的舞蹈视频的练习版。那是唯一一次陆季行用女生伴舞，一分五十二秒的舞蹈，那个女生一直在他右手边，个子不高，偏瘦，戴了一顶鸭舌帽，动作不算干脆，但跳起来很养眼，就是看不见脸。

没想到……竟然是陆季行他老婆。

在董悦薇爆料完那件除夕夜小事后，就有人把那个视频扒出来了，一群人在下面附和，纷纷@陆季行：你说你悄没声儿地撒了多少狗粮？

视频中的女生的确是尤嘉，她跳舞还是陆季行教的，水平有限，好在那支舞动作不是很难，节奏感比较强，尤嘉对节奏的敏锐度还是很高的，所以也算是顺利地拍了下来。

其实，那次拍了好几支视频，但最后陆季行选了这个版本放了出去，那时候尤嘉还很害羞，说自己矮矮的，很不协调！

尤嘉不是很高，但也不算很矮，没有粉丝猜得那么"萝莉"，有一米六二，可能因为偏瘦，所以显得略小巧。

练习版也挺完整的，但结尾的时候出了点儿事故。尤嘉没控制好平衡，整个人差点儿摔出去。陆季行蛇形走位，风骚得不行，以迅雷不及掩耳之势一把把人拦腰抱了过来，搁地上放稳了，才按了按她脑袋，说："笨死你算了。"

尤嘉罢演了，她还不拍了呢！她鼓着腮帮子，闷不吭声地跑到墙角盘腿坐着，捧着脸，一句话也不说，但那满脸的"我生气了，哄不好那种"

的表情实在是太过明显，陆季行摸了摸鼻尖，从工作人员那里要了一颗糖过去哄，哄了好一会儿才把人牵了回来。

很好笑又有点儿暖的片段，被摄影师珍藏了多年。转发、评论、段子手齐上阵，然后热度一下子就爆了！

"大魔王和他的小天使吗？哈哈哈，这反差实在是太好笑了。"

"别人家的初恋系列。"

"看出来了，是我哥的命门没错。"

"求生欲很强，哈哈哈。"

"这么可爱，当然要捧在手心里啊！我们大魔王是遇见克星了……"

"怎么可以这么甜。"

"明人不说暗话，我想挖陆老师墙脚。"

……

最后一条回复被顶成了热门，然后大家纷纷@陆季行："哥，这里有人在挑衅你。"

后来陆季行空降，回了一个表情后说："年轻人不要太冲动。"

下面是一排的"哈哈哈"。

"友情提示，我哥不仅会舞，还会武。"

"三年拳击了解一下。"

"兄弟，你觉得是我哥拿不动刀了，还是你飘了？"

"难道只有我一个人在关注那个微笑脸吗？怎么单身久了，看个表情都能闻出恋爱的酸腐味！"

在一派欢乐的气氛中，大家成功地接受了陆季行他竟然有老婆的这个残忍的事实。加上一些大V带头发博祝福，表示陆老师业务能力很强，人帅话不多，出道这么久，即便在最窘迫的时候也没什么黑料，一直很低调很敬业。最近刚刚火起来，常有被人拉CP博关注的事，他选择这个时候站出来公布感情状态，未尝不是一种态度。他有太太，是初恋，一直喜欢着、爱着，这是很美好的一件事，希望大家能够多多祝福，也希望陆老师越来越好，和太太长长久久、相携白头。

粉丝又哭又笑的，一边嚷着陆季行撩了还不负责，太过分，一边又偷偷抹眼泪祝福："看你那么幸福，原谅你好了。毕竟我爱你，却也没想过得到你。你有一个好的归宿，对我来说也是件很欣慰的事。"

第二天，陆季行又开了一场直播，发通知时候的标题是：能回答的，我尽量回答。

直播是晚上八点，大季季女孩儿在三秒内火速到达了战场。

"哥！啊啊啊，我来了，土拨鼠式尖叫！"

"好久不见、别来无恙，你好吗？我也很好，最近很开心，天气很好，节目都看了，新剧期待中……好了，寒暄阶段由我一个人承包了，接下来，让我们直奔主题。"

"上边儿的，你有点儿突出……"

"话不多说，真的是那个初恋吗？老实交代，谢谢！"

"你主动还是她主动？"

"把直播那天的'陆太太'放出来，谢谢，有本事挑衅，有本事别跑啊！你敢放出来，我就敢……给她一个么么哒。"

"请用一句话形容你老婆，再用一句话形容你的粉丝。请你掂量好再说话，我的五十米大刀就在手边。"

"哥，我就想知道你第一次为爱鼓掌是什么时候？现在让我带你回顾一下在遥远的某一天你说过的话：我怕带坏她，等到她十八岁才表的白。请问后来你是怎么带坏她的？手动微笑。"

"老司机上路……"

"哇，一群魔鬼在赶来的路上。"

"哥，想知道恋爱细节。是不是你带阿季嫂打开了新世界的大门，找到了快乐的源泉，达到了情绪的巅峰，在零距离的接触下，逐渐地了解了对方？"

"哥体力爆好我们都知道，我就想知道，阿季嫂那小身板，扛得住吗？"

"羞耻……流鼻血……但我……还是想问……阿季嫂有没有被……嗯，哭过。"

"我仿佛进了什么不该进的直播间。"

"举报了。"

"呼叫平台净网中心，这儿有一个奇葩直播间，了解一下。"

"好像有卧底出没，快，抄家伙，关门，放我哥。"

……

开头五分钟，陆季行除了一声"大家好"和一声一言难尽的"嗯"之外，再没说过一句话。他盯着屏幕看了好一会儿，忽然有种梦幻的迷醉感，仿佛唐僧掉进了盘丝洞，匪夷所思又无比惊恐。

粉丝还在闹腾，上蹿下跳地送礼物、炸礼花，问一些超尺度的问题，激情而猥琐的灵魂在熊熊燃烧着。陆季行默默窥屏，反正他是肯定不会回答的，想看爱豆开车，只能自食其力了。

瞧瞧，多心酸，但自嗨也是一种乐趣啊！

"大声告诉我，你们最爱哥哥哪儿？"

"大长腿！"

"性感唇！"

"睫毛精的睫毛！"

"那深邃又冷淡又变态的眼神！"

"哦，我不一样，我爱他的全部。"

"前面的醒醒，哥他有主了，你不能这么直白！"

"那……我爱他鲜美的肉体和香气四溢的灵魂？"

"嗯，对，就这样，我们要含蓄。"

"录屏中，继续，不要停，小火车开起来。"

"随手举报了，对不起。"

"魔鬼集中营！"

"哈哈哈，哥，你不是会尽量回答吗？"

"你为什么不说话？"

"是什么让你沉默？是爱吗？"

"是的，是爱！手动微笑。"

……

陆季行在沉默了五分钟之后，终于说出了开场的第一句话："管理员呢？出来干活儿了！"

"哈哈！"

"哈哈哈！"

"哈哈哈，我的妈，笑死。"

"用户'大季季女孩儿从不认输'因违规发言已被管理员'四季如梦来'禁言处理。"

"用户'陆季行圈外女友'因违规发言已被管理员'霸道季总爱上我'禁言处理。"

"用户'陆家小媳妇'因违规发言已被管理员'iLU'禁言处理。"

"用户'爱陆协会终身荣誉会员'因违规发言已被管理员'大魔王的三叉戟'禁言处理。"

……

"管理员'iLU'发言：哥离封号不远了，你们这些魔鬼。"

在线粉丝一下子少了几千——全被禁言强制下线了。但不到一分钟，人数又翻回来了："我有一百个小号，就问你气不气！哈哈哈。"

尤嘉洗了澡出来，就看见陆季行像一棵被霜打了的大白菜一样，孤独又忧愁地杵在镜头前，一言不发。

不是直播吗？直播扮演雕像吗？那倒是挺适合他的。

尤嘉忽然特别想知道他直播间到底是个什么状况。于是她进房间后抱了个平板出来，登号上线，打算偷偷围观。但她不知道的是，被授予的管理员权限在撤销前，下次上线还是有提示的。

于是，一条红字从顶端飘了过去：管理员"陆太太"上线。

粉丝从一片"哈哈"声中秒速切换了画风："阿季嫂来视察，大家列队欢迎。"

"嫂子好！"

"嫂子好！"

"嫂子好！"

……

尤嘉手一抖，平板差点儿扔出去。第二次强制关机下线，溜之大吉。她捂着胸口，对陆季行比画：吓得我心脏病都要犯了！

陆季行抬头看了她一眼，勾着唇角笑了下。这一幕被粉丝抓到了，又是好一通调侃。

"瞧瞧，这恋爱的酸腐味儿，隔着屏幕我都闻到了。"

"阿季嫂，你怎么又跑了，这么怂怎么上我哥？"

"硬气一点儿啊！扑倒我哥，床咚好吗？"

"对，上面的空气新鲜。"

……

这次直播简直是个大型翻车现场，陆季行高冷的形象荡然无存，全程一脸蒙，深沉又忧郁，尽职尽责做了一个安静的美男子，完全插不上话。到了后半段，粉丝才放过他，不皮了，陆季行这才回答了几个问题。

"嗯，初恋……认识她很早……小时候是很奶的'小萝莉'，很乖，芝麻点儿大的胆子，我吓她一次，好几年她见了我就躲着走……有图谋？没图谋，有也不能说啊……我追的她……结婚三年了……这么着急？不着急，你惦记一件东西好几年试试……"

陆季行每次直播都跟完任务似的，聊聊剧，聊聊角色，聊聊节目，聊聊天气……到点了就立马下线。粉丝都知道他是尬聊界鼻祖，主要是性格冷淡，不那么热情，逗趣不起来，也不太会或者说不太愿意刻意去撩，所以他直播间的画风一向清奇，粉丝每次都调侃他说像一个新闻播报员对着一群魔鬼在做'八荣八耻'思想汇报，他在屏幕前头一本正经，粉丝在弹幕里人来疯，自娱自乐自嗨，跟盘丝洞里撩和尚的蜘蛛精似的，使出浑身解数挑逗他。

这还是第一次见他直播时笑那么多次，低头笑，抿唇笑，歪头笑，偏头笑，摸鼻尖侧脸笑……啊，满屏都是粉红泡泡。

最后，粉丝暴力制止了陆季行的讲述。

"我吃你家大米了，你给我听这个？"

"嗝。"

……

陆季行歪头，终于找到了存在感："那今天就到这里吧！我老婆不见了，我得去找她。"

"哥，我要给你寄蹿天猴，送你上天。"

"附议 +1。"

"附议 +2。"

"附议 + 身份证号！"

周扬给尤嘉发来短信："当着两千万粉丝的面秀恩爱，总有一天你会被打的，我跟你说！"

尤嘉："……"

她好像……什么也没做？陆季行好像也没说几句话……秀……秀什么了？

麦哥更是丧心病狂，连发十条语音，全是"哈哈哈"式鬼畜笑声："你男人的粉丝太有才了！快帮我问问他有没有心理阴影，哈哈哈！"

魔音绕耳，弄得尤嘉想砸手机。

尤靖远那个动不动就老尤上身、恨不得拿出老师的架势揪着她做思想教育的臭脾气老男人，更是在视频聊天里蹙着眉看她："小时候多乖，都被陆季行那狗东西给带偏没影了。"

尤嘉无法反驳，闷声憋了好一会儿才怼了他一句："……谁狗东西，你……你再说一遍？"

尤靖远无奈，女大不中留啊，不中留！

第十二章

世有英雄为美人折腰

第二天，尤靖远因为有事，先行离开了。就这半个月之久的考察，代表公司追加了两千万元的投资，导演乐得合不拢嘴。但因为尤靖远人不在了，没办法表达那无比激动喜悦又感激的心情，便狗腿兮兮地给尤嘉准备了一个浪漫情侣一日游——给陆季行放了一天假，让他带她去……骑骆驼，看夕阳。

这天，天气很好，微风，云彩薄薄的一层，空气中湿度很高，在这样干燥的地区和季节里，显然是要下雨的前兆。

尤嘉出门的时候带了一把伞。

仲秋的天，有些细微的凉意，陆季行叮嘱她穿件外套。表面乖巧内心叛逆的尤嘉在陆季行面前有着非比寻常的傲骨，具体表现为：你让我往东，我偏要往西；你不把我逮回来，我打死不回头。

尤嘉掂了掂外套，又放下了。

就不穿。

人生就是要多点儿意外才有趣。

陆季行如果知道她是怎么想的，一定会戳戳她脑袋，看里面灌了几斤水。人家孩子都是越长越成熟懂事，就他家这个一天天的变得越发"熊"。

进入景区后，里面一个工作人员不知道是不是认出他来了，瞅了他好几眼。陆季行今天穿得很休闲，戴了一顶鸭舌帽，帽檐没有刻意压低，口罩敷面，整个人干干净净、清清爽爽，跟个邻家大哥哥似的单纯无害。

　　但如果你仔细听，会听见他气急败坏地低声训尤嘉："尤嘉，你皮又痒了，是不是？"

　　不听话，一句话都不听。让穿外套不穿，让吃饭不吃，不让她干的事倒是一件不落地都干完了。

　　说了不让她乱跑，结果跟出笼的哈士奇一样横冲直撞，有一会儿，他甚至看不见她半点儿影子，吓得他汗都出来了。一转头，她就站在自己的视角盲区，笑得前俯后仰。

　　让她不要一个人去爬沙坡，沙坡很难走，走一步往下滑半步，短短一两百米的斜坡能走半个小时。她非不听，跟脱缰的野马一样往上冲，跑到正中间的时候累成哈巴狗，抱着膝盖，埋在沙堆里躺平，美其名曰"晒日光浴"，躺了十分钟，才可怜兮兮地抱住他的胳膊："我走不动了，阿季。"后半段是他背着她上去的，登顶的时候，他一口气差点儿没喘上来，气得眼冒金星，想骂她两句，转头她已经满血复活，像鸟儿一样翅膀一扑扇，登时又没影了。

　　他追在她屁股后头，生怕她跑丢了，跟个操心的老父亲一样，真想把她拖回来打一顿。她回头冲他一笑，他又把手收回来了。

　　"阿季……"

　　"阿季……"

　　"阿季……"

　　魔音灌耳。

　　他没好气地瞥她一眼："干吗？"

　　"不干吗，就叫你一声。"

　　他上辈子一定是造了什么孽。

　　景区内的一些景点是单独收费的，尤嘉老老实实去买票，不敢放他出去招摇。

　　你能想象一个明星像普通人一样混在人群里充当普通游客吗？尤嘉也不能想象。来之前，她还打退堂鼓，说："要不算了吧！万一被人认出来怎么办？"

麦哥说："偶像包袱能不能不要那么重？已婚老男人被人认出来就认出来了，又不是去做什么见不得人的事，谁还没有点儿娱乐生活了，带老婆去玩不是很正常吗？"

尤嘉觉得言之有理。当然，晚上的时候，她就后悔了。

傍晚的时候，他们去了景区边线，跟着驼队去了沙漠中央的"海市蜃楼"。海市蜃楼是一家酒店，算是度假中心，是一个仿古建筑群，也是剧组临时驻扎地。不同的是，剧组是乘坐直升机空降过去的，上午就到了，剧组为了给尤嘉和陆季行一点儿单独相处的时间，所以让他们按正常游客的路线走。

剧组把海市蜃楼承包了下来，有了新的注资，确实硬气了不少，直接跟酒店方面商量了暂停营业，将这块区域暂时封闭起来。剧组除了支付相应费用，待日后剧播出的时候，也会做一定的宣传。

这倒是个双赢的买卖。剧组需要场地，酒店需要招牌，都不吃亏。不过，毕竟也是景区一大特色，骤然停业，不好操作，酒店方面不可能一下子把生意完全停掉，所以这几天，还是会有游客过去。

尤嘉和陆季行过去的时候，同行的有不少人是跟着驼队过去的。

骆驼如今都是家养的，有驼商牵头，把散户集中起来，然后跟景区签合同，收益驼商和景区四六分，散户从驼商那里拿钱，按趟数和骆驼数计费。这都是跟着驼队走的时候，闲聊听来的。

傍晚时候，天将暗未暗，天边一抹瑰丽的绯色，日头落下来，温度显而易见地低了下来。

尤嘉大概是把知识都吃到狗肚子里去了，忘了沙漠的气候特征，吸热快，散热也快。这会儿，她坐在驼背上，只觉得冷意从四面八方涌过来，避无可避，估计把自己埋在沙子里才能暖和点儿。她扭头去看陆季行的时候，那双眼里的情绪极其复杂，陆季行认命地把外套脱了扔给她。

"我不……"

陆季行瞪了她一眼："闭嘴，穿上。"

尤嘉终于觉察到自己熊过头了，低着头一脸"我错了"的小媳妇样，还时不时偷偷扭过头来看他一眼，讨好地对他抿唇笑，企图消他火气。

骆驼很稳，走路不紧不慢，健硕的肌肉随着步伐上下耸动，尤嘉趴在它身上，感受到了一种难以言说的安全感。驼铃一下一下响着，领驼人在不断地警告游客，不要尖叫，不要拍打骆驼，不要弄出大的声响，以免骆驼受惊……

浪漫？不存在的。

尤嘉一边吸溜着鼻涕，一边看陆季行沉着脸想揍她的表情，只觉得浪漫就是天边的浮云，可望而不可即。

目的地很快就到了，领驼人一声浑厚的"卧"，一只只骆驼平稳地跪卧下来，游客从骆驼身上下来，或离开或待在这边拍照。

远处灯光斑斓地闪烁着，映照得夜空有几分瑰丽。

陆季行出来时穿了一件 T 恤、一件外套，这会儿外套给了她，就只剩下一件 T 恤了，在这样夜凉如水的夜晚，显得格外……清爽。

尤嘉过去，抱住他胳膊给他取暖，低头，认错态度良好，低声说："……我错了。"

陆季行不理她。

尤嘉摇了摇他的胳膊："阿季……"

"阿季……"

"阿季……"

那几个语气变换里，带着几分愧疚，几分懊悔，几分心疼，还有几分撒娇的意味。

陆季行终于松口"嗯"了声，握住了她的手，绷着声线说："下不为例。"

他还能怎样，还不是像往常一样原谅她。

尤嘉顿时笑得见牙不见眼："阿季，你最好了。"

"阿季，我好喜欢你啊！"

尤嘉再次使出了她的必杀技！

陆季行唇角的笑意还没抿开，突然听到有人在他身后迟疑地叫了他一声："陆老师……是您吗？"

尤嘉第一反应是把自己藏起来。

嗯，她藏起来了——一把抱住他胳膊，一头扎在他怀里。

紧……紧张到手心出汗。

陆季行一手按着尤嘉的脑袋，回头看了对方一眼，很轻地点了下头。

对方是个年轻女孩儿，身边跟着四五个同伴，大概是结伴过来游玩，没想到竟然遇见偶像。女孩儿显然有些激动："真的是您啊，陆老师！刚刚买票的时候，我就注意到您了，一直觉得是自己看错了。"她目光微微移向尤嘉，缓缓笑了，"这就是……您太太吧？"

陆季行公开之后，网上热度一直很高，连路人都对陆季行有了印象。尤嘉自然是备受关注，但关于她的信息少之又少，她只在很久之前的舞蹈视频里露过一次面，还戴着口罩和鸭舌帽，根本看不清脸。这会儿，尤嘉藏在陆季行怀里，更是看不清容貌。但看身形、亲密度，差不多也猜得到。

陆季行"嗯"了声，把帽子摘下来，扣在尤嘉脑袋上，拍了拍她后脑勺儿，然后才说了句："抱歉，我太太胆子比较小，不太能适应这种场面。"

粉丝忙摆手，知道是自己打扰了，这时候就应该装作不认识，不扫爱豆兴才对，可到底没忍住，于是只好歉意一笑："是我们打扰了，就是看见哥哥有点儿激动。没事，你们玩，你们玩！"

另外一个女孩儿也笑了笑："哥，你太太真可爱，祝你幸福啊！"

"谢谢！"

几个人都是陆季行的粉丝，这会儿激动得手直发抖，好不容易才绷住，到最后，还是没忍住，问可不可以合个影。陆季行拒绝了，说和太太一起，不太方便，不过，可以给她们签名。

最后走的时候，几个人说了"再见"，还特意跟尤嘉道别。尤嘉觉得自己一直躲着好像很不礼貌，于是露出来两只眼睛，举起自己的爪子，冲几个人小幅度地挥了挥手。

走出去好远，几个人还在说："哈哈哈，哥老婆好可爱啊！"

"有点儿萌。"

"好小巧，不过，没有那么矮，我觉得肯定很漂亮。"

"眼睛很好看的样子，刚刚惊鸿一瞥。"

尤嘉捂着胸口跟陆季行说："我觉得，你的粉丝……滤镜有一百层那么厚。"

尤嘉马上要走了，多少有点儿惆怅。收拾东西的时候，整个人难得地沉默下来。快乐的时光总是短暂的，极致的放纵后总是更深的空虚。

她现在有一种在酒吧蹦了一夜迪后回家躺在床上的感觉，那种嗨到神经跳跃的时刻过后，整个人有一种精神虚脱的无力感，提不起一点儿兴致去做任何事。

麦哥挑了挑眉，过去戳了戳陆季行，跟他用口型示意："哄哄啊！"

陆季行双腿交叠，坐在沙发上，看她跑来跑去地东戳一下，西戳一下，毫无逻辑地收拾东西。沉默片刻，起身过去，攥住她手腕，把她按在了沙发上。

她明显是心不在焉。

陆季行低头，尤嘉抬头，两个人对视了足足半分钟。两个人视线在半空中交汇，大有一种含情脉脉、至此终老的感觉。为了不成为一个"巨型电灯泡"，麦哥识趣地推门走人了，免费发光发热，太不划算了。

尤嘉坐在那里，乖巧得像个老师来家访的孩子，眼睛里像是蒙了一层雾气，带着点儿可怜见儿的脆弱，仰着脸，略微迷茫地看他："还没收拾好呢，你干吗呀？"

她嘴唇一张一合的，带着诱人品尝的芳泽，陆季行按着她的下巴吻了上去，没深入，舌尖轻扫过她的唇齿就退开了。

"乖乖坐着，别动。"他按了按她头顶，转身把行李箱重新打开了。

这么多年，因为工作来回飞的经历，让他把收拾行李这个技能修到了满点。但如果是在家，尤嘉都会提前帮他收拾好。这还是他第一次帮她收拾行李。

这让陆季行想起了一些事情。很琐碎，很寻常，但此刻汇成了磅礴的洪流，把他的一颗心尽数淹没。

最开始，尤嘉其实是不太会做这些的。尤嘉的妈妈是个很能干又很强势的女人，她习惯让一切井井有条，一向把尤嘉打理得很好，不需要尤嘉去做什么。生活上，尤嘉被照顾得无微不至，她是真正意义上被宠大的女孩子，从小到大没吃过苦，没受过累，物质和精神都处在非常丰沃的状态里，被很多人爱，所以也有满溢的爱去奉献给别人。

俗话说，恃宠而骄，但尤嘉骨子里是柔软的，所以越宠越单纯，有时候，甚至显得有点儿呆。她小时候是小区里的名人，学习好，乖巧懂事，加上长得精致可爱，邻居都夸她像个天使。谁家教育孩子都会把她扯出来，典型的那种气死小孩儿不偿命的"别人家的孩子"。虽然尤靖远从小到大总把"我妹妹天生是个缺心眼儿的"挂在嘴边。

被宠大的尤嘉有个很大的特点，就是缺少许多必备的生活技能。

陆季行记得刚结婚那会儿，尤嘉搬过来，和他一起住。那时候，她连饭都不会做，他母亲把家里工作很久的阿姨叫过来，照顾他们的生活起居。阿姨是个生活严格自律的人，会在早上六点准时起床，去菜场买菜，准备早餐。那时候，陆季行经常看见喜欢赖床的尤嘉大早上爬起来，趴在厨房看阿姨做菜。她也不吭声，就只是看着，被他逮回来睡觉还会跟他闹脾气。

有一次，他调侃道："不用你洗手做羹汤，那么急着表现自己干什么。"

尤嘉踩了他一脚，气鼓鼓地抱着胳膊去阳台坐着。她这个人，从小脾气好，连生气都生得很可爱，是那种你越欺负越想欺负的类型。陆季行就越发喜欢逗她，慢慢地，她学会了很多技能，比如气急败坏，比如蓄意报复，比如以牙还牙，比如恃宠而骄……

但其实他知道，尤嘉是个很好的伴侣。虽然很多事情是她不会做的，但她会把自己的一颗真心完完整整地捧出来给你，那心是热的，会跳动。

那时候，陆季行因为工作需要，经常满世界飞。最开始的时候，尤嘉坐在床上，看他把衣服和必需品一点点塞进去，眼神有一点儿不舍，还有些无措，她不知道自己要做什么。

尤嘉不会谈恋爱，说实话，一点儿都不上道。不会撒娇，也不会任性。不懂得试探和保留，对一个人好的时候，是用尽全力的。

她很聪明，很多东西一看就会，记在脑海里，长久都不忘。后来，她经常给陆季行收拾行李，井井有条，一丝不苟。会按他收拾东西的顺序，一分不差地装好，给他放着。她学会了做饭，但天分实在一般，每次都是按阿姨教的，把食材、分量、放调料的顺序一丝不差地记下来，要做好久才敢试着变通。

陆季行觉得，他这辈子没做过几件正经事，唯独娶尤嘉，是他赚了。

她为他做了很多，想起来也没什么深刻的，但很多细节都存在脑海里，每每想起来，心都是柔软的，像泡在云堆里，又被初春的太阳晒过。

尤靖远昨天走之前见了陆季行一面，叮嘱他要注意点儿，尤嘉很慢热，打破她的舒适圈需要耐心，曝光后，她可能会有很长一段时间不太适应。

他点了点头，说"明白"。

临走的时候，尤靖远最后说了句："还有，别太惯着她了，最近她都有点儿得意忘形了。"

岂止得意忘形，简直是无法无天了。

陆季行顿了片刻，抿唇笑了："也就在我这儿了，她要在我面前还绷着，我才该反思了。"

那神情里隐约还带了几分得意，看得尤靖远很想说一句"嗯？"。

什么毛病！

一个有病，一个有药，天生一对。

真好，省得祸害别人。

尤靖远带着对这世界的怀疑、对人生的重新思索和对价值观的再次定义，一脸深沉地走了。

陆季行这会儿也心事重重起来。想了很多，其实还是愧疚的。他陪她的时间，还是太少了。尤嘉很喜欢他，那种喜欢满到溢出来。她不知道怎么表达，就不断地说，不断地闹他，他感受得到，所以从来不觉得烦。

尤靖远起初害怕他对尤嘉不上心，提着拳头警告他，不要欺负尤嘉。尤靖远说："虽然我也觉得我妹有点儿缺心眼儿，但到底是你主动招惹的她，你要是对她不好，我就要你好看。"

谁承想到后来，尤靖远说得最多的一句话竟然是："你别老惯她。"有时候还会教导尤嘉，凡事适可而止，不要得寸进尺。但尤靖远又怎么明白，对于陆季行来说，乐在其中。

尤嘉拖着行李，站在安检口，跟陆季行挥手说"再见"的时候，心口酸涩得都快把眼泪逼出来了。

她很轻地说："阿季，我走啦。"

陆季行抬手，拇指擦过她的脸，固定在她耳后，四指扣在她脖子上，低头拿额头碰了碰她的脑袋，嗓音深沉："到家打电话给我，不要和陌生人说话，路上注意安全，记住没？"

"哦。"尤嘉突然有点儿想笑。

"'哦'你个头，到底记住没？"

尤嘉终于笑出了声，摘了他的口罩，踮脚亲了亲他的唇角，又飞快地把口罩给他戴上了，带着一点儿大庭广众之下染指良家男子的愉悦感，心情终于上扬了一点儿，拖着行李箱飞快地溜了。

"啰唆鬼，你以后有闺女，你一定会被嫌弃死的。"

过安检的时候，尤嘉回头看，陆季行还在原地，冲她抬了下下巴，拳头砸了下胸口。

尤嘉忍不住眉开眼笑。

这一夜，陆季行发了一条文绉绉又非主流的动态："我想把世界捧过去，放在她脚下，我想站在山巅，对众生说，她是我的。我爱她，爱到缄默，爱到疯魔。她只是笑了一笑，而我的心都要化在这一池春水里。如果是她，这十方红尘，万里河山，都覆灭，又如何？"

这是剧里的一段台词，但陆季行觉得，很贴合他现下的心境。

当然，粉丝一片酸倒牙的"哎哟喂"也是很喜庆了。

"哎哟喂，我就装作这是一条单纯的台词分享好了。"

"哎哟喂，瞧瞧我哥这一池春水荡漾的。"

"哎哟喂，公开了就是不一样。"

"哎哟喂，我哥他竟然是这样的我哥。"

"破坏队形，我都快不认识'哎哟喂'了，哎哟喂，瞧瞧这是多么优秀的粉丝。"

"哎哟喂，组团去偷阿季嫂，有人要约吗？"

"哎哟喂，楼上你怎么如此优秀，算我一个。"

"哎哟喂，我也要去偷阿季嫂。"

"哎哟喂，你们怎么这么魔鬼。"

……

尤嘉一下飞机就看到了陆季行整出来的幺蛾子，脸瞬间红到滴血。

这话也太露骨了。

尤嘉有一种仿佛被什么击中了心脏的感觉，心跳有一秒钟的迟滞，然后浑身血液翻涌沸腾，最后都化成说不清的悸动，从胸口一直蔓延到指尖。

那里微微颤动，像心跳，无法自控。

陆季行这个人实在是……

闷骚。

当着她的面不说，背后偷偷说。但尤嘉不得不承认，她还是心花怒放了。像吃了一颗糖，整个人都散发着甜味儿。来接机的文清顿时有种摸不着头脑的疑惑："尤小姐，你怎么了？"

她那表情跟被喜欢的人欺负了似的，带着几分嗔怒和害羞。哦！大概是在和陆季行聊什么，夫妻对话露骨些也是正常。文清顿时后悔自己多嘴，问出来多尴尬。

尤嘉倒是没什么异常，只摇了摇头："没……我没事。"

文清点点头，接过她手中的行李箱："那走吧！车停在地下停车场。"

在文清看来，尤家一大家子都是活宝，经常会做些匪夷所思的事情。比如他的老板尤靖远先生，总是拿自己的智商和能力来要求别人，而他似乎忘记或者压根儿就不能体会，这世上总归是普通人多，所以他总是气急败坏地骂下属脑子里灌了水泥，动都不带动，冷起脸来训斥下属似乎已经成了日常表演节目。他这样的老板，没让公司倒闭掉……大概是因为他长得帅吧！

嗯，匪夷所思的事总要有一个匪夷所思的理由来解释。更匪夷所思的事是，他这样一个男版"灭绝师太"一样的人，竟然是个衣冠禽兽……那位周倩小姐，似乎怀孕了。这次，尤总也是为了这件事从剧组赶回来的。至于周小姐肚子里的小豆芽是尤总什么时候撒进去的种子，那真不是他能打听的事了。

作为一个贴身特助，文清承担着相当重要的责任，首要的职业道德，就是不能八卦老板的隐私。有些事，听见了要当作没听见，看见了要当作没看见，知道了也装作不知道。这才是升职加薪的不二法宝。

但这不妨碍他觉得老板是个人渣。尤总每天西装笔挺、人模狗样的，工作忙到没有时间休假。他这么一个变态工作狂，公司的女下属都心疼他年纪一大把了，连谈恋爱的时间都没有，太可怜了。

啊呸！人家"小豆芽"都出来了。

尤小姐是个更神奇的人，她总是能在傻白甜和佛系少女之间无缝切换。离了尤靖远和陆季行，尤嘉对谁都带着些客气。这会儿她正低着头一直看手机，随手一刷又刷到一条评论："世有英雄，已为美人折腰矣。"

下面有人回："没事，哥他腰好，不怕折。"

"在开车的道路上一去不返。"

"给我把车门锁死，今天，谁也别想下车。"

尤嘉："……"

为什么不能放过他的腰，实在是……尺度太大了。

第十三章

斯文败类

到了地下停车场，文清帮尤嘉打开后座的门，她一边对文清说"谢谢"，一边扒着车门踏上了车。尤靖远的车后座宽敞，尤嘉毫无形象地顺势一瘫，跟文清说："送我回趟家吧！"

说完，怕文清没听懂，又补充了一句："临江苑的家。"

"好的，尤小姐。"文清了然，是回父母家。

一路上，尤嘉没说几句话，她这个人离开陆季行和尤靖远就变得很佛系，话不多。

车外霓虹闪烁，B市一年一度的花灯节就要开始了，很多地方都挂上了纸灯笼，五颜六色的，倒也别有一番景致。经过医院的时候，尤嘉看见住院部的正门也挂了两盏八角灯笼，平添了几分喜庆。听说，现在那家人也不闹了，真是一件值得开心的事。

"文清，我哥最近回过家没有啊？"

上飞机之前，尤嘉跟尤靖远说自己可能晚上到，他不放心她，所以安排了文清来接她。文清是个很好的助理，话少，性子稳重，做事细致耐心，也很能干。就一点不好，嘴巴太严了。尤嘉每次想从他那儿听点儿八卦，都要拐弯抹角、旁敲侧击好半天。

这实诚孩子。

"没有，尤总最近在忙。"

尤嘉忍不住乐："忙？他一吸人血的资本家，最大的乐趣就是把下面的人指使得团团转，自个儿悠哉地坐着喝茶，他忙什么啊？"

文清虽然很赞同尤嘉的话，但还是很有职业道德地为自家老板辩护了一句："公司新引进了几个项目，还有一些合作在谈，正到关键时候，公司的律师团被人撬了，最近尤总也是焦头烂额。加上他自己也有些私事要处理，所以……"

"私事？什么私事？"尤靖远单身狗一枚，工作是他大老婆，项目是他小老婆，他每天左拥右抱，哪有时间办私事？尤嘉表示怀疑，但几秒钟之后，她忽然福至心灵地问了一句："那个周倩啊？"

以她对尤靖远那个臭脾气、强势霸道老男人的了解，如果他没做什么亏心事，被人伤了胳膊，他不把人剁吧剁吧喂狗真对不起他冷酷无情的江湖封号。

文清犹豫了下，迟疑地说："这个……我不能说。"

嗯，文清还有个特点，那就是不会说谎。因为不太会变通，好几次差点儿被尤靖远炒鱿鱼，但看在他靠谱、嘴严的分儿上勉强留下了他。

不能说……嗯，尤嘉明白了。

"文清啊，你说，周倩跟我哥到底什么关系？"尤嘉手敲着手机后盖，百爪挠心地想知道。

文清还是不敢说，摇了摇头。

尤嘉敲了敲驾驶座后背："那周倩是真的被我哥封杀了？他这么禽兽的吗？"她在剧组里也没有见过周倩，作为女二号，戏份也很足，按这部剧制作的用心程度和剧本自身的质量，就算不能大爆也能小火，周倩不是被突然封杀，那是她自己罢演了？那她岂不是傻啊！

这下，文清忙摇头："没有，周小姐是自己要求隐退的。"

"跟我哥有关系？"

文清沉默。

哦，那就是有关系。

"我哥做了对不起人家的事？"

文清还是沉默。

哦，那就是做了什么禽兽不如的事。

"有人说，周倩最近一直在医院，难不成她得了绝症，所以才去找我哥的？但我哥是禽兽，提上裤子不认人了，所以人家姑娘把他砸了？"尤嘉脑洞也是相当大了。

文清也觉得好笑："哪有那么多绝症。"

"那她到底怎么了？难不成，坐月子啊？"

"额……"

文清这片刻的迟疑让尤嘉再次福至心灵，她挑眉问："怀……孕了？"

文清沉默。

哦，那就是怀孕了。

妈呀，太……太刺激了！

没想到，尤靖远竟然是这样的尤靖远！

尤嘉再次拍了拍文清的椅背："谢谢文清告诉我真相。"

文清面有菜色。

……我不是，我没有，你别瞎说。

文清丧着一张苦瓜脸的样子成功逗笑了尤嘉。她下车的时候，趴在车窗边，一本正经地恐吓他："我待会儿要告诉我妈，然后打断我哥的狗腿，你看他整天欺压你，是不是很解气？"

文清的脸更苍白了，他颤抖着嘴唇，看起来很想哭的样子。仿佛失业已经在召唤他，而他光辉的升职加薪之路已经一片灰白。

"你放心好了，我会酌情添油加醋的，保证效果良好，你过两天就可以看见你们整天做作、不怕遭雷劈、'光伟正'的尤总拄着拐杖去上班啦！"尤嘉点点头，信誓旦旦地向他保证，"不用谢，为人民除害是我辈当仁不让的义务和责任。"

尤嘉起身要走的时候，文清忽然探出身子，抓住她的胳膊，嘴唇无声地翕动，好半天才吐出来一个完整的句子："尤小姐，别，尤总他其实……人挺好的。"

说最后一句话的时候，他甚至带了一丝恳求。

然后文清又补充道："尤总好像挺不想见到周小姐的，之前，周小姐一直约他见面，尤总都拒绝了。后来听周小姐说她怀孕了才回来见了她一面，好像也不是很愉快，尤总最近心情特别糟糕。"

嗯，何止糟糕，已经是火药桶了，谁点炸谁。

文清很认真地回忆，但他的确也知道得不多，只模糊地知道一点儿片段，虽然脑海里八卦老板隐私，猜测了千百种可能，但毕竟都是想想而已，全是没凭没据的自娱自乐。如果让他凭着良心说话，他们尤总虽然脾气臭，但在感情方面，并没有玩弄别人还仗势压人的先例。

文清那认真的样子让尤嘉生出了欺负老实人的愧疚感。这么情真意切的场面，她很想捶桌大笑，又强忍住了，于是绷直了唇角，"语重心长"地教导他："文清啊，做助理呢，是不能如此'傻白甜'的，多向你们尤总学学。"

尤靖远那么个脸皮厚、心黑的野兽派暴君型人格，竟然带出来了个如此纯真无邪的天使助理，这可真是太神奇的一件事了。文清没有被尤靖远骂到卷铺盖走人，可见尤靖远偶尔还是有点儿良心的。

尤嘉当然没有跟尤爸尤妈说，娱乐圈里真真假假、风言风语太多了，她喜欢听尤靖远的八卦，但不见得就会信。编派尤靖远是一种乐趣，这种恶趣味只属于娱乐范畴。娱乐嘛，当不得真。

文清似懂非懂地走了，临走之前，还看了一眼尤嘉，生怕她告尤靖远的状似的，搞得尤嘉哭笑不得。

尤嘉以阿姨有事请假、家里太冷清为由，赖在家里待了大半个月，老尤同志虽然面相严厉，但对宝贝儿女儿可谓是捧在手心怕摔了，含在嘴里怕化了。日常接送她上下班，变着花样给尤嘉做好吃的，给钱、给钱、给钱，买、买、买，准、准、准，你说什么就是什么，行、行、行，好、好、好，对、对、对，我闺女最好，我闺女最厉害……

尤妈整天骂老尤同志："你看看你把她惯的，嫁了人还跟小孩儿似的。"

结果尤嘉准备走的时候，尤妈自己打自己脸地毫无底线地给她装了一大袋的新鲜食材：两条大活鱼，三箱零食，一坛子自己做的泡菜，七八个装了妈妈牌爱心菜的保鲜盒，一罐子据说养颜滋补的高价买来的药谷粉，七只大闸蟹……

　　她家那辆老尤为了钓鱼专门改造扩容了后备厢的车被塞得满满当当的，让尤嘉恍惚有一种自己不是回家而是搬家的错觉。

　　她蹲在车库门口，看着老尤还意犹未尽地想搬点儿什么下来的样子，连忙起身抱住他："爸、爸、爸，你们不要这么夸张，不知道的还以为阿季对我不好呢！"

　　老尤傲娇地"哼"了声："他对你好是他的事，爸妈对你好是爸妈的事，不掺和。等哪天他对你不好了，还有爸妈加倍对你好，到时候损失的是他。"

　　尤嘉："……"这强大的逻辑，跟绕口令似的，"爸，你看你都想的什么……"

　　就不能盼她点儿好。

　　老尤亲自开车送尤嘉，尤妈副驾压阵，到家的时候，又忙里忙外地帮她把东西捎饬上去。阿姨这会儿已经在家了，开了门笑着说："赶巧了，阿季妈妈也在。"

　　进去的时候，尤嘉的婆婆、陆季行的妈妈——姜嫣女士，正在厨房里忙着把带来的东西摆进冰箱。尤嘉叫了声："妈！"然后凑过去看，"你又带了什么好吃的给我啊？"

　　她打开冰箱门，先"哇"了一声，又"哇"了一声，调侃道："我觉得，我们家冰箱可能太小了。"

　　姜嫣女士认真地点点头："是小了点儿，改天我定个冰柜，给你送过来。"她左右转了转，纤纤玉手抬手一指，"那边吧，靠着那面墙，改制一个整体冰柜。"说完摇摇头，"你这房子装修得就不好，空出来太多，早知道，让妈帮你们看着。"

　　她又往前走了两步，站在厨房门口对着旁边的储物间说道："或者把储物间拆了，改成冰库也行，把书房旁边的收藏室隔出一个杂物间来。"

　　姜嫣女士这边已经认真地规划给她改造房子的事了，尤嘉默默凌乱成一团随风舞蹈的草，抱住姜嫣女士的脖子，撒娇道："妈妈，我开玩笑啦，我和阿季两个人住，哪里用得上冰库这种东西，太夸张了。"

　　这时，尤妈走了进来，看见姜嫣眉开眼笑，逮着亲家母好一通寒暄，日常互吹。一个说："我们尤嘉好福气，嫁了个好人家。"一个说："阿季才是运气好，娶了个好老婆。"

听得尤嘉起了一身鸡皮疙瘩，两个人还不嫌腻味，恨不得把对方儿子闺女从头发丝到脚底板排着夸一遍。

姜嫣向来喜欢尤嘉，模样好，脾气好，乖巧懂事，谁不想要个粉雕玉琢、精致可爱的女儿。她原本以为自己没这福气，但是儿子争气，给她带回来一个，真是每天做梦都要笑醒，就想把什么都给她，宠着、爱着、疼不够。

三个人完成了一次热情洋溢的会面，终于要起身离开，尤嘉挽留不住，只好起身，依依不舍地送人走。门口几个人又难舍难分地攀谈起来，姜嫣女士抓住尤嘉的手对尤妈说："嘉嘉和阿季的孩子，一定会很漂亮。"

尤妈附和道："可不是嘛！不好看都没天理了。"说着，看了看尤嘉的肚子，"还不打算要？"

其实，两人最近半年都没做什么措施，不过，两个人见面时间不多，也没……几次。被父母问起，尤嘉不好意思得脸都红了："也没刻意不要，得……看缘分。"

姜嫣和尤妈相视一笑，好像从尤嘉这句话里已经看到了孙子辈长大成人、结婚生子了。一时间，二老激动万分，就儿童房要怎么设计的问题再次你来我往了数个回合，终于带着满意的微笑"移驾回宫"了。

尤嘉送走人后，躺回床上，觉得自己整个人依旧是那团风中凌乱的草。她翻了个身，趴在床上给陆季行发消息："阿季，我已经到了被催生的年纪了。其实，生个孩子也不错，热闹，你不在家，家里好冷清。"

她这满腔的控诉却没得到回应，他应该是在拍戏。

尤嘉撇撇嘴，大忙人喂！她和犯懒的灵魂做了十分钟激烈的斗争，最终挣扎着洗完了澡，倒头就睡。但睡不安稳，一直做梦，一会儿梦见自己生娃娃了，一会儿梦见自己变成了娃娃，一会儿是她给孩子喂奶，一会儿是陆季行给她喂奶。她在梦中抗议这奇葩的设定和剧情，迷迷糊糊地听见"咔嗒"一声，房门开了。

尤嘉登时清醒了，冷汗倏忽间冒了出来，第一反应是家里是不是进贼了。虽然小区的安保措施很强，但小概率事件还是有发生的可能的，再加上她刚刚做了一连串的胡梦，脑洞正大着呢！一瞬间，她都脑补出来自己激烈反抗的画面了。就在她在装死还是奋起反抗之间疯狂摇摆的时候，房间灯"啪嗒"一下亮了。

陆季行一边解着袖扣，一边勾开浴室的门，他上衣已经脱了下来，被随手扔在床上，抬步去衣柜拿睡衣，在这片刻的间隙里，他顺手解了皮带，把裤子也脱了，扔在床头柜上。

这时，陆季行只穿了一条平角裤，回身的时候，漫不经心地扫了一眼尤嘉，有些疲倦地掐着眉心，随口问了句："吵醒你了？"

被惊吓和活春宫图双重刺激到的尤嘉，依旧化身一团随风舞动的草。过了好一会儿，她才咽了口唾沫："你就不能好好脱衣服。"

陆季行又瞥了她一眼，笑出了声，这孩子怕不是没睡醒，说胡话吧！

"你倒是给我示范一下，怎么叫好好脱？"

尤嘉："……"

调戏尤嘉是陆季行每次见她的保留节目。看着尤嘉哑口无言，他由衷地露出了笑意。尤嘉郁郁捶床，这日子没法过啦！偏偏陆季行还故意气她似的，一直不安生。一会儿问她刮胡刀给放哪儿了，一会儿问她牙刷扔在什么地方了，更过分的是，问她为什么水这么凉。

浴室就那么大点儿地方……

"热水器关着，你是傻子吗？"尤嘉忍无可忍地从床上爬下来，叉腰站在浴室门口看他，眼神凉飕飕地戳向他，深切怀疑他是故意的。

陆季行偏头"哦"了声，扯了下唇角，露出一个散漫的笑意："累，懒得动脑子。"

他那贱兮兮的样子让尤嘉心疼都心疼不起来，默默翻了他一个白眼，认命地过去给他调水温。怕他又整出什么幺蛾子，也不睡了，抬腿坐在浴缸上，捧着脸，看他洗澡。

愣愣的，俨然一副随时随地打盹儿的样子，美色当前，她都无心欣赏……不，美色这种东西，初见惊艳，慢慢就免疫……个屁！她只是有点儿疲惫，大概是被他吓出来的后遗症。人在极大的精神刺激之后是很容易疲倦的。

陆季行忽然拿喷头对着她。尤嘉躲了下，还是淋湿了，愣了片刻，气急败坏地一记"佛山无影脚"踹过去："陆季行，你无聊不无聊哇？"

陆季行挑眉反问："你不睡觉，蹲在浴室看我洗澡干吗？"

尤嘉："……"

要点儿脸？

"耍流氓啊？"

尤嘉："……"

算了，他没脸。

她已经在脑海里构思好了如何将他打包塞进垃圾桶了。陆季行却忽然笑得春风化雨，过来给她脱湿了的睡衣："怎么，看见我太高兴了？"

呸！

被他一把捞过去，尤嘉瞬间感受到他的体温，热得发烫。虽然理论上讲，女人比男人体温高，但她觉得陆季行总是热得发烫。尤嘉推了他一下，指尖里都是他的温度，跟她略带凉意的手指形成了鲜明的对比。

尤嘉手指头蜷缩了一下，触到他胸口，跟挑逗似的，陆季行"啧"了声。不怪他不做个人，实在是尤嘉不给他做人的机会，这会儿做个禽兽也好过做柳下惠。

尤嘉"欸"了声，脚已经离地了，身子顿时转了一百八十度，本能地环住了他的脖子。娇娇软软的身子总能勾出他心底最柔软的那一面，陆季行眼神都变温和了，沉沉的，夹杂着些许热切。

……

夜半子时，万籁俱寂，华灯已灭。

尤嘉睡了小半宿，又被迫洗了个澡，他不老实，极其恶劣地挑逗她，看她面红耳赤，伏在她耳朵边低沉沉地笑，用舌头舔她耳垂，轻轻撕咬。

"尤嘉，我对你，向来是有求必应。"

尤嘉浑身都泛着软，抬头"嗯？"了声，对上他的视线，心尖又狠狠颤了下，她从他那双漂亮深邃的眼睛里，看到几分散漫的笑意。目眩神迷的同时，心想：你可拉倒吧！

他又咬她耳朵，用一种近乎耳语的暧昧语气说："你说要，我自然是能给多少给多少。"

这是在说短信的事呢!

尤嘉反应过来,彻底被烧了个透顶透,一拳捶在他胸口,却没什么力气,软绵绵的,撒娇似的说道:"你就不能正经点儿。"

"跟我老婆正经点儿?我又没病。"陆季行哼笑一声。

陆季行自觉是个大方且守信的人,自个儿太太有要求他当然是不遗余力地满足。于是,日上三竿,尤嘉还没醒,睁开眼有一种大梦颠倒的惊措,冷汗出了一身,忙去看表。

上午十点。尤嘉心一凉,下意识地翻身下床,却腿一软,险些跪下来。她扶着腰,在一阵天旋地转的迷蒙里终于想起来,今天是周末,不用上班。

她忍不住踢了下床脚,气哼哼地骂了声:"混蛋啊!"腿再次不争气地一软。

尤嘉:"……"

洗漱完出去,陆季行正双腿交叠、沉静地坐在客厅看剧本,那一身衣衫齐整,一脸冷淡漠然拒人千里的气场……在刚刚被折腾得仿佛重生一次的尤嘉看来,实在有一种斯文败类的感觉。

陆季行戴了一副平光的金属框眼镜——为了下部剧在找感觉。很巧,他下部戏是一部悬疑电影,他演隐藏大老板,前期是个腿有残疾、坐着轮椅的生物科技公司的顾问,后期是一路开挂、狂虐主角、连死都死得让人心悸的斯文败类。虽是小制作,但导演是个鬼才,胜在剧本精巧。

以陆季行现在的名气,他其实可挑选的范围更广,更大的制作、更豪华的演员阵容……不过他这人,有时候实在是有点儿任性,不感兴趣的他不接。对于他放弃大 IP 男主角,去演一部小制作电影反派的选择,麦哥也是痛心疾首到没话说,但因为了解他,所以没强求。

从陆季行名气飙升的那一刻起,就有无数双眼睛盯上了他,对于这一选择,圈内一些人也是大跌眼镜。

娱乐圈就是这么个地方,一个人的价值随时都会被重新定义。如果几个月前陆季行有这么个机会,会有人说他运气不错;但现在,别人只会觉得他脑子不好使。这个圈子,实力和运气,有时候可以作为同等的筹码存在，一个机会改变命运的例子比比皆是。资本洪流推着人往前走，有时候成名后反而有更多的身不由己。MG 对陆季行真的不错，即便他任性到这种程度，公司也没有为难他。

尤嘉就喜欢陆季行这股从容不迫到近乎张狂和自傲的劲儿，他可以等，但不喜欢的，他不要。

尤嘉凑过去，靠在他身上的时候，陆季行把剧本随手扔在了一边，推了下眼镜，伸手揽过她的腰，让她躺在自己腿上，低头把她的头发捋到耳后，眼睛里带了点儿笑意："还好吗？"

还好意思说哦。尤嘉刚刚升起的那点儿感叹，一瞬间被他冲得渣都不剩了。尤嘉从鼻腔里发出一声深重的"哼"来回答他这个得了便宜还卖乖的破问题。

这斯文败类外加病娇的气质，都快爆表了。尤嘉有那么一瞬间心跳都不正常了。她觉得自己可以强势去某乎回答一波：嫁给演员是一种什么体验？

老公时时刻刻都可以精分！

陆季行放开她的时候，尤嘉伸手去摘他的眼镜。

嗯，顺眼多了。

尤嘉往上蹭了蹭，翻了身，脸朝着他胸口，找了个舒服的姿势补觉。陆季行重新戴上眼镜，勾了她一撮头发，不紧不慢地捻着，低声说："起来，先去吃点儿东西。"

尤嘉耍小孩子脾气，摇头瓮声瓮气地说："不去，不饿，不吃。"

陆季行没强迫她。他只是骤然把尤嘉打横抱了起来，抬步往餐厅走去，然后把她放在餐桌前的椅子上，缓缓俯身，手撑在椅背上，隔着一层薄而冰冷的镜片，眯着眼看她："我回来看见你乱动，你就死定了。"

他用一种"今天天气还不错"的闲话语气和一张冷淡而暗藏变态的脸成功把尤嘉的小心脏吓得一颤一颤的，尤嘉反应了好一会儿，才从蒙圈和颤抖中回过神来，深吸两口气，一记"天马流星拳"呼向他，带着哭腔控诉他："你不哄我就算了，还欺负我，你有没有良心啊！"

陆季行捉住她的手，终于露出了正常人的笑容，秉持着"没有什么怒气是一个吻解决不了的，一个不行就两个"的原则，他凑过去亲她的嘴唇。

　　他站着，尤嘉坐着，她起初还保持着生气的傲骨抗拒着，但他身上那股强势霸道的气质又来了，牢牢控住她，她动都没法动。加上他挑逗她向来有一套，尤嘉后来直接缴械投降，自暴自弃地享受美色贿赂。

　　陆季行终于放开了她，眉眼里都是笑意，按了按她的头顶，用一种可以称之为宠溺的语气说："好了，哄你，满足了？"

　　尤嘉抱臂，扭头，没什么气势地"哼"了一声，偷偷舔嘴唇的动作更是没底气，她一脸"我勉强原谅你好了，但其实我还没那么好哄"的表情说："我要甜牛奶，热的，还有面包片。"

　　"遵命，我的小女王。"

　　女王就女王，还小女王，一点儿都不霸气。尤嘉对着他转身去厨房的背影又哼了哼，终于还是没绷住，笑了。

　　陆季行像是早有所料，猛然回头，淡定而优雅地勾唇一笑。

　　这谜一般的尴尬……尤嘉觉得以陆季行对付她的手段，她这辈子都别想翻身做主人了。

　　这是多么让人心痛的一件事！

　　然而事无绝对。当有一天尤嘉指使陆季行任劳任怨团团转的时候，她终于有种打倒黄世仁然后手拿小皮鞭让他跪下叫"爸爸"的小人得志感。

　　哦，在那一天到来之前，还需要铺垫很多事。

　　还得从尤嘉那个早餐说起。

　　尤嘉喝到了热的甜牛奶，吃到了陆大爷亲手给她涂了黄油的面包片，舔着手指，美滋滋地毫无形象地啃了一个鸭锁骨。因为是陆季行抱她过来的，她没穿鞋，就一直荡着两条腿，饭来张口，她找不到纸，差点儿往陆季行手上抹一把。

　　他一边嫌弃地躲了一下，一边起身抽了两张纸过来，攥着她的手指，一根一根给她擦干净了。

　　尤嘉低头看他脸上认真专注的表情，恍惚生出一种岁月静好的感觉来，于是，记吃不记打的尤嘉同学眯眯眼笑道："阿季，下辈子还在一起吧！"

陆季行抬头瞥了她一眼，无情无欲的，仿佛在听一个孩子讲他想变成孙悟空一样异想天开的胡话。这让尤嘉不由生出一点儿挫败来，她一个医学生难得的浪漫细胞被他这个冷淡的表情打击得连泡沫渣都没了。于是她扁了扁嘴，沉默地做一个安静的雕像，索然无味地荡着两条细细的腿，像个被妈妈否定飞天梦想的孩子。

陆季行抱她去洗手，把她搁在洗手台上，浸湿了毛巾，低着头，再次专注地一根一根把她的手指擦过去。

尤嘉坐在洗手台上，低头能看见陆季行的头顶，他头发很软，一点儿也不像他脸上的线条看起来那么冷硬。她这么想着的时候，忍不住像他经常按她的头顶那样，抬起另一只摸过鸭锁骨还没彻底洗干净的手，在他头顶上按了按。

柔软，像绸缎，发根连着的皮肤触感温热。

尤嘉觉得心口像被什么轻扫过，柔软得发痒。

他微微抬头的时候，能看见尤嘉脖子里的项链，挂着一个戒圈，是他们的婚戒。很简单的款式，是她自己属意的一款，名字叫"北极星"，寓意恒久不灭的爱恋。

作为一个随时要上手术台的外科医生，不能戴婚戒，但她又不愿意摘下来，放在盒子里保管，她喜欢戴在脖子上，说无论是生活还是爱情，总要有一些仪式感。

陆季行一个粗糙的大老爷们儿自然是无法体会那种细腻得近乎梦幻的小女生情绪，但不妨碍他乐意地小心护着那点儿纯真得冒傻气的心意。

他略略仰头，噙住她的唇瓣，轻轻吮吸片刻，似是无奈又似妥协地说："下辈子，我做你爸好了，让我操心操得认命点儿。"

尤嘉表情崩裂了足足半分钟，才在好一阵思绪翻涌里总结出一个词来。

变态啊……

虽然尤嘉十分崩裂地在心里吐槽他这种"我拿你当情人，你却只想做我爸爸"的无耻思想，但不妨碍她从中嗑出一点儿甜腻的糖味儿出来。

于是，尤嘉绷着唇角，很克制地笑了。

陆季行摇头，把她扛走了。

第十四章

惊天大瓜

　　已是深秋，陆季行在《上古诸神考》的戏份彻底杀青了，接下来的半个月会相对清闲，然后准备进下一个剧组。

　　因为是群像剧，男主角也不仅仅是陆季行一个，所以，整个拍摄还没有完全结束，但因为陆季行最近名气大涨，剧组想乘东风，和视频播放平台不知道达成了什么协议，提前放出了前篇内容。

　　剧分四卷，四十八回，其中"诸天卷"已经开播，陆季行在第三回才出现，但这丝毫不能压抑迷妹的热情，一经播出就有一股引爆全网的架势，不少媒体预测，这有可能成为今年最火的 IP。

　　剧本身制作精良，服装、化妆、道具都考究细致，打磨了这么多年，可见剧组也是很有耐心和野心的，最初就没想借流量明星的光，所以，演员都贴着剧本找，没想到阴错阳差，赶上陆季行大火，简直是天时、地利、人和，注定要红。从某种方面讲，这也算是一种越努力越幸运的体现了。

　　尤嘉科室里的小姑娘都要疯了，一天天把"我老公帅掉渣"挂嘴边，周扬作为唯一知情者，为了不让尤嘉头顶的青青草原绿得那么鲜亮，发挥了她忽悠死人不偿命的傲人口才，成功地洗脑了大家，众人纷纷从女友粉变成亲妈粉。现在，妹子们都改口叫陆季行为鹅子（儿子）！

　　陆季行在剧里演一尊半神，法名"大罗王尊"。九千岁挣混沌，万岁脱胎转身，活了万万年，仍是眉清目秀的少年。因心有魔障，堪不破天道，不成佛就成魔，简直就是一个定时炸弹，需要贴个"轻拿轻放"标签的、堪比熊孩子的大型杀伤性武器，那股子邪性和佛性交融的气质，有一种引人中毒般的魔性吸引力。

据说，编剧是位年近古稀的老太太，笔力、想象力和对人物设定的把控力简直出神入化。于是，各家粉丝都在花样百出地吹彩虹屁，娱乐圈向来是"有三分夸十二分"的地方，眼下大有一种怎么夸都没法表达内心赞赏的感觉。尤嘉每天进科室都能听见科室的妹子们握拳高呼："鹅（儿）子，冲啊！麻麻（妈妈）爱你！"

尤嘉觉得……心情……有点儿复杂。

周扬说，这是时代新潮流，是她这个脱离人民群众的"新时代古董"所不能理解的。虽然陆季行年纪比较大了，但他长得嫩啊！演一个"熊孩子"也毫无违和感。然后周扬左右端详尤嘉，一脸痛心疾首地说："你上辈子是拯救了银河系吗？"

尤嘉："……"

怎么听起来不像是夸她。

周末的尤嘉很懒散，哪里都不想去，宅在家里翻翻书、看看剧已经是很惬意的事了。

吃完早餐，陆季行继续看他的剧本，尤嘉窝在他怀里睡觉，他一手抚着她的脑袋，跟顺毛似的。

尤嘉迷迷糊糊地拍他的手："我又不是大白。"

陆季行这才想起一件事来，低头拨弄着她的头发问道："我把大白抱回来了，你要不要养？你养的话，我留在家里，不想养我就抱去给老太太。"那只猫年纪大了，但很有灵性，他总归是不舍得。

尤嘉眼珠子转了一下，精准地抓住了他右胸……前的衣服："养！"

陆季行打掉她频频作乱的手，把她按在怀里："嗯，睡吧！猫在麦哥那里，我让他下午抱过来。"

尤嘉迷迷糊糊地睡了，腰不舒服，睡到半途哼哼唧唧，还报复似的啃了他的手。陆季行无语了片刻，抬手缓缓地揉着她的腰。

尤嘉在半梦半醒间听见他问："这里？"她胡乱点点头，被他宽厚的手掌安抚过的腰终于不那么抗议了。她一觉睡了四五个小时，再醒过来，人在床上，一只肥硕的大猫正盯着一双黄绿的竖瞳，诡异地蹲在她的头顶。看见她睁开眼睛，猫咪伸了一只爪子，试探地勾了下她的脸。

尤嘉气沉丹田，发出一声浑厚有力的"哈！"。

大白瞬间炸毛，尾巴绷成一条直线，身子弓起来，足足后撤了两步。尤嘉抱着被子，滚了半圈，笑得眼泪都出来了。

如果大白会说话，一定特别想骂她一句："愚蠢的人类！"

尤嘉起床，抱着大白出去的时候麦哥已经走了，客厅多了很多猫用的东西，什么猫砂盆啊、逗猫棒啊、猫粮、猫爬架……

陆季行留短信说，他有事要回公司一趟，应该是跟麦哥一起走的。

尤靖远则留言问她想不想出国玩几天。她捧起手机，敲了一行字："你怕是没睡醒，我还要上班呢！"

尤靖远没再回他，也不知道发什么神经。尤嘉已经好久没看见他了，还指望逮着他刺探八卦呢！那个周倩后来不知道怎么样了，也不知道是不是真的怀孕了。她对不熟悉的人的八卦不热衷，但涉及她家老哥，她难免多揣摩了点儿。

尤嘉扔了手机，从冰箱里拿出一罐酸奶，插了吸管，有一搭没一搭地吸着，阿姨搬了凳子，坐在阳台上剥豆子，忽然回头看了她一眼，操着一口不怎么普通的普通话跟她说："刚起来就拿冰箱的东西喝，阿季知道了，又要说你嘞！"

尤嘉做了个讨饶的手势："天知，地知，你知，我……"最后一个字还没说完，门"咔嗒"一声响了。

尤嘉扭头，和进门用三秒钟换了鞋、大步穿过玄关、边走边扯领带的陆季行深情对视了十秒钟之后，顿悟出一个深刻的道理：果然，人不能做坏事。

她在电光石火、生死时速的一瞬间，福至心灵地把转圈蹭她脚脖子、拼命想上她腿的大白捞起来，按到了桌子上："来，大白，喝奶。"

大白："……"

陆季行："……"

阿姨非常不厚道地笑出了声。

场面一度非常尴尬。

当天晚上，在陆季行一月一度地艰苦直播时，一只矫健的黑猫突然蹿上了桌。

大白嗅了嗅屏幕，一张大脸糊在镜头上，黄绿的竖瞳缩了下，又缓缓扩开。它端详了片刻，似乎没看出来什么好玩的东西，扭身跳到了陆季行臂弯里，仰头冲他软软地"喵"了声，大约是念叨了句"什么破玩意儿，好无聊"，然后身子倒在了他怀里，蜷缩着眯了眯眼，张嘴打了个大大的旁若无人的哈欠。

弹幕一秒从"阿尊王崽，妈妈爱你！"变成"啊啊啊，放开那只猫，冲我来！"。

"我认识它，这不是大白那崽吗？"

"什么时候被我哥拐回家了？"

这可是南皇的真身啊！

这部剧跟其他剧不太一样，世界观和人设是优先放出来的。大概因为最近几年这种类型的精品不多，所以突然出现的时候大家还是有种耳目一新的感觉。当时有不少人表示期待并参与讨论，投票最多、最受期待的反而不是如今呼声最高的大罗王尊，而是南皇。他是一个真正意义上的阴谋家，远古战神，擅长不动声色，兵不血刃，千里狙人头，气场两万八千米，是个眯一下眼九世沦陷的狠角色。

后来，阵容公开，饰演南皇的蒋臣是位老戏骨，五官并不突出。因而定妆照曝光的时候，很多人都是抗拒的。蒋臣向来是温和不争的人，大家怎么也想象不出他杀神的灭世气场和运筹帷幄的无上智慧。

不过，这剧组大概擅长打脸。蒋臣用他整容般的演技俘获了一群迷妹，从一个默默无闻的老腊肉硬生生被捧出了鲜肉的热度。最近，他的呼声越来越高了，大家看见他都是"我皇！我皇！太帅了！"。

大白这只猫的热度也水涨船高。作为一只戏精猫，它为本剧贡献了不少亮点和萌点，关于它的花絮播放量惊人，甚至连后援会都出来了。甚至有人还圈剧组官方号，重金求大白的地址，要给它寄一辈子小鱼干。

粉丝已经计划把今年的最佳配角奖颁给大白同志了。简直感天动地，猫届新网红。没想到这会儿竟然在陆季行这边看见它，一时之间，不知道哪里传出去的消息，没多久，直播间人数疯涨，吸猫狂魔抵达战场。

陆季行只好把镜头拉低了点儿，对准大白，捏起它两只肉爪子说道："来，大白，打个招呼，你的后援队来了。"他解释了句，"大白是流浪猫，本来是要送人的，后来被我抱回来了。我太太说要养，以后可能会住在我家。"

捏爪子的动作大概让大白想起了某个愚蠢的人类对它做的无耻行径，它龇牙咧嘴地凶了陆季行一下。

弹幕里要笑疯了。

"南皇：老子是猫，不吃狗粮，混蛋！"

"南皇：杀神，老子是杀神，你这个愚蠢的人类！"

"哈哈哈，我皇自尊心受到了严重的伤害。"

"大白：老子超凶！"

"心疼我哥，你现在家庭地位是越来越低了，以后有了娃，你就是家里地位最低的人了，哈哈哈！"

"鹅子不要怕，你可是熊孩子加强版，不尿！"

"阿尊王和南皇的世纪大对决，凭票进场，买定离手了，来、来、来！我押我皇，我皇千秋万代！"

"上面的小心点儿说话，是我阿尊王拿不动刀了还是你飘了？"

……

陆季行被大白凶得笑出了声，大概也想起了某人做的奇葩事，只好摸了摸大白的肥头大耳以示安抚："抱歉，有人丧心病狂地吓了它一通，又害它背锅，大概这会儿正怄气呢！"

"哟哟哟，谁啊！"

"哥，你不秀一下不爽，是吗？"

"我怕不是听差了，丧、心、病、狂？哥，你想跪方便面还是榴梿，自己选一个吧！"

"哈哈哈，求生欲可以说是很弱了！"

……

尤嘉本来在研究病例，这会儿来书房找书，看陆季行正在直播，就轻手轻脚的。落地书架上面一直顶到天花板，一些不常用的书都放得高。尤嘉搬了梯架过来，结果几本书隔得远，她只能苦哈哈地一下一下挪来挪去。

然后，大白成功被她吸引了，两只眼骨碌碌乱转，似乎是想搞懂她到底在搞什么，然后一个饿虎扑食……那健硕而灵活的身躯，差点儿把尤嘉给撞下去。

尤嘉一手掐在书脊上，一手扶在书架上，勉强定住身形，大白已经蹿上了她的肩膀，丝毫不顾忌自己体重地压在尤嘉的肩上，撅着屁股，嗅她手里拿的书。

尤嘉："……"

她觉得，大白的身体里可能住了一只哈士奇的灵魂。

陆季行从大白扑过去的时候就揪着心，这才松了一口气，重新低头的时候弹幕正好飘过去——

"哎哟喂，让我猜猜，这是某人进来了啊！"

"我大白竟然这么热情地蹿出去了，可见它对阿季嫂是真爱。"

"阿季嫂是人生赢家啊，瞧瞧，降服了熊孩子加强版，怀抱南皇真身，有猫有狗，世界我有啊！"

"狗？哪儿来的狗？我哥还养狗？我错过了什么？"

"狗？我儿子不是吗？哈士奇和金毛的混种，稳中带皮！"

"哈哈哈，哥低头了，他瞅见了，你们说话小心点儿！"

"瞧瞧他那紧张的样子，不知道的还以为阿季嫂怀了小小季呢！"

……

陆季行："……等我一下。"

他忽然起了身，过去一把把费劲吧啦的尤嘉从梯架上抱了下来，偏头问她："要哪几本？"

尤嘉顿时美滋滋的，抬手毫不客气地唰唰指了指："预防医学的小册子，那本疾控中心的资料，还有去年九月份到十二月份的省医报，那边精神病学的几本都帮我拿下来吧……下面，下面还有个文件夹，对，就是那个。"

陆季行回来的时候，弹幕在自娱自乐。

"我发现阿季嫂的声音好软啊！"

"我赌一毛钱，我哥刚刚肯定在强行耍帅！"

"一把把人抱下来，然后用一种霸道总裁的语气说：'那么费劲干什么，不会叫我帮你拿？'"

"说着，伸手够到了书架最高的一层，轻轻松松拿到了阿季嫂踮着脚也够不到的书。"

"或者再摸摸阿季嫂的小脑瓜，宠溺一笑，明明得意得要死，还要嘴贱吧啦地说一句：'小矮子。'"

"哈哈哈，这充分证明，男人都是大猪蹄子！"

"你们……都是魔鬼吗？"

"不、不、不，魔鬼的是哥他自个儿，你只要想想开屏孔雀的风骚样儿，你就知道他刚刚去干吗了！"

"啊，儿子长大嫁人了，做妈妈的心里好惆怅！"

陆季行："……"他坐下来，盯着弹幕看了会儿，越来越觉得自己代言直播是个错误。

"我阿尊王来了，肃静！"

"嘘。"

"小心他放大招！"

"秒杀全场。"

"炮灰全宇宙。"

"快，快跟我一起喊出我们的口号——"

"早生贵子！"

"三年抱俩！"

"哥你行的！"

陆季行："……"

都是些什么玩意儿啊！

他沉默了好一会儿，终于从崩裂中修复了破碎的世界观："好了，再见，不想看见你们了！"

"这么早就下？"

"哥，你往哪儿跑？"

"你这抗雷能力是越来越弱了！"

"不要走嘛，哥，雷雷更健康。"

……

一群人看他去意已决，终于破罐子破摔地吐槽他。

"老婆、肥猫、热炕头，哥，你是越来越堕落了！"

"别以为我不知道你想去缔造生命大和谐。"

"你这个见色忘友的臭男人。"

"男人都是大猪蹄子！"

"组团去偷阿季嫂，偷一得三，简直美滋滋！"

"哇，言之有理！"

"挟天子以令诸侯吗？那阿季嫂简直核心人物啊！我也要。"

……

陆季行终于忍无可忍地下线了。

尤嘉病例还没研究完，就被陆季行扛回了卧室，她一边揪他耳朵一边控诉："陆季行同志，你这样是不对的。我用我的专业告诉你，纵欲伤身！"

陆季行瞥她一眼，把她往床上一扔，沉默地把她衣服剥了。

尤嘉抗拒未果，羞耻欲绝："你……不要这么直白吧？"

直……直奔主题？这么刺激？

陆季行终于把她翻过来，忍无可忍地一巴掌拍在她屁股上。尤嘉如果有毛，这会儿肯定比大白爹得更魔性。

结果后来证明，脑补太多要不得。

陆季行只是看她洗完澡了，给她腰上贴了一贴膏药，顺便扔了一管外伤药给她："那里……你涂，还是我帮你涂？"

"我……自己来，自己来。"

"看得见？"

尤嘉："……"

两个人在一起多年，昨天还是尤嘉第一次伤得这么厉害。她不知道自己睡过去的时候，陆季行给她看了伤……不然，这会儿她会更想打他。

陆季行从公司回来的时候，顺便去了药店。下车的时候，麦哥还十分体贴地说："别，你去多不方便，你要买什么，我去帮你买。"

陆季行只是瞥了他一眼，淡声说："你去更不方便。"

麦哥顿时一言难尽地看了他一眼："呵，已婚老男人！"

"比你这个未婚老男人强。"陆季行补刀，"如果我没记错，你比我大了九岁。"

麦哥忍不住骂了句脏话。

周一永远是最忙的，但这周好像格外忙，尤嘉觉得自己要变身"陀螺王"了，她从九点钟就想上厕所，直到十一点还没摸到厕所的门边。在膀胱的急剧压缩中，听着家属似是而非的质疑，被前辈催着写查房记录……诸多信息轰炸得她头昏脑涨，她竟然生出了些超脱的淡然来。

"嗯，您说，慢慢来，不着急。"

对方眯着眼，瞄了下她的胸牌，看见"规培生"三个字，之后不知道想起了什么，了然地点了点头："算了，跟你说了你也不明白，叫你们主任过来跟我说话。"

尤嘉笑意更深，用一种平直的语调缓慢而坚定地回答："我们主任今天排了十四台手术，一时半会儿可能没有时间，您要是想见他，要不耐心等一等？"

"瞧瞧，又是个踢皮球的。"对方说完，骂骂咧咧地走了。

尤嘉这个时候还分神在想，以后要是陆季行演医疗行业剧，她倒是能提供不少素材。艺术是生活的提炼，寥寥几笔，可以写尽悲欢离合，恶人会有报应，正义会得到伸张。但于生活而言，医院这种地方太忙乱了，人在急切的时候，那些隐藏在皮下的小恶魔，总会时不时冒出头来。

如果艺术是意式浓缩，那生活就是兑了很多水的可乐，你看无数泡泡从底下往上冒，好像很热闹，其实滋味寡淡得很。

今天手术好几台，尤嘉的手都要洗脱皮了。到一点多她才有时间吃午饭，周扬更是疲惫，两个人在食堂偶遇，惺惺相惜地互相交换了一块肉，鸡腿换小黄鱼。

周扬竟然还有力气八卦："网上传的关于周倩被踢出剧组的真相，怎么回事啊？有人搞你老公？"

"嗯？"尤嘉脑子不清醒，愣了会儿才反应过来，一边把牛肉嚼进嘴里，一边摇了摇头，"不清楚。"

她忽然有点儿食不下咽起来。

周扬看了看她的脸色，识趣地噤了声。虽然直觉告诉她，多半是人红是非多，但遭人非议，无论真假都是一件糟心事。她看了尤嘉一眼，忽然大力拍了拍她的肩膀："没事，周倩的段位压根儿碰不到陆季行，吃瓜的也没那么傻，怎么会信她跟陆季行搞到一起去。"

尤嘉匆匆扒了两口饭，只记得早上陆季行开车送她来医院的时候，她坐在副驾驶上刷手机，忽然看见一条从凌晨两点钟就开始热转的新闻："近日，网剧《上古诸神考》热播，几位主演也备受关注。一些粉丝可能也注意到，原定的女二号周倩，销声匿迹了。《上古诸神考》经历了好几次换角风波，但针对每个角色的重新选定和舍弃官方都会给出一个说辞，但周倩的离开，可谓是无声无息，一点儿浪花都没翻上来，之前就有新闻报道说她疑似被封杀。近日，有知情者爆料，原因竟然是和现今如日中天的某陆姓男艺人有染。"

这码打得可真薄，就差把"陆季行"三个字贴人脑门儿上了。

周倩这个人大约天生就不是红的料子，无论做什么，存在感都很低。在演艺圈混了好几年了，至今仍是个小配角。好不容易混个女二号，谁知道连昙花一现都算不上就彻底被埋了。如今，剧刚刚火起来，演员的热度正在上升，这消息爆料的时机可谓微妙。

甚至有人拍到周倩多次出入医院妇产科及周倩与陆季行晚上单独在一起的照片，其中还有周倩上尤靖远车的照片。这三张照片本身都没什么出格的，但凑在一起，却可以写部狗血言情剧了。

大致剧情是这样的：周倩和陆季行因戏生情，暗通款曲，两个人一向做得隐秘，没有人发现。但不巧的是，周倩不小心怀了陆季行的孩子，她去找陆季行商量，陆季行建议她打掉孩子，同时清醒过来，继续发展下去，势必兜不住，决意和周倩好聚好散。但周倩真的喜欢上了陆季行，气不过他如此绝情，转头将事情捅到了尤靖远那里。尤靖远是谁？陆季行的大舅子，陆季行老婆的亲哥哥，又是传媒公司的老总，《上古诸神考》的第一投资人。她本来只想报复陆季行，让尤家人对陆季行心生芥蒂，哪里料到，尤靖远为人冷血无情，动动手腕，先封了她的口。

故事编得有鼻子有眼，有理有据，尤嘉看到的时候只剩感叹。

麦哥跟她说："哈哈哈，鬼的暗通款曲，他这人审美有问题，就迷你这种奇葩款，连着加班赶工就为了回来半天看你一眼，就问还有谁？"

虽然这话带着些许的攻击意味，听起来一点儿都不像在夸她，但尤嘉还是非常具有自信精神地觉得，陆季行眼里，容不下第二个人。

周倩一直没吭声，陆季行也没发声明，麦哥也建议不急着撇清。一来，周倩虽然网上风评不佳，但圈里的确没听说她做过什么出格事。这件事她有几分无辜真不好说，万一她清清白白，也是被人拿出来祭天，那这整件事中，她反倒是最大的受害者，要澄清也理应等她先开口。二来，这件事来得蹊跷，摆明了有人做幕后推手，指不定憋了什么坏水在后头，还是先看看形势再说比较好。

于是，大半天网络上都处在一种爆炸的状态中，吃瓜群众愤怒地表示：如果陆季行真是这种人，绝对粉转黑，一生黑。

水军则疯狂煽风点火——

"呵，娱乐圈有几个干净的。"

"从天维跳到 MG，为什么，大家心里没点儿数吗？"

"也不看看人家岳父家是什么人。"

"吃软饭的罢了。"

"要不怎么会找个普通人就娶了。"

"不稀奇，娱乐圈本来就是这样，乱得很，不过是最近火了，所以被人捅出来罢了，什么高冷禁欲，私底下不定怎么样呢。"

"说不定人家老婆都不管。"

"就是粉丝该打脸了，什么我家哥哥与世无争，人设崩得彻底啊，这下。"

……

陆季行关注度有多高，剧的关注度有多高，这件事的关注度就有多高。不过，在网上这片腥风血雨里，陆季行的粉丝可真是一股清流。别家粉丝都是控评、打榜、疯狂安利，一被黑个个委屈得恨不得哭一场。可"大季季女孩儿"现在每天都只想看陆季行翻车。

"编啊，继续，不要停，我这苦哈哈的周一，就指着这点儿乐子过活了。"

"嗯，非常有理有据，我信了，希望我哥不要打我脸。毕竟他连女朋友生日没记住都被骂，还被记了好几年，啧，没出息。"

"他偷腥？还把人肚子搞大了？我的妈，没搞错？就他那老婆前脚买块儿表，他恨不得后脚就戴上的傻样，恋爱青铜垫底段位，打王者局岂不是输得裤子都要掉了？说他怀孕我可能比较相信。"

"抖腿，我就想问问，我哥今晚方便面还是跪榴梿。"

"我想众筹给我阿季嫂买小皮鞭。笑容突然变态。"

"谢谢，谢谢大家，非常感谢诸位大佬的精彩故事，填补了我哥从初恋到现在没感情经历的空白。"

"哥啊，长点儿心吧！这是变相在催生啊！加把劲儿啊，真想给你寄肾宝。"

……

在一片糟心中，尤嘉最大的乐趣就是看他粉丝的评论，简直自带相声属性，哪怕周围腥风血雨，他们也跟没瞅见似的，仿佛不是什么大事。

事情发酵了一天，到了晚上，周倩终于发了声明。她工作室晒出两个红本和一张录取通知书：

抱歉，事出突然，隔了这么久才发声明。倩倩今天去做产检，因为种种原因，工作室一直联系不上她，不敢妄言，看着事情发酵，我们也是心急如焚。倩倩的确怀孕了，但并非陆先生的。在这里，工作室代表倩倩向陆先生道歉，平白连累您，真不好意思，我们知道，您一直没发声是顾及倩倩的颜面。但这其实也并没有什么，感情的事难免磕磕绊绊，她的感情之路并不顺利，怀孕也显得突然，但所幸，最后的结果是好的。恭喜倩倩新婚，祝她和尤先生百年好合。

另外，倩倩自知能力不足，难堪大任，现考取了戏文专业的研究生，打算沉下心来，好好读书，以找到更适合自己的路，并无炒作之意。

请大家理智，不要轻信谣言，也勿人云亦云。

以上。

这官话不听也罢，结婚证和录取通知书晒出来，众人看着结婚证上"尤靖远"三个字，吓得瓜都掉了——这是什么骚操作？

简直是年度神反转，所有的猜测都成了扯淡。随后，陆季行也发了声明，他的声明就简短多了："我太太这个人，生性纯善，我从来舍不得她受丁点儿恶意。别的事就算了，这件事，我一定追究到底。"

MG 同时发了声明，表示坚决对相关媒体追究法律责任。

尤嘉加完班，从医院出来的时候，陆季行已经等在门口，看见她，他先低头看了看，瞧着没什么异样才笑了："你打我、骂我都好，要验明正身我也给你验，就一点，别自己瞎琢磨。"

夜深了，连路灯都显出几分寂寥，昏黄的灯光把人的影子拖了老长。同事一个个从边上走过，似乎对陆季行已经免疫了。他这几日天天接送尤嘉，那副旁若无人的样愣是至今没遇上围堵要合影和签名的。

大概，他是最不像明星的明星了吧！

第十五章

大魔头尤靖远

尤嘉有点儿冷，吸了吸鼻涕，看着陆季行一身衬衫长裤、斯文干净的样，特别想捏着他的袖子过来，蹭蹭鼻涕泡。

这邪恶的想法在脑海里滚了两圈，最后还是被她强行压下了。虽然在作死的边缘疯狂试探是件很刺激的事，但是她最近腰疼得不敢造次。

尤嘉舔了舔嘴唇，说了句："臭不要脸。"验明正身，亏他说得出来。陆季行被骂了一句，外加接收了个白眼，却抿着唇，很愉悦地笑了。

尤嘉现在不关心陆季行有没有花花草草，她只关心他哥的腿还在不在。红本本都出来了，她看见的时候简直满脑子都是问号。

一整天都处在风暴旋涡里，被人猜测，被人爆料，到处都是"知情者"，尤嘉自己被扒个底掉儿她都没这么震惊。

自从陆季行公布婚姻状态后，就有无数人好奇他太太是个什么样的人。无非两种说法，羡慕的说她命好，嫉妒的说她背景硬。这会儿扒出来她跟尤靖远的关系，可不是正好应了后半部分人的猜测，好像别人恩爱对不起他们糟糕的人生似的。就八卦定律来看，越符合心理扭曲者内心阴暗想象的，越是能深入他们的心。

于是，陆季行靠大舅子上位的言论层出不穷。对此，尤嘉也只能给一个白眼，以示无语，都是些什么乱七八糟的玩意儿。对所有热衷听边角料、对别人评头论足的，尤嘉一律做无视处理，有些人表演成癖，你越是不看他，他越气急败坏。

尤嘉觉得，有些人真是毫无道理，人家好好地结个婚，非要扯些阴谋论，爱不爱跟身份背景又有多大关系，不过是两个人的事罢了。而且，尤嘉实在不懂，尤靖远这暴发户哪里称得上背景了？他那公司刚建的时候，还是她从牙缝里抠出来零花钱资助的呢！

尤嘉告诉自己别想了，想太多了除了给自己找不痛快，没别的用处，有这时间，她不如找点儿八卦，乐和一下。

尤嘉打电话给文清，旁敲侧击地问他尤靖远的事。文清依旧傻兮兮的，稍微一套话就都招了："尤总最近脾气越来越暴躁了……周小姐？我没见过……尤总最近住酒店，家都不回呢……哦，我想起来了，尤总家里好像有人住……是谁就不知道了……尤总刚刚接了个电话，好像说回临江苑那边了。"

尤爸尤妈两个人连尤靖远谈恋爱的事都不知道，这下好了，红本本都有了，还买一赠一，附带一个大孙子。于是尤嘉大半夜兴冲冲地杀回家去了，打算围观一下尤靖远被打断腿的全过程。

陆季行不放心她，当然是跟过去了。于是，两个人目的不单纯地敲开了家门。

尤妈一开门，尤嘉就听到一声巨响，老尤同志向来是个温和的好脾气老头儿，但暴脾气上来的时候，让人丝毫不怀疑地觉得尤靖远那一身臭脾气是从他那儿遗传来的。

老尤一巴掌拍桌子上，拍得整层楼都在颤抖。

尤嘉听到了一声气沉丹田的怒吼："尤靖远！你怎么这么出息呢！嗯？翅膀硬了，是不是！荒唐！可恨！"

老尤语无伦次地骂了一通，一屁股坐在椅子上，大口喘着气，可见气得不轻。要不是老尤身强力壮，尤嘉都要冲过去给他顺气了。

两个人在书房，门开着，尤靖远背朝着门，一身银灰色的西装，挺阔得像是刚刚从某个宴会上下来，即便笔直地跪在那里，尤嘉都能从他身上感受到那股无形的骚包气质。

他用一种平直的语调陈述："儿子知错，但不后悔。"

瞧瞧，一头倔驴，尤嘉都想上去踹他一脚。不过，听见这句话，她内心的八卦之魂还是抑制不住地熊熊燃烧了。

她对周倩的印象并不太好，大约是她风评不佳，而又主动出现在尤靖远的面前，怎么看都别有意味。娱乐圈拼命推销自己的比比皆是，为了博出位，豁得出去大约已经屡见不鲜了，愿打愿挨，尤嘉没什么好说的。但人心总有偏向，她哥纵然再荒唐离谱，也终究是她哥。她不喜欢周倩，实在不是没道理的。

但这会儿，她突然有点儿好奇周倩是个什么样的人了。

其实，尤嘉向来不担心陆季行有什么花花肠子，陆季行是那种孤傲到有些自负的人，能入他眼的本来就少，他又是那种固执的性格，他看上的东西，就算外人看来一文不值，他也能当宝贝一辈子。

所谓"先入为主"，在他这儿绝对适用。尤嘉不才，不好意思，先入为主了。如果她有尾巴，这会儿一定是高高地翘起来了。

但尤靖远不一样，尤嘉向来对他的感情观持全方位吐槽的态度——薄情，有不婚主义倾向，不拒绝逢场作戏，辣手摧花是常事，谁看上他谁倒霉，而他对此毫无负疚感。

尤靖远谈过四五个对象，尤嘉记得，第一个是个小太妹，因为喜欢他，处处敛着锋芒。他开心了就哄着人家，不开心了就自己做自己的事。后来，太妹把他踹了，他不痛不痒地约人家去打球，倒是太妹自个儿哭得天崩地裂。连一向不喜欢太妹的尤嘉都默默为她点了根蜡。

之后断断续续谈过两三个，都不长久，尤嘉都不太记得。模糊地见过几面，感觉尤靖远对人家都不上心，所以后来分开也没什么好意外的。

大学时候还谈过一次，不过，听说那女儿是个"小辣椒"，睡完他就跑了。这是尤靖远为数不多的阴沟里翻船的经历，尤嘉幸灾乐祸了好久，嘲笑他像个小媳妇，被人吃干抹净，提裤子走人，只能自个儿生闷气。

这会儿尤嘉突然灵光一闪地觉得……周倩……莫不是……害他……阴沟里翻船的……那位？

以尤靖远睚眦必报的个性，也不是不可能。

那……这就有意思了。

尤妈深知尤嘉看热闹不嫌事大的小坏心眼儿，横了她一眼，把陆季行让了进来："这么晚了，今晚就别回去了，住家里。我把尤嘉的房间收拾一下。"说着，去给他们换被褥了，临走的时候，小声警告尤嘉，"你少过去凑热闹，你爸这会儿正生气呢！"

尤嘉狂点头，她又不傻。

老尤还在拍桌子震椅子地骂尤靖远，末了觉得不解气，一把把笔筒砸在他身上，笔杆子"哗啦啦"散了一地。尤靖远动都没动一下，依旧笔直地跪着，有种极具风姿的庄重感和狼狈感，气氛诡异而沉重。

随后，老尤终于松了口，冷着声音说："找个时间，把人带回来吃个饭。"

"嗯。"

尤嘉在这窒息般的氛围里，突然凑到陆季行面前说："生米煮成熟饭，我哥这一手先斩后奏玩得真溜。老尤同志骂他一顿，还得安排人过门，先吃个饭，真是心疼我家老尤。"说着，借陆季行的身子遮挡，"咔嚓"给尤靖远同志留了念。

"历史铭记这一刻，等他老了拿给他看，瞧瞧，尤靖远还有为爱折腰的一天。"尤嘉美滋滋地畅想着。

悲剧一秒变喜剧，陆季行按了下她的手，最终无可奈何地说了句："闭嘴。"

尤嘉下班后没吃饭，尤妈去煮了夜宵，尤靖远还在书房跪着反思己过，老尤同志气得回房睡觉了。于是，整个饭厅就剩尤嘉和陆季行两个人，他吃过饭了，这会儿在旁边儿看着她。

尤嘉偶尔抬头的时候，能看见他那张被老天偏爱的脸，突然发自内心感慨："其实吧，我想得挺开的，像我这种没什么攻击性的食草动物，被一匹狼惦记上，跑是跑不掉的，我认命了，活得还挺开心。像你这种腹黑又变态的人，遇上一只想吃又不能吃的兔子，才是上天对你最大的惩罚。但像尤靖远这种自大高傲、臭石头一样的倔驴，就适合阴沟里翻船。"

陆季行敲了下她的脑袋，叹了口气："你迟早要气死尤靖远。"

尤嘉从没有见过周倩，唯一对她有些印象的，是很久之前的一部古装剧，她演一个后妃，坏是真的坏。仔细想想，她好像一直没演过什么正经角色，私下里活动又少，不怎么接综艺，所以，路人观感大多停留在角色里，加上一些似是而非的传言，风评能好才怪了。

尤嘉向来是个不怎么固执的人，从小被宠大的孩子总会把人往好的地方想，即便是不喜欢的人也能试着尊重和理解，更何况是她哥娶回家的媳妇，即便从前观感不怎么好，她就是爱屋及乌，也不会把周倩往坏的地方想。

所以后来第一次见面的时候，尤嘉心里就只有好奇。

周倩属于很耐看的类型，仔细看才能发现，她眉眼很淡，尤嘉只从两种人——寺庙主持、盲人身上见过她那种神情。

她眼里好像装了很多，又好像空无一物。这么形容有点儿抽象和矫情，但尤嘉总觉得，周倩眼里少了些同龄人的灵动，沉沉的，带着点儿苍老和寂静。

尤妈提前跟尤靖远了解过，知道周倩出自单亲家庭，小时候家里条件不是很好，大学读的是文学，后来因为一些缘故，成了肄业生。非科班出身，签约天维是巧合。那时候，她急需用钱，预支了十万块钱，今年才把债还清。这么多年也没给天维创过多少收，日子过得很清贫。

至于包养的传闻……大约对象就是尤靖远这个混账二百五！

那时候，周倩的经纪人把周倩往尤靖远身边推，他大约还记恨人家，又有点儿说不清、道不明的心思，就像个幼稚的小孩儿，一边拼命把玩具圈在怀里，一边自尊心作祟，还要践踏一下。

周倩没从他这儿拿过钱，只说还она从前欠他的，他叫她，她就去，但总是客客气气、战战兢兢。她那样子，尤靖远反倒没了兴致，在一起不过半年，他就高抬贵手，放过了她，临走时，他问她要不要他扶持，她说自己过得挺好，不需要。

尤靖远不是个爱管闲事的人，相反，有点儿冷血，她说不要，他自然不会再过问。

过了三四年，到今年年初，因为投资的缘故，又碰见了她。她瘦了很多，整个人气质更清淡了些，宴会的时候躲在角落里，专注地吃东西。别的演员都忙着攀谈、递名片，她倒好，话都不说一句，一个来串场的导演半开玩笑地说："这姑娘气质好，适合演民国剧。"

那时候谁都知道，那导演正在筹备一部民国剧，别的演员都挑好了，就差主演一直物色不到合适的人。聪明的，这时候也该听出弦外音了，会来事的都该顺杆子往上爬一爬，即便不明说，也可以道个谢，客套句："如果有合适的角色，导演可以考虑考虑我。"

可周倩不会来事，傻傻的，跟刚入圈的新人似的，拘谨了好一会儿，只是道了声谢。娱乐圈就这样，机会多，但争抢的人也多，有时候你握不紧，板上钉钉的事也会打水漂儿，更何况是她自己不接招，自然也就不了了之了。导演没说什么，后来只是惋惜地跟别人说了一句："假清高，怕是走不长远。"

尤靖远隔着大半个会场，远远地看见她，问旁边人："跟钟导说话的，是天维的那个？"那时候，他也听说过一些风言风语，知道她这些年并没有什么起色。他有时候看不懂她，他俩在一起的那段时间，她虽说不要他帮什么，但能照拂的他都照拂了，天维那帮老狐狸精想借着他的名头给周倩炒后台，他也睁一只眼，闭一只眼，按说她资源不该差到这地步，这还越混越差劲了。

边上的人以为尤靖远看上人家了，转头跟天维那边通了气，周倩被经纪人诓着，去了尤靖远的房间。她一进门，眼眶先红了，愕然了好一会儿，却没说什么，只问他晚饭吃了没。

尤靖远大多时候是个冷酷无情的人，但那一刻，不知道为什么，好像心上有根弦被人轻轻拨了一下。

那晚，她留在了他房间，第二天，她助理过来领人，是个年纪不大的女孩子，瞅见她，眼眶先红了，嘟囔了句："做人怎么这么难？"

周倩摇了摇头，示意她别吭声。

有时候，她自己都说不清自己还有没有底线，如果有，为什么屡屡在尤靖远这边犯禁；如果没有，为什么还是豁不出去。

尤靖远出门的时候，那小助理蹲在他车边等他，满脸哀苦和控诉地说："尤总，您放过我们倩倩吧！她这个人没什么出息，不想攀高枝，从没拒绝过您，也只是觉得对不起您，加上一点儿喜欢。不过这么久了，您贵人事忙，就把她当一阵风吹走吧！别再为难她了！她是个小人物，您一句话，到处都有人为您安排，或许您无意要她，但昨天，她被诓着去您房间，我一个外人看着都觉得难受！她的债马上就还清了，然后就自由了。她以后退圈，想去把没上完的学上完，再考个证，回老家教书。她这辈子没什么梦想，不想大红大紫，就想安安稳稳的。她妈妈得癌症的时候，她大学还没上完，筹不到钱，跟人签了合约，哪知是卖身契。她说自己傻，但确实解了燃眉之急，她没什么好说的，任劳任怨了这么多年，能做的都做了，不能做的也做了，这个圈子真的不好混，她很累了。"

小助理跟倒苦水似的，大约是憋了一肚子话没处说。尤靖远难得有耐心地听完了，莫名觉得有点儿愤怒，他从前问过她："你跟我这段时间，我自认没强迫过你什么，但要说你情我愿，总归牵强了点儿，你想要什么大可以提，就当我送你的礼物。"

但凡她聪明一点儿，也能活得轻松点儿。他觉得，这个女人不是蠢，是特别蠢。说实话，他去殷城影视城那次，要说没点儿私心是不可能的。那时候距离上次见她，已经有两个多月的时间了，从他进剧组那天起，她就躲着他，实在躲不过去了，就笑笑了事，连招呼都不打。

这让他有点儿窝火。

有一次，他把她堵在卫生间门口，问道："你很怕我，还是要避嫌？"

她摇摇头，依旧没说话。

他那狗脾气上来，自己都控制不了自己，捏着她的下巴颏儿迫使她抬头："我自认没有亏欠过你，周倩，你说，你有没有心？"

周倩眼神里是古井无波的深沉，她摇了摇头，答非所问地说："尤总，是我亏欠你在先，但我孑然一身，也没什么可弥补的，能给的我都给了，想来你也腻了，我这儿再没什么稀罕的东西了。咱们两清吧，好不好？"

他松了手，冷哼了一声，却没再说什么。周倩这个女人，看起来温温顺顺，其实比谁都心狠。他派人去查她，本来只是好奇她到底欠了什么债，没想到查到了她怀孕的消息。

他问她："孩子是谁的？"

电话里，她一声不吭。

他没了耐心，只说："是我的，你就给我滚过来。"

他没想过什么龌龊事，虽说不上光明磊落，但也做不出没许诺人后半生就让人怀孕的事。怀了就怀了，他不会推脱什么。结果他等了三天她都没动静，他的耐心险些告罄。

于是，尤靖远整个人处在一种"怒发冲冠"的状态里，说不上因为什么，就是不爽。

后来，她还是来了，她进来的时候，他盯着她看了好一会儿，想听听她到底会怎么说。孩子已经三个月了，看她的架势是想留下来。他没那么自恋，但也知道一个女人单独带孩子有多不易，她留孩子的举动显然十分可疑，不是对他旧情未了就是意有所图。

说实话，他想听她说。

周倩沉默了许久，她特意照着尤靖远的喜好换了身衣服，就是想平平他的怒气。她了解他，太聪明，且眼里容不得沙子。但显然，他是真的生气了，她想了又想，最终选择坦白。对聪明人，耍小聪明无异于班门弄斧。

她抱了抱枕，整个人有些寂寂地蜷缩在沙发上，声音带着点儿疲倦和哀求："尤总，我没想做什么，我厌倦婚姻，也无力去爱，这辈子就想自己一个人好好过。但我怕寂寞，孩子虽然意外，却也是我求之不得的。是我自己要留的，跟您没关系的，我自己一个人养，你不放心，我们可以签协议。以后我要是拿孩子对你有半分不利的图谋，叫我一头撞死都可以。"

那语气决绝得让尤靖远刚灭下去的火又腾了千丈高，他咬牙切齿地重复了一句："厌倦婚姻，也无力去爱？"

年纪轻轻，正值大好年华，一开口就跟看破了红尘似的，她这短短二十多年的人生，碰见他的时候还是第一次谈恋爱，后来也没遇见什么人，谈过几段感情啊，就说自己厌倦婚姻，无力去爱？

意思是她被他伤得不轻，是吗？

他有气没处撒，倏忽间抬臂砸在墙上，博古架嗡嗡作响，十几层高的架子上摆满了玻璃装饰品，摇摇晃晃，差点儿悉数碎了，最后竟艰难地稳住了身子，唯独他砸的那个格子，大肚子玻璃杯被震得碎片崩溅。

胳膊上刺痛，他全然不顾，只盯着周倩看。

目光咄咄逼人。

周倩的脸色越发苍白，她咬了咬嘴唇，撒了最后一把盐："尤总，下个月，我和天维的合约就到期了。他们说，过两天就找人顶替我，这部戏我也不会再拍了，等解约的事谈妥，我就回老家了，以后大约再也不会见面，我不给您添堵。"

尤靖远差点儿一脚把身边的桌子给踹了，顾念她是个孕妇强忍了，打不得、骂不得，憋得他一肚子火，最后只说："行，你要生，我自然无权干涉。但你不觉得自己的想法太天真了吗？你未婚生育，家里也没有亲人帮衬，你拿什么生？生完谁照顾你？顺顺利利还好，出了事怎么办？钱从哪里来？孩子的户口你打算怎么走？"

周倩红着眼眶，最后只是倔强地说了句："我正在考虑。"

臭石头，茅坑里的臭石头！

尤靖远气得七窍生烟，仿佛从她身上看到了他自己那股不撞南墙不回头的狗脾气。

"周倩，你的请求，我有没有拒绝过？为什么你从来没想过问问我，想不想要这个孩子？"

她抬头，茫然地看着他。

他最终还是没发作，有些疲惫地软了声音："算了，很晚了，你留下吧！好好休息，想清楚了再告诉我。"他捞了衣服出了门。文清看见他胳膊上的伤，吓得脸都白了，紧张地说："尤总，您怎么了？"

尤靖远哼了声，心想，但凡周倩能对他软一点儿，他有什么不能给她？

尤嘉目瞪口呆，被她哥的操作震得近乎灵魂出窍，心想俩人可真够折腾的。她拽着陆季行的胳膊，偷偷摸摸地吐槽："我哥那狗脾气，最好生个小天使女儿，好好磨磨他的性子。"

尤嘉越想越乐："如果娇娇气气的，还爱哭鼻子，那岂不更是美滋滋的。"一想到尤靖远在那儿发大火，小闺女哭鼻子，然后周围一圈人骂他"你可闭嘴吧"，周倩护着闺女说"你别吓到女儿"，老太太戳着他那倔驴一样的脑瓜子吼他"少在那儿咋咋呼呼了，吓到我孙女看我不把你腿打折"，然后小闺女拽着他的裤腿，奶声奶气地叫他"爸爸"，可怜巴巴地瞅着他、他还得小心翼翼地哄着的场面她就乐不可支。

哎呀，完犊子了，尤靖远这下可栽了个底儿朝天。

陆季行忍无可忍地拍了她后脑勺儿一巴掌："幸灾乐祸。"说完，觑了她一眼，突然笑了，"那你呢？如果生个儿子，性子随他舅舅，叛逆又不服管教。等长到十多岁，就比你个头儿还高了，你打不过、骂不过，整天气得牙根痒痒？"

尤嘉想象了一下，吓得好一阵哆嗦，忽然觉得自家老太太养大那么个熊儿子实在是太不容易了，她追着陆季行好一顿胖揍："我儿子自然是随我，乖巧、聪明、伶俐。"

陆季行捉住她的手，兀自笑着："行、行、行，你儿子随你。"

尤嘉最讨厌他敷衍，"哼"了声，话不过脑地回他："你儿子才随你！"

陆季行一脸看自家傻闺女的表情，笑道："我儿子自然是随我。"

尤妈从厨房出来，一言难尽地看了他们俩一眼，语重心长地说："别光说不做，你倒是生一个，你不生你怎么知道你儿子什么样。"

尤嘉："……"

你……你说得好有道理。

这个家庭聚餐吃得实在是玄幻。起初周倩挺拘谨的，尤靖远这狗东西还时不时怼人家一下，说什么想拿什么自己拿，困了就去睡，死撑着干吗，把人领到自己房间，指使人家自己翻柜子找被子，而自己却抱着胳膊装大爷。

别扭得尤嘉都想上去踹他一脚。周倩倒是习以为常似的，他说什么她都说"好"，实在被气到了也只是没好气地瞪他一眼。

尤嘉深切怀疑他哥有斯德哥尔摩综合征，每每周倩生个气，尤嘉都能从他身上感受到一股莫名其妙的愉悦气息。

这人八成是有病，还病得不轻。

尤嘉没事就去逗她嫂子，实力埋汰尤靖远："嫂子，我给你总结一下我哥的中心思想哈，就是：别客气，回到这儿就是自己家，你想做什么就做什么。毕竟我哥都冒着腿被打折的风险把证偷摸扯了，你不放肆点儿，实在对不起他那骚包的风姿。

"他那人有毛病，你好声好气地跟他说话，他就跟头狮子似的，到处发威。他凶你也凶，他就没辙啦，哈哈！反正你是他老婆，他不能打，又不能骂，他能拿你怎么着。"

尤嘉就差摇旗呐喊，在后面加油助威：怼他、怼他、怼他。

连尤妈也说："你就别惯他臭毛病，他气你，你跟我说，看我怎么收拾他。"

周倩一脸茫然失措，原本忐忑而沉重的心情这会儿竟有寸寸龟裂的迹象，从那罅隙里渐渐透出一点儿光来，晃得她眼睛又酸又疼。

她向来不太看得起自己，但再卑微的人都渴望幸福。人有时候就这样，失去了太久就不想着去要了。但有一天，它盛大回归的时候，还是忍不住会热泪盈眶。

后来，周倩终于开怀了些，尤嘉发现，她不是那种很闷的人，准确来说，是克制。她好像压抑了很久，但如果周围环境轻松愉悦，而她又能感觉到安全，她还是挺活泼的。

比如，尤妈问她以后是想住家里，还是住尤靖远那里，又问他们婚礼打算什么时候办、怎么办，宴请宾客的名单要他们自己拟还是两位老人拟……结婚就是琐事多，年轻人考虑不周全，老头儿老太太自然要提点些。

尤靖远向来是个暴发户心态，一切能用钱解决的都不叫问题，于是，他大手一挥，说："这个不用管，我找人去做，婚礼定在下下个月，不能再拖了。"他看了一眼周倩的肚子，"再拖不合适。"

老太太一巴掌拍了过去："就你有钱，就你有主意，你就不能问问你媳妇？"说完，痛心疾首地去握尤嘉的手，"一个娘胎里出来的，差距怎么这么大。"

尤嘉从小就乖巧懂事，尤靖远就没让人省心过。当了老板，这脾气还越发大了，臭毛病不改，新毛病一堆。老太太觉得他能娶回来媳妇，真是上辈子烧高香了。

尤嘉闻言十分得意，但在新嫂子面前还是要矜持的，于是她矜持地笑了笑："不要怪我哥了，妈妈，毕竟优秀基因都被我继承了，他人傻，已经够可怜了。"

周倩在那边还郑重地点了点头，尤嘉笑得鼻涕泡都要出来了。

尤靖远眯着眼看了周倩一眼，又抓了一个抱枕朝尤嘉扔过去："尤嘉，你找揍是吧！"

陆季行伸手挡了下，微笑说："我老婆比较娇弱，你欺负她，我不同意。"

呵！

尤靖远白了他一眼，觉得他脑子有问题，审美独特，竟然看上尤嘉那个小混蛋！

反正每次尤嘉和尤靖远同时在家，不搞得鸡飞狗跳是不可能的，今天还附赠了俩外援在旁边煽风点火、推波助澜，于是场面非常热闹。

老太太最后忍无可忍地踹了尤靖远一脚，打了尤嘉一巴掌，一视同仁地骂了一通，最后感叹道："都是要做爸妈的人了，一个个都跟三岁小孩儿似的，丢不丢人。"

尤嘉吐了下舌头，表示："妈，我哥才是准爸爸，再说，我比他小好几岁呢！"

"你还比他结婚早呢！还指望你一成家，也该稳重点儿了，结果倒好，越活越回去了。"

尤嘉摇头，这个锅不能背，她指了指陆季行："这……得怪他。"

陆季行垂首，在岳母大人面前很有求生欲地回答："嗯，妈，这不能怪尤嘉，怪我。"

都把人宠坏了！

老太太哼了声："屡教不改，你也该骂！"

"是，妈，你教训的是。"

尤嘉歪着头，看了陆季行好一会儿，最后得出结论，贴在他耳朵边上说："你真是太狗腿了。"

陆季行面不改色地回了句："谢谢夸奖。"

不仅狗腿，还臭不要脸……

老太太又想起："你们年纪也不小了，也该要个孩子了，我和你爸还年轻，也能帮着带一带。不是在备孕了，怎么还没动静？"

尤嘉想了想，好像这个月的经期推迟了几天，她不是很确定地冒了两滴冷汗："还……还没吧！"

"什么叫'还没吧'？"

陆季行捏住她的手，冲老太太点了点头："妈，您别操心了，这事也急不得。"

"急！怎么不急？年轻人精力旺盛，努努力，要孩子多快啊！"

还努努力……尤嘉嗔怪了声："妈！"

瞧瞧说的什么，像话吗？她这老脸都红了。

于是，接下来的几个小时里，莫名其妙地变成了催生动员大会。

尤靖远还调侃陆季行："完了，以后带俩孩子，妹夫，你可真是太辛苦了。"

陆季行非常大尾巴狼地在岳父岳母面前表现说："不辛苦，应该的。"

尤嘉趴在陆季行怀里，看尤靖远一脸一言难尽的表情笑得肚子直抽筋。

第十六章

心都疼碎了

尤靖远带着老婆回自己公寓去了，临走的时候，老太太和儿媳妇依依不舍作别，尤靖远没耐心地扯了周倩一把："好了，妈，你都霸着她一天了，该让我领回家了。"

新媳妇脸都红了。

啧。

陆季行也带着尤嘉回家了。尤嘉爬上副驾驶就开始睡，陆季行抱她下的车，几个狗仔蹲在楼下，不知道在守什么，冲着他一阵拍。陆季行歪头，看了几个人一眼，笑了："兄弟，合情合法，这都要拍？"

尤嘉顿时清醒了，一个翻身滚下来，跟狗仔大眼瞪小眼，第一次对自己是个"星嫂"有了明确的认知。

网上余波未平，吃瓜群众依旧是那墙头草，吵吵嚷嚷，说什么的都有，只有陆季行的粉丝始终如一、不改初心地想看陆季行翻车，尤嘉今天去看，发现他粉丝发明了一个新的梗。

"儿子，冲鸭！你大舅子都后来者居上，升级当爹了，你怎么这么没出息呢！"

"你的造人计划何时才能落实？"

"请把小小季交出来！"

"我不禁对你的能力产生了怀疑，哥哥。"

"你不要让我们感觉你不行啊！"

"哥，答应我，雄起好吗？"

尤嘉："……"

压力好大。

连周扬都在每天调侃她，隔壁楼的那个精神科的迷妹小孟还特意托人带了土特产过来，好家伙，补肾的……

小孟十分真诚地握住尤嘉的手："小嫂子，小小心意，不成敬意。"尤嘉带回去给陆季行了，说他粉丝送的，他脸上七彩变幻，十分有趣。

尤嘉笑倒在沙发上，但陆季行很快用行动告诉了她什么叫乐极生悲！后来，尤嘉腰酸背痛地躺在床上，心想，陆季行这个禽兽大混蛋啊！将来如果真的生了小宝贝可千万别像他，不然多祸害小姑娘。

尤嘉睡觉的时候还做了个梦，梦见陆季行抱着一个白嫩的小娃娃，仔细一看，跟她小时候长得一模一样。醒后，尤嘉不知道想起了什么，一口咬在他肩膀上。

于是，还在睡梦中的陆季行猛地睁开了眼，蹙眉低头看她，最后气得没脾气，一把攥住她下巴颏儿："尤嘉，你找揍呢？"

尤嘉松了口，看着那一排整整齐齐的牙齿印，"哼"了声，翻了个身又睡了。

陆季行："……"

姑且当她梦游吧！

尤嘉近来胆子越发大了，皮得肆无忌惮，偶尔还想"翻身农奴把歌唱"。不过，大概因为最近天越来越凉了，她身体不是太好，吃不好也睡不好。

虽不是大问题，但尤嘉不舒服的时候向来爱折腾陆季行。吃不好就哼唧，闹着他吃这个吃那个。有一天中午，陆季行开车带尤嘉跑了半个城，就为了吃一碗小馄饨。

进门后，前来招待的服务员被吓了一跳，盯着陆季行瞅了好几眼才伸手做了个"请"的姿势，很体贴地给他们选了个偏僻的角落。

这几日，陆季行闲着，但是没少被人拍。尤嘉起初还别扭，慢慢竟有些习惯了。反正麦哥会处理，陆季行现在正当红，加上他背景一向模糊不清，MG又摆明了要力捧，媒体都不大愿意惹他，所以该卖的面子都会卖，不会报道乱七八糟的东西，就算是拍到尤嘉的正脸也不会发，网上流传的图都模糊不清的。

况且，照片上看人跟看真人总归是有差别的，不是特别熟识的很难分辨，所以事情也没尤嘉想的那么可怕。至少就现在来看，对她生活的影响是没多大的。

顶多就是，她单独给大白开了一个账号，每天都有粉丝来吸猫，顺带调戏她。这事是麦哥来找她商量的，说视频播放平台想请她给大白开个通道，毕竟猫狗都是萌物，向来是圈粉利器，虽然这想法略功利，但对粉丝、对剧来说是双赢的事。

尤嘉就应承了下来，本就不是什么大事，况且，大白本来就很有灵性，是尤嘉现在每天的欢乐源泉，偶尔分享点儿趣事也不错。

现在，大白是猫界新晋现象级网红，几张生活照和日常蔑视脸就招了上万粉丝，热度每天都在飞速上涨着。

尤嘉今天也发了一条模仿配音秀的内容，戏精嘉和戏精猫实力演绎了《上古诸神考》的经典片段。

南皇受伤后变回了原形，好不容易挣扎到了家门口，被外殿洒扫的半仙小侍女带回了她自己的寝房。半仙是低阶仙体，无缘见南皇这等上古天神，是以没认出来南皇的本尊，只认为是误闯的野猫。

小侍女太喜欢南皇了，不顾南皇龇牙咧嘴，整日抱着、亲着。南皇可气坏了，他可是封皇封圣的尊体，哪能容一个半仙调戏。奈何虎落平阳，它压根儿没还手之力。

冬天了，小侍女就把南皇抱进被窝里，南皇钻出来，她就捉进去，还要贴着胸脯放，那雪花花的白嫩胸脯晃得南皇心神俱乱，速来冷酷无情的阴谋家也只能气急败坏地原地跺脚、转圈圈、"喵呜"乱叫，看起来跟得了失心疯似的。

小侍女问它："崇日，你怎么了啊？"

"崇日"是她给小猫起的名字，因为它喜欢晒太阳。

南皇愤愤："喵呜！"

你给爷闭嘴!

南皇气得都不顾言行了。

"你可是饿了? 渴了? 你莫这样, 快把阿姊心疼坏了。"小侍女说着, 伸手去抱它。

南皇继续愤愤: "喵呜! "

你给老子滚, 你别过来, 你走啊!

小娘子死死地把它按在怀里: "嗯, 阿姊抱抱你, 你可欢喜啦? "

南皇一翻白眼, 险些昏死过去。

……

当然, 尤嘉和大白只表演了后面这段自说自话的对白, 大白同志演技炸裂, 真真把南皇那羞恼得像被调戏的良家男子的姿态表现得淋漓尽致。

发出去的时候, 尤嘉自己都乐了, 粉丝的关注点却歪到天际。

"哎哟哟, 我皇也太纯情了。"

"阿季嫂声音好好听, 这么软, 一听就是个萌妹子! "

"我想看大白和阿季嫂睡一个被窝, 捂脸。"

"@陆季行 哥, 你的情敌已上线, 请查收。"

"啊啊啊, 你敢不敢演完, 你倒是把被窝那段也演出来啊! "

"我哥的四十米大刀藏不住了, 你们怎么能这么过分呢? 我就不一样, 我想去偷阿季嫂和大白。"

"对的, 阿季嫂, 你踹了我哥吧, 我偷摩托车养你和大白。"

"难道就我一个人发现, 对面墙上有个反光的板子吗? "

"板子有倒影, 我只能帮你们到这里了。"

"局部放大, 锐化处理, 调整清晰度, 我好像发现了什么了不得的事。"

"楼上站住, 别跑, 把话说清楚。"

"3 分 23 秒, 阿季嫂做了个干呕的动作。"

"6 分 42 秒, 又是一个干呕的动作。"

"昨天的大白日常犯蠢二三事记录博里, 阿季嫂说她最近吃什么都没胃口, 跟大白抢酸奶喝。"

"麦哥前几天吐槽说'阿季他老婆想吃酸汤馄饨, 阿季开车带着人跑了大半个城，结果他老婆吃了两口，就说吃不下了。我心想，完了，他老婆要挨骂，结果你们猜怎么着？阿季说，还想吃什么，我们去别处。天哪，这俩人简直腻歪死了'，结合楼上有惊喜。"

"我的天哪！我好像也发现了什么……"

"根据电视剧原理……"

"据我多年狗血言情剧史推测……"

"凭我神准无比的第六感……"

"啊啊啊，@陆季行，哥，你老婆是不是怀孕了？"

"你说，你快说！"

"我的小小季，终于从受精卵变成胚胎了！？"

"大白，快收起你的爪子，不要乱挠，小心被揍。"

"我的亲娘啊，我仿佛有一种求子多年，终于得偿所愿的老母亲般的欣喜若狂感。"

"@陆季行，我赌一包辣条，怀了。"

"@陆季行，我赌大白一年的小鱼干，怀了。"

"@陆季行，我赌一箱方便面，怀了。"

……

尤嘉正趴床上撸猫呢，看到这些弹幕吓得手机都扔了，堪堪砸在眯着眼闭目养神的大白身上，它很戏精地立时往旁边跳了两跳，做防备姿态，全身的毛乍着，拿爪子去勾手机。手机界面还停留在粉丝评论上，一个表情包堪堪在正中间的位置：大白做咆哮状，下面有人配了字——爸，你快来看，我妈妈怀孕了！

大白盯着她看了会儿，觉得猫生受到了难以言喻的冲击，低低地"喵呜"了一声。尤嘉爬下床去翻日历，算了算，这个月的例假已经推迟了大半个月！她例假向来不准，推迟、提前都是常事，所以她一向不记日子。她吞了口唾沫，换了衣服，跟阿姨说自己下楼一趟，买点儿东西，然后直奔药店买早孕试纸。

陆季行在练习室排舞，中途休息的时候他去喝水，一扭头，一群人从手机上抬头，神色怪异地瞧着他。

他挑了下眉，问道："怎么？"

一个性子活泼的小师弟掩唇偷笑，敲了敲手机，答他："陆师兄，你粉丝说你老婆怀孕了，让你赶紧回家看看。"

陆季行："……"

什么鬼！

几个人嘻嘻哈哈地起哄，问他是不是真的。他回想了一下这几天尤嘉的反常，似乎也觉得有点儿眉目。于是捞了衣服，撂下一句"你们先练着"，然后推门大步走人了。那背影，虽一如往常沉稳淡定，但到底是带了几分急切，惹得几个小辈更是大笑不止，你推我我推你地笑说："哎呀，搞得我都想谈恋爱了。"

"欸，别想了，人家青梅竹马，这感情啊，羡慕不来。"

"哪里啊，我可听说是师兄主动招惹人家的，还特别腹黑地套路人家，人家还没毕业呢，就哄着人家把证扯了。"

一向敬佩陆季行的小崽张大了嘴巴："师兄还做过这样的事？他看起来很正经、很严肃啊！"

"你被骗了，他在他老婆面前就是一只腹黑的大尾巴狼，麦哥亲自鉴定的。"

大尾巴狼推开家门的时候，尤嘉正襟危坐在沙发上，深沉地思考人生。陆季行的心渐渐提起来，他换了鞋，扔了车钥匙，脱了外套，慢慢靠近她，叫了声："尤嘉？"

尤嘉扭头，幽怨地看了他一眼，他的心便又提了一分。

是怀了，没怀？还是其他……

他忽地快步过去，揽过她的腰，将人整个抱起来，放在腿上，低声问她："怎么了？"

尤嘉忽然趴在他怀里哭起来，眼泪、鼻涕抹了他一胸口，就听她说："完了，阿季，我不是肠胃不好，是孕吐！还很严重！我这孕吐也太早了……"她哼哼唧唧地哭着，"我不能吃好吃的了，太惨了，我太伤心了。"

戏精大白遇上真戏精，自觉惹不起地后退了两步。

陆季行把心沉回肚子里，思绪慢慢回笼，惊喜、震撼、无措……各种情绪交杂在一起，最后只凝成一句话："这么不省心，一看就随你。"

尤嘉"哼"了他一声，推开他，还拿肘捅他胸口。如果不是场地有限，她可能还想踩他两脚。

陆季行笑着任她闹，最后捉了她手腕，把人打横抱了起来，抱去卧室，抱去书房，抱去她的陈列室……转了一大圈，最后又抱回来。尤嘉瞪大了眼，想看他干吗，最后发现他什么也没干，顿时满脸问号地看着他。

"嗯？"

搞什么？

陆季行亲她耳垂，脸上笑意未散："没事，我开心。"你这开心的方式可真独特。

陆季行陪尤嘉去做了更详细的检查。第二天，他发了条博文。

陆季行：前几天凌晨，我还睡着，她突然过来咬我肩膀，我问她做什么，她气哼哼地翻了个身，背对着我睡了。早餐的时候又想起来，依旧愤愤，说梦见我抱了个小宝贝，跟她小时候长得一模一样。她说，不可理喻，我在梦里都想着做她爸爸，我说，你这才叫不可理喻，明明是你自己日有所思。我俩常拌嘴——她小时候明明是个特别听话的孩子，长大了倒变得伶牙俐齿了。我和她哥哥一致认为，她属于逆生长，小时像大人，大了倒像小孩儿。嗯，现在，我家小孩儿也要生小孩儿了。

这么长的博文在陆季行这里可是极其罕见的，粉丝看到的时候还以为自己看花了眼，然后火速来围观。

"啊啊啊，我就知道！我就知道！"

"我的妈呀，这是我哥吗？"

"我吃你家大米了，你给我看这个！你这个丧心病狂的臭男人！"

"哼，对方一脚踹翻了你的'狗粮'并爆打了你的'狗头'。"

"还不是你自己宠的，哈哈哈。"

"啊啊啊，我就知道小小季来了，天哪，我爱豆都有孩子了！"

　　"我哥不可能这么甜！你说，你是何方妖孽。"

　　……

　　尤嘉以前特别喜欢翻粉丝评论，不过，最近老是被没收手机。大白的号也不怎么更新了，两家的老太太都说要把猫带走，不过，尤嘉舍不得，陆季行就让阿姨专门照顾猫，他自己做饭，尤嘉不怎么抱它了，晚上陆季行也不让它往房间跑了。为此，大白相当郁闷，大晚上挠门挠得更厉害了。

　　陆季行通知两家长辈的时候，老人家看起来都淡定极了，只是在电话里叮嘱尤嘉仔细着点儿，前头三个月得小心，别还跟皮猴似的折腾。结果第二天就疯狂往她家搬东西，吃的就算了，连婴儿用品都买回来了。

　　尤嘉哭笑不得地说："你们也太夸张了。现在还是个'小豆芽'呢，这也太早了吧！"

　　老太太朝她瞪眼睛："你懂什么，有备无患！"

　　尤嘉："……"

　　尤嘉原本觉得陆季行是个淡定的，结果他最不淡定——一声不吭地去买了套房。他俩现在住的地方是个中高级公寓，安保不错，但面积小了点儿，装修的时候还没考虑孩子，自然也没预留婴儿房。陆季行在二环买了套现房小别墅，面积没临江苑那所老房子大，但位置好，前靠学校，后临医院，左边商城，右边公园。不过，装修、通风花了不少时间，后来尤嘉快生的时候才搬进去。

　　尤嘉孕吐得厉害，且相当持久，怀孕的前三个月整个人没胖，反而瘦了，整日整日吃不下，陆季行倒是难得有耐心，换着花样做菜给她吃。晚上例行去散步，尤嘉嫌散步无聊，老是哼哼唧唧，不想去，陆季行就带她去商场，逛逛街什么的也算散心了。

　　有一次被拍到了，视频里陆季行紧紧攥着尤嘉的手，偶尔人多的时候扶着她的腰护着。尤嘉左手抱了一只刚刚从抓娃娃机抓出来的皮卡丘玩偶，右手被他牵着，腿胀得厉害，走几步就说累，一坐下来就想躺着。但人在外面，不好造次，只好扯着他的手，反复捏着，跟泄愤似的。

　　然后被他带着去了旁边的甜品店："吃哪个？"

尤嘉手指摁在下巴上，犹豫不定，陆季行耐心等着，尤嘉终于选好后他才合上菜单，对服务员说了声："和她一样，谢谢。"

粉丝"啊啊啊"个不停，说甜掉牙了！尤嘉翻来覆去看了好几遍，没看出来到底哪里甜了，倒是看出来她的腿是真的肿，肚子是真的大，人也真是矮，穿着平底鞋堪堪到陆季行下巴。

尤嘉羞愤欲死，发誓再也不出门了。然而，不出门是不可能的，她迷上了一项新运动——抓娃娃！于是，逛商场成了每晚的"保留节目"，商场一楼的娃娃城是尤嘉的必经之地。但她是个菜鸟，十次有九次都抓不到，抓不到就不开心，不开心就闹陆季行。陆季行为了哄她，就去帮她抓，尤嘉抓娃娃的命中率是十分之一，但陆季行能达到十之七八，这就有点儿过分了。大概常年练舞的人有着一双毒辣的眼睛，还有精准的控制力。

后来，粉丝群里有条私下里流传甚广的消息，说每天晚上七点到九点之间，陆季行会带着他太太出现在银城商厦，然后逗留在娃娃城里。那是一片很大的地方，摆了上百台抓娃娃机，一向是情侣圣地。于是，每天都有附近的粉丝慕名过来晃悠，十分有心机地装作不认识他们，然后近距离观摩。后来，粉丝都传，说阿季嫂貌美如花，这基因妥妥的了。尤嘉丝毫没有掉马的知觉。

尤嘉坚持上班到孕期近六个月，彻底撑不住了。这时候已经是第二年的春节后，冰雪未融，春寒料峭。

她孕吐还是没消，不算特别严重，但就是磨人。尤嘉嘴巴越来越挑，毫不夸张地说，一天要吃十几顿饭，但每次都只吃一点点。腿脚浮肿得厉害，原本细细的两条腿肿了一大圈，一按一个坑，每天晚上陆季行都得把她的腿架在自己身上按摩缓解。

尤嘉只得提前请了产假，连同病假，凑了半年假期。医院正是缺人手的时候，今年招新不理想，毕业季还没到，尤嘉本想着好歹再撑一撑也好。但主任看她娇气，又是头胎，两个月孕检的时候查出来还是双胞胎，尤嘉怀孕三四个月的时候，肚子就已经很大了。主任心疼她，准了她的长假。

每日闲在家里，尤嘉却一点儿都不无聊，反正有陆季行陪着她。

陆季行几乎推了所有活动。难以想象他一个爆火的新生代现象级偶像，现在手上只有两个代言。他在全艺赛之后再没接过综艺，剧的宣传他也都是挑着家门口的去，以晚上能回家陪她睡觉为标准。

尤嘉孕期白天吃不好，晚上睡不好，各种反应一大堆，被折腾得分外凄惨。有时候，她蔫蔫地趴在陆季行的腿上，拍他说："都怪你啊！"

陆季行就应："嗯，怪我。"

然后给她捏腿或者喂她吃东西。

"你跳舞给我看吧！"

"阿季，唱首歌嘛？"

……

尤嘉发现，自己说什么陆季行都不拒绝，于是胆子越来越肥，大有一种"翻身农奴把歌唱"的嘚瑟感。

第二年春末的时候，周倩生了个六斤重的女儿，据说那小丫头生来就会笑，一个月的时候就露出了小天使的本质，软兮兮、奶乎乎。尤嘉乐得不行，说这下尤靖远可完犊子了。

夏末的时候，尤嘉也被送进产房，一天一夜才出来。陆季行熬了一宿没睡，其间进了产房一次，穿着无菌衣，握着尤嘉的手，产妇乏力，助产士说："丈夫鼓励鼓励产妇。"

尤嘉紧紧攥着他的手，全没了平日里的活泼，眼角泛着泪，一直哭。她提不起力气，有些懊恼，最后哀怨地看了他一眼："阿季，好疼啊。"

陆季行不知怎么，忽然觉得心口疼，眼眶都红了，伏在她身前，嗓音沉沉地开口："只这一次，往后不生了。"

尤嘉看他要哭了，抬手似乎想给他擦擦，抽不出手，只好小声说："其实……其实也不是很疼，你不要哭呀！"

陆季行别过了头，手却攥得越发紧。

凌晨三点钟，尤嘉足月顺产两名健康男童。

一个四斤三两，一个四斤七两。

个头儿小的是哥哥，个头儿大的是弟弟。

两家老人在外面候着，终于长舒一口气。陆季行守着尤嘉，奶奶和外公外婆去看宝宝。两个小宝贝被擦干净羊水，裹了小被，放在尤嘉旁边的小床上。

　　尤嘉醒来后，先侧头看了眼两个小崽子，探着头过去，戳了戳弟弟的脸。总觉得有些梦幻，她张了张嘴巴，好半天才嘀咕了句："……我的。"

　　陆季行瞧着她那傻样，登时笑了，过去捧了她的脸，温柔地亲她额头，低声说："辛苦了。"

　　尤嘉在他怀里蹭着哼哼唧唧，说："是啊，可疼了，你不知道，隔壁床的产妇骂她老公骂得多激烈。"

　　陆季行笑着去捋她头发："你呢，有没有想骂我？"

　　尤嘉便笑了，戳了戳他的眼角："本来想的，不过看见你哭，我心都疼碎了，就顾不上了。"

　　她从没见陆季行哭过，说那些话其实是想打趣他。

　　他却认认真真回了句："我也是。"

　　看见你哭，心都疼碎了。

第十七章

有娃如斯

　　尤嘉怀孕初就查出来是双胞胎，却不知道性别，也没想着去鉴定，有点儿期待，总归是个惊喜，反正无论男孩儿女孩儿他们都喜欢。尤嘉那时候总想，两个好难带啊，生两个女儿还好，生两个儿子岂不是……一想到自己在前面追着这个，那个又跑没影了，一个个皮得给个蹿天猴就能上天，尤嘉忍不住捂胸口。最好是龙凤胎，尤嘉美滋滋地做梦。

　　没想到……世事无常啊，世事无常！

　　两个小男孩儿。

　　尤嘉这会儿看看这个看看那个，然后扭头看陆季行，很阿 Q 精神地调侃道："以后出门，我抱一个，你抱一个，是不是很拉风？"

　　陆季行一阵无语，最后却附和了句："嗯，拉风。"

　　他一个人带三个娃，想想确实拉风。

　　陆老太太和尤家老头儿老太太进了病房，前者指责陆季行："你是根木头吗，你媳妇要看孩子，你都不会抱出来给她看？"后者敲尤嘉脑袋："就你皮实，给我爬上床，好好躺着。"

　　尤嘉弱弱地蜷起脚丫子，缩回了床上，老太太把饭盒拿出来，陆季行架了横板在床栏上。尤嘉抬头，看看这个，看看那个，大有一种生了"皇子皇孙"的感觉，被人宠得觉得自己快变成二等残废了。她这样欠揍地想着，却默默弯了弯眉眼。

陆季行把她快埋到碗里的脑袋扒拉出来，给她扎了头发，顺到脑后去，尤嘉从面前的碗里看见自己的倒影，对那个十分乡村的歪辫发表了中肯的评价："如果生的是闺女，你给她扎这么个辫子，她肯定会气哭的。"

陆季行拍她头："要不是看你快把头发吃了，我才懒得管你。"

瞧瞧，刚刚还煽情呢，转眼就怼她，尤嘉把一碗粥喝得咬牙切齿。

陆季行想起刚刚听医生说，产妇很可能会产后抑郁，要家里人除了关爱孩子，也要多关心妈妈。他觉得他抑郁的可能性会比尤嘉大一点儿。

吃完饭，尤嘉又去看宝宝。两个小朋友正在睡觉，尤嘉戳戳哥哥，又戳戳弟弟，哥哥似乎蹙了蹙眉——当然，可能是尤嘉瞎脑补——她顿时乐了，扯着陆季行说："哎呀，他皱眉头的样子好像你啊！"

陆季行看了目前还只知道睡觉的小娃娃一眼："……"

戳弟弟的时候，弟弟醒了，他睁开眼，缓缓地看了眼，又闭上了，那神情里有几分"好吵，你真无聊"的感觉，尤嘉捧腹大笑。

戏精尤嘉对两个刚出生的小宝贝进行了惨无人道的脑补，她十分笃定地觉得，哥哥像陆季行，那种冷冷的、不爱搭理人的小冷淡崽，弟弟也像陆季行，傲娇鬼。

像陆季行多好啊，陆季行小时候可是非常省心的，陆妈妈说，陆季行很好带，他不爱哭，也不怎么闹，很会自娱自乐，就是冷冷的，看起来总是不够可爱。

当然，她很快就会明白自己打自己的脸会多疼。

作为一个刚从产床上下来的人，尤嘉的恢复力可谓惊人，短短两个月的时间就恢复了体形，而且是自行恢复，她也就缠了缠腹带而已。自从公布喜讯，粉丝就开始"喜大普奔"，毕竟她们只想要个小小季，没想到还"买一送一"。

"天哪，我要去偷阿季嫂，我阿季嫂上辈子是拯救了银河系还是打败了哥斯拉，这辈子这么好命。"

"逆天了好吗，她可能是玉皇大帝的女儿下凡了吧！小时候爹妈、哥哥宠着，长大了老公宠着，以后两个儿子再宠着，这简直要让人摔锅了！"

人比人，气死人。"

"组团去偷阿季嫂，然后猫有了，哥有了，附赠俩儿子，美滋滋！"

"我想看阿季嫂真容，我要记住这张脸，下辈子早点儿找到她，简直福娃一般。同样是胚胎，她是提前开过光吗？"

"@平凡的一家，跪求节目组安排我哥，我要看我哥带娃。"

"话说《平凡的一家》节目组也是神奇，开播四季了，哪里平凡了？就问哪里平凡？不过，我哥上去可能是最接地气的，哈哈哈，毕竟老婆、孩子、肥猫、热炕头，过得很有烟火味。"

"何止烟火味啊，公然在商城给老婆抓了几个月娃娃都不嫌腻，被人拍到跟媳妇坐在小店里吃馄饨，去医院孕检还把媳妇弄丢了，到处找……哈哈哈，不行了，吐槽我哥我能吐槽一天，就不能有点儿偶像包袱！"

"跪求节目组安排我哥啊，我想看他家什么样，我想看他儿子，我想看阿季嫂，这拍出来就是一部玛丽苏顶配，好吗？"

"哎，想什么呢！我哥捂着他媳妇捂多久了，就算节目组邀请，估计他也不会同意吧！他都多久没上过综艺了，要不是催生小分队每天巴巴地等着看小小季，他都成'过气老腊肉'了。"

"过气老腊肉，你怕不是想挨打。"

"我哥去年拿了三个奖，你们不能这样编派他，哈哈。虽然我也想说他'过气老腊肉'，再不出来露个脸，粉丝要集体跳墙了。"

"你跳，你倒是跳啊，还不是在坑底老老实实地蹲着。话说，我哥为什么要走实力派，整天玩失踪，走偶像路线不好吗？这样我还能经常看见他秀存在感，嘤嘤嘤！"

……

作为一个明星，被人谈论是常事，尤嘉都习惯了，每天看粉丝花式吐槽他也是一种乐趣。但每次都看得胆战心惊，因为他的粉丝似乎有毒，好像总是说什么来什么，每次都神准。

后来尤嘉扯着麦哥的胳膊说道："你敢帮他接什么亲子节目，你就死定了。"

麦哥照旧是那副欠揍的样子："接啊，干吗不接，给你儿子赚奶粉钱，你还不乐意？你一个穷苦小医生，他三天打鱼，两天晒网，工作极其不积极，不赚钱行吗？现在奶粉多贵啊，你还一生生俩，压力多大啊！"

尤嘉："……"

她陡然有一种家里快揭不开锅的错觉。

奶粉自然是要的，因为尤嘉奶水不足，老太太整天给她炖各种汤汤水水，什么鱼汤、鸡汤、猪蹄汤、排骨汤……吃得尤嘉胆战心惊，总觉得过不了多久就要脑满肠肥了。

医生说，最好是让宝宝吮吸，通乳，越吸会越多。于是，她每天都抱着两只崽，有事没事吸一吸。好家伙，她终于明白什么叫用生命在喝奶了，劲儿真大。

哺乳期，乳房胀胀的，好像足足大了一个罩杯。有一天，她非常惆怅地对着镜子看自己的胸，然后发出了深沉的询问："欸，阿季，你说，以后会不会缩回去？"

陆季行一边给哥哥换尿布，一边对弟弟吹了个口哨，抽空才瞅了她一眼，无语道："你一个医生，能不能不要问这么傻的问题？"

尤嘉反驳道："我是一个整天拿手术刀的外科医生，又不是什么都懂。"

说话间，弟弟哭了起来。尤嘉把他抱起来，捏捏他的脸，又捏捏他的手，戳戳他的肚子，又戳戳他的嘴巴，胡乱蹂躏一通，然后哈哈笑了起来。弟弟大概是被他妈的神经质给吓到了，竟然神奇地不哭了，睁着乌溜溜的大眼定定地看着她，大概没懂这是什么操作。

尤嘉就靠着这神奇的带娃技能把两兄弟成功地带到了三岁。三岁是个神奇的年纪，俗话说"三岁看老"，虽然不见得精准，但三岁的确是个性初显的年纪，一些从娘胎里带出来的特质会越发明显。

哦，还没说哥哥弟弟的名字。哥哥叫陆遥之，弟弟叫陆逸之。

瞧瞧，多文艺的名字。尤嘉一个语文常年拖后腿的人，拖着陆季行翻了八百遍字典才起出的名字。她起初对自己两个娃的定义十分明确，一个冷淡鬼，一个傲娇精，都很聪明，像陆季行，肯定不会太闹腾。所以想着儿子安安静静的性格比较适合这种文雅的字眼。

但，她觉得自己大错特错。

陆遥之小朋友，他的确冷冷淡淡的，善良又正直。但你能想象他一个三岁的走路刚稳当没多久的小屁孩儿，有多执拗地喜欢拳击和散打这类运动吗？他现在一拳能打得尤嘉内伤，武力值俨然有越来越逆天的架势。

陆逸之小朋友则招猫逗狗，是个拆家狂魔，默不作声地能给房间来个乾坤大挪移。他极腹黑，心眼儿多得可怕，跟陆季行丝毫不像。陆季行的腹黑只体现在追老婆上了，多少带着点儿风花雪月的不正经。陆逸之则腹黑得三百六十度无死角，坑妈、坑爹、坑哥哥，还特别能屈能伸，闯祸了就撒娇，哭天抹泪地抱着爸妈大腿嚷"逸逸错了，妈妈打逸逸吧！逸逸不哭！"然后哭得比谁都大声。

陆季行最常说的一句话就是："不准欺负妈妈！"

如果不是陆遥之武力不如陆季行，陆逸之腹黑不过他爹，尤嘉觉得自己的家庭地位都岌岌可危。即便如此，尤嘉也过得相当艰辛，总是莫名其妙踩坑里。

于是，尤嘉总哼哼唧唧地跟陆季行控诉："你看看你儿子哇！"

就知道怀孕怀得那么艰辛，肯定不会让她省心。

兄弟俩三岁这一年，尤嘉顶着重重心理阴影又怀孕了。这一次倒是意外地顺利，能吃、能喝、能睡，还是顺产。临产的时候，尤嘉抱着陆季行的胳膊，非常纠结地说："这胎还是儿子的话，你……害不害怕？"

陆季行笑了："怕什么，我自然能收拾。"

尤嘉哼了哼，全家就欺负她一个老实人。

大约是上天不忍看她这么可怜，尤嘉顺利地生了个女儿。粉雕玉琢，生下来就透着可爱劲儿，软乎乎的，尤嘉捏捏她的手，顿时老泪纵横，有种天可怜见的心酸感。

两个小崽子趴在妹妹的小床边，哥哥戳了戳妹妹的脸，惊喜道："妹妹！"

弟弟觉得自己不能败了下风，捏了捏妹妹的手，愉快地"哈"了声，那语气特别像每次憋了一肚子坏水，准备搞破坏的语气。

尤嘉忽然想起来一个很严肃的问题，扭过头去看陆季行："阿季，你觉得……悯之被她哥哥带坏的可能性……有多大？"

恬之是妹妹的名字。

陆季行看了兴奋的两个小男孩儿一眼，一派淡然地回答："不知道。"

呜呼哀哉！

每年过年的时候，那才叫热闹。

尤靖远和尤嘉延续二十多年的兄妹大战，并没因为成家立业而减弱半分，其幼稚程度使三岁小儿都瞠目结舌。

尤靖远的小闺女尤思思小时候看着软软的，长大了一点儿却发现是个小机灵鬼，特别逗乐，跟双胞胎一起，三个人组队，破坏力翻倍，并称"小区三霸"。陆逸之C位出道，独领风骚；陆遥之自带威慑力，往旁边一站就是隐形帮手；尤思思则负责煽风点火、推波助澜。

情状一言难尽。

后来有了陆恬之，三个人终于不在外面作祟了，转而蹲家里，集体逗妹妹。

恬之是个正宗小天使，软兮兮的，特别像尤嘉小时候，但比尤嘉还要乖。尤嘉小时候，骨子里多少带点儿克制的皮，偶尔也想使个坏，闷不作声，偷偷做点儿无伤大雅的坏事，别人不会猜到她头上，她自己能乐半天。但恬之是骨子里都带着乖，整个人软得跟棉花糖似的，每次陆季行抱着她，连神色都会缓七分。

尤嘉的宏愿没在她哥身上实现，倒是在自己身上实现了。她每天抱着女儿，感觉出门自带圣光，特别招人，真是人见人爱，连大白那只傲娇得不行的猫，见了恬之，叫声都会变得温柔些。

恬之最爱爸爸，最宠妈妈，喜欢两个哥哥，喜欢思思姐姐，所有人都爱恬之，这是一个食物链完全颠倒的家族。

今年过年的时候，恬之三岁了，她穿了一件毛茸茸的西瓜红羊毛开衫，尤嘉给她扎了个丸子头，看起来清爽明丽。小丫头唇红齿白，眉眼颇像爸妈，却更精致一些，仿佛人形洋娃娃。恬之笑起来的时候，仿佛空气都带着甜味，她声音异常软糯，吐字不是很清晰，但说话很认真，慢吞吞的，自带Q萌属性。

她今天有点儿不开心，妈妈大年夜加班到现在还没回来，爸爸被装进了电视里，她就拿了个小板凳，蹲在电视前头看爸爸。一动不动地，只有一双大眼睛忽闪忽闪地眨着。

遥之哥哥坐在她的左手边，给她剥橘子吃，逸之哥哥在逗狗，玩"坐——握手——坐"的游戏——家里去年养了一只叫"妞妞"的萨摩耶，浑身的皮毛蓬松柔软，白得发光。

妞妞脾气好，非常听话，逸之逗它玩了会儿，抽了花瓶里一枝粉色玫瑰让妞妞叼着："去，给悯之。"

妞妞果真噙着玫瑰花去电视前头找悯之了，毛茸茸的大脑袋拱了拱悯之的胳膊，然后扬了扬头，给她看花。

悯之把花从妞妞嘴里拿出来，低头嗅了嗅，很淡的香味，悠悠地挂在鼻尖，悯之知道是二哥哥，忽地扭过头去看沙发。二哥哥向来不好好坐，正歪七扭八地半躺在上面，妈妈看见一定又要骂他了。悯之不骂哥哥，她冲着二哥哥笑了笑，甜甜地说了声："花。"

她其实是要说"谢谢二哥哥的花"，但悯之吐字还不清晰，她更喜欢说短语。逸之听懂了，举起两指，在鬓角点了下，极潇洒地做了个眨眼的动作，那一套风流做派也不知道是跟谁学的。

悯之被二哥哥逗得咯咯直笑。回过头的时候，爸爸在电视里跳舞，悯之又惆怅起来，她想爸爸了。

还有，妈妈怎么还不回来呢？

她把头偏到大哥哥的胳膊上靠着，瓮声瓮气地说："大哥哥，悯之想爸爸、想妈妈了。"

遥之塞了一瓣橘子到悯之嘴巴里，他不太会哄人，但妹妹不开心，他也不开心，他沉默了好一会儿，说："哥哥带你去放烟火吧，悯之！"

悯之闷闷地点了点头："好！"

尤靖远带着周倩回来了，推开门先换鞋脱外套，冲里面叫了声："爸，妈，我们回来了。"

厨房里老太太探出头来，不看她那倒霉儿子，只冲儿媳妇笑道："倩倩回来啦？”

思思从爸爸怀里跳下来，欢欣鼓舞地叫了声："奶奶，新年快乐！"

老太太眉开眼笑："哎，思思乖，思思也新年快乐。奶奶做饭，待会儿给思思压岁钱。"

思思又跑去客厅叫爷爷，趴在爷爷耳朵上说"新年快乐"，爷爷把她抱在怀里亲了亲，塞了一个大大的红包在她兜里，她按了按那个厚厚的红包，又在爷爷脸上吧唧了一口，然后嘻嘻笑着跑了。

姑姑和姑父不在，但悯之在啊！她像只小蝴蝶似的飘到悯之那里，捏着自己的裙摆转了一圈，手捧着下巴，蹲下来看悯之："悯之不开心吗？"

悯之点点头："悯之想爸爸妈妈了。"

思思皱起了眉头，旋即又舒展开，抓住悯之的手："姑姑姑父一会儿就回来了，姐姐带悯之去放烟火，好不好？玩得开心就不想爸爸妈妈了。"

悯之扭过头去看遥之哥哥，然后抓住哥哥的手，这才回头看思思姐姐，轻轻地点了点头。

思思冲那边抛球给妞妞玩的逸之招手："逸之，我们去放烟火，你来不来？悯之也来哦！"

逸之把球抛得老高，妞妞蹲在地上，跃跃欲试地等着，他却忽然一踮脚，把球又接回自己手里，弯腰揉了揉妞妞的脑袋，吊着一侧唇角笑，偏头对思思漫不经心地说道："来了。"

他走过去，忽然把悯之一举起来，搁在自己脖子上。悯之"啊呀"了声，等骑到二哥哥脖子上才反应过来，她视线平白高了一倍，好像世界都变大了许多似的，她软软地叫了声："二哥哥。"

逸之两手抓着悯之的手，让她半趴在自己脑袋上，微微侧头向上，唇角依旧带着三分散漫的笑意："悯之想放烟火？"

悯之其实不想放烟火，她只是想爸爸和妈妈了，但是遥之哥哥和思思姐姐都说要带她放烟火，逸之哥哥还给她举高高，她觉得她应该点点头。

"悯之想放烟火，那我们就去放烟火。"

二哥哥驮着悯之踢了踢妞妞，说："去，把露台门打开。"妞妞好像听得懂似的，"嗒嗒"过去，抬着爪子，把露台的推拉门往旁边推。

今年的春节下着雪，露台挂着两盏红彤彤的八角宫灯，映着大雪格外好看。逸之出来才忽然想起来，悯之只穿了一件羊毛开衫，忙把悯之抱下来，护在怀里，一闪身又回了房间，搓了搓悯之的手问她：“冷不冷？”

也就刚出去不到半分钟，其实还感觉不到冷，悯之摇了摇头：“悯之不冷。”

逸之哥哥去房间拿了她的羽绒服过来，仔细地给她穿上，又把小围巾给她戴在脖子上，扣上她的绒线帽，捏了捏她肉乎乎的嫩白脸蛋儿，兀自笑了笑，自己却随便把外套一套，牵着她的手出去了。

思思抱了许多烟火出来，遥之戴上外公的大手套，把露台长桌上的雪扫了下去，然后把烟火摆上去。三环内禁烟火，好在老家堪堪在三环外，对他们来说真是个好玩之处。

遥之摆了四个拇指粗的烟火，思思摆了九个排成排的烟火，她放的烟火不能升天，只能喷出半人高的火花，名字叫“火树银花”，很好看。

逸之瞅了眼，摇头说：“不够，再加。”

在哄悯之开心的事上，他总能花样翻新，他拧了拧悯之的脸：“今儿二哥哥给你看些新鲜的。”

悯之揉了揉自己被捏了又捏的脸蛋，也不恼，眸子清亮，郑重地点了点头。遥之吃醋了，过来一声不吭地也捏了捏悯之的脸，悯之抬头看遥之哥哥，懵懂地眨了眨眼，心想，大哥哥好奇怪啊！

思思抱了更多的烟火出来，气喘吁吁地说：“嘘，小点儿声，拿多了爷爷要骂的。”

小孩子不能玩烟火，但遥之和逸之是男孩子，且做事向来稳妥，爷爷不大管他们，不过拿得多了肯定是要挨训的。

遥之不吭声，只按了按逸之的手：“小心。”

逸之挑了下哥哥的下巴，笑意微露，冲他比了个安心的手势。

心下却想着：管他呢，先玩了再说。

他跳上桌子，让思思把烟火都递给她，他把那些烟火重新摆好了，摸着下巴思考了会儿，然后把线一根一根七绕八绕地串好，连成一根线。

他跳下桌来，依旧把悯之顶到自己头上，退到墙根，让遥之过去点：

"点我捏成一捆的那里。"遥之"哦"了声，让思思也站到旁边去，他拿了一根引火棒把线给点着了。

逸之挠了下悯之的下巴，默数了三声："三、二、一！"

看悯之眼神忽地亮起来，他丝毫不掩饰地得意一笑。先是"呲呲"的火树银花一齐喷出来好大一片，仿佛天空都亮了三分，满眼都是跳跃的火花，悯之发出一声惊奇的"哇哦！"。

然后，火树银花把周围一圈的烟火引爆了，密集的几声"啾——嘭——"一整排的烟火升上天空，一齐爆裂开来，大朵大朵的烟花叠放在半空，流星一般划过天际，璀璨夺目得叫人移不开眼。那花还没消散，下一排烟火已经升空，一叠重一叠，让烟火看起来格外盛大。悯之还没过过烟火节，是以被这样的阵势唬得连连惊叫，抱着逸之哥哥的脑袋，仰着头看天上。

逸之仰着头看悯之笑，脸上全是少年人的意气风发，他吹了声长长的口哨。然而还没得意多久，外公就追了出来，这么大的阵仗，可把老爷子吓坏了，生怕几个小崽子把自己伤到，隔着老远就开始喊："逸之，又是你这个小兔崽子，是不是？你给我滚过来！"

逸之歪头闷声笑，把悯之裹在怀里，抱起来就跑，边跑边问："悯之，二哥哥厉不厉害？"

悯之怕掉下去，紧紧抱着二哥哥的脖子，诚实地回答："二哥哥厉害！"

逸之就开怀地笑了起来，他得意地举着悯之的手说："以后，二哥哥放成百上千的烟火给悯之看。"

悯之还小，对数字毫无概念，但大概也能意会出来是很多很多的意思，那肯定会更漂亮，于是向往地点了点头。逸之哥哥带她闪身进了房间，把悯之放下来，让她坐在暖箱前头烤手，自个儿脱了外套，上蹿下跳地躲外公。遥之在旁边捣乱，思思撒娇叫"爷爷"，又是装肚子疼又是装牙疼，演技丝毫没继承妈妈，拙劣得不行。

几个人在房间里鸡飞狗跳地乱跑。

陆季行一进门，陆逸之就像一枚炮弹似的发射到他怀里，他把小男孩儿往怀里一捞，抱起来搁在臂弯里，肃声问："又闯祸了？"

陆逸之举起小指比了比，大言不惭地回答："也许，一点点？"

陆季行哼笑了声，没多说什么，把他放了下来。

他很识趣地自己领罚去了。

倒立，贴墙。

遥之一向最实诚，也跟着弟弟倒立去了。

十分钟。虽然时间不长，但对于不到七岁的两个小男孩儿来说已经是极限了。悯之刚张开双臂，想去让爸爸抱，就看见大哥哥和二哥哥一起罚倒立了。于是她挣扎了好一会儿，蹲在大哥哥和二哥哥面前，默默地陪着他们去了。

陆季行冲她招手，她倔强地摇了摇头。低头去看，大哥哥一向练武，身体素质好，十分钟的倒立跟玩似的，但二哥哥额头都出汗了。悯之抽了纸巾过来，给二哥哥擦汗，擦完看见大哥哥幽怨地盯着她，于是她又跑了一趟，给大哥哥也擦了擦他并不存在的汗。

晚些时候，尤嘉终于回来了，一进门就看见这个场景，陆季行训儿子，她是插不上手的，只过去把悯之抱在怀里，捏了捏她软软的小脸："跟妈妈说，哥哥又犯了什么错？"

悯之想起哥哥和姐姐是为了哄自己才去放烟花的，于是摇了摇头："哥哥没犯错，悯之错，悯之想爸爸和妈妈，哥哥哄悯之开心，放烟花，好看。"悯之把头垂下来，重复了一句，"是悯之错。"

尤嘉觉得自己的血槽空了，她觉得悯之就是把天捅个窟窿，她也不会说什么。

十分钟到了，遥之和逸之同时翻身下来，一人捏了悯之一边脸叫了声"妈妈好"就跑了。悯之小心地揉了揉自己的脸蛋，软乎乎地嘬了嘬嘴："哥哥坏！"

遥之严肃的脸上慢慢漾起一丝笑意，而逸之直接后退着走，整个身子转过来，嘚瑟地看着悯之："哥哥不坏，哥哥爱你、疼你，你爱不爱哥哥？"

悯之点了点头："悯之爱哥哥。"

逸之哈哈大笑。陆季行在旁边摇了摇头，冲悯之招了招手。悯之这才兴高采烈地冲陆季行跑过去，张开双臂要爸爸抱。陆季行把悯之抱起来，低头轻轻碰了碰她的额头，缓声问："悯之想爸爸了？"

悯之"嗯"了声，重复说："悯之，想爸爸。"

陆季行便笑起来，眉眼里掩饰不住的得意。

尤嘉："……"

人齐后，开始了新的一轮"抢悯之大战"。陆季行抱了一会儿，尤嘉不乐意了，尤嘉抱着她去吃水果，又被尤靖远抢走了，尤靖远还没抱三分钟，外公又要抱……

悯之谁都喜欢，谁抱都可以。她睁着一双懵懂的大眼睛，很不解地看着几个人争来争去，不知道在争什么。

吃饭的时候，众人又为了悯之坐在谁旁边谁来喂争了起来。最后，悯之自个儿跑到大哥哥和二哥哥身边坐下了，自己把碗抱出来，乖巧地说："悯之自己吃，不用喂。"

她抬头看了尤嘉一眼："悯之会，妈妈做证。"

尤嘉冲女儿比了个心："悯之乖。"

一群人哈哈大笑，被悯之萌得乐不可支。

今年，悯之的压岁钱最多，口袋里都塞不下了。因为连陆遥之和陆逸之都给她压了岁。尤嘉觉得，悯之可能永远也长不大了。遥之和逸之被陆季行培养得很独立，几乎很少哭闹，也不像一般的小孩子那样固执自我，有时候俨然一副小大人的模样。

而且他们深深地觉得，自己的妈妈傻傻的，需要人照顾，所以从小到大从来不惹尤嘉恼。就连逸之那结合了尤嘉和陆季行两个人所有坏脾气的性子，也极少惹尤嘉不高兴。悯之是个格外需要人照顾的小丫头，软乎乎的，棉花糖一样的小人儿。但她很懂事，不娇气，也不会无理取闹，反而很会照顾人的情绪。她很宠尤嘉，有一次尤嘉手指磕到桌子角，悯之捧着她的手，帮她呼呼了好一会儿，还郑重地用她那小奶音说："妈妈不疼，悯之吹吹。"

所以尤嘉虽然是三个孩子的妈妈，但依旧活得很少女。这是何等的运气。

尤靖远说："这叫'傻人有傻福'。"尤嘉追着他打，最后看在嫂子的面上才饶了他。

陆季行还对儿子说："一孕傻三年，你妈妈傻了好多年都没缓过来，所以你们要多心疼妈妈，知道吗？"

男人，呵。

第十八章

小甜豆悯之

过完年，天晴了几日，雪慢慢化了，天越发有变暖的趋势。尤嘉带悯之去逛商城，不知怎么被认了出来，结果一路上都是逗悯之笑的路人。悯之害羞，一直躲在妈妈怀里，只露出两只眼睛，懵懂地望着各路小阿姨、大阿姨。有人给她糖葫芦吃，悯之摇头说："谢谢，悯之不要。"

但到底还是小孩儿心性，觉得新鲜，想要。后来躲开人群，尤嘉去买了一串给她吃，悯之舔着糖葫芦上的糖纸，笑得眉眼弯弯。只是还没出商场，就隐隐想要咳嗽了，尤嘉忙给她喝水，自责不该给她吃太多。

悯之从小体弱，养得太金贵了反而不好。尤嘉是个医生，也难免犯这样的错。实在是悯之太招人疼了，家里阿姨会格外着意悯之，怕她磕了、碰了，怕她吃不干净的东西闹肚子，怕她摸了脏东西感染细菌……诸如此类，不胜枚举，恨不得把悯之罩在真空玻璃里。

今年，悯之该上幼儿园了，之前尤嘉说要带她打水痘疫苗，顺便开接种证，准备悯之的入学材料。

那天，尤嘉在手术台上下不来，本来说让阿姨带着去，但陆季行不放心，自己开车带悯之去了。

那天人很多，社区医院接种科外的等待室里都是抱着孩子的家长。为了让小朋友不哭闹，等待室里放着许多玩具，还有滑梯、小房子什么的。悯之抵抗力弱，陆季行自然不敢放她去人群里玩，一大一小两个人就坐在旁边的长椅上。墙上的电视在放动画片，悯之百无聊赖就盯着墙上的液晶屏看，看着看着就睡着了，小脑袋一点一点的。陆季行把女儿的脑袋托住，另一只手托住她的腰，轻轻地把她抱过来放在了腿上。

悯之小小的，体重很轻，比同龄人要稍稍矮小些，这大约是随了她妈妈——两个小男孩儿却发育惊人，抽条似的往高了长，虚岁才七岁，身高已经一米三多了。前几日测身高，遥之一米三二，逸之一米三五。逸之能轻易地把悯之举起来，架在脖子上，每次尤嘉或陆季行见都要训他，他却不在意，浑不吝的小崽子，对妹妹却格外疼爱。

悯之找到了舒适的地方，小脸蹭到爸爸怀里，手抓着爸爸的衣襟安然睡下了。陆季行今日穿了一件呢料的大衣，金属的扣子泛着微微的凉意，他把扣子解了，小心地把衣襟掩在里面，不让悯之碰到扣子。

悯之爱喝奶，渴了总是不好好喝水，杯子要随身带着。冬天冷得快，出门保温杯就得随身带两个，一个装牛奶，一个装水。她吃得也少，平日里除了正餐，尤嘉还会请教营养师，给她准备零食，出门就随身带着，偶尔喂点儿吃的给她，她即使不太想吃也不会拒绝的。所以带悯之出门，东西要备得格外多。

陆季行把双肩包当作单肩包挎在身上，这会儿随手搁在旁边，他从里面拿了个小毯子盖在悯之身上。悯之睡了约莫二十分钟就悠悠醒了，还没叫到他们的号。

悯之揉了揉眼睛，叫了声："爸爸。"

陆季行轻轻"嗯"了声，摸摸女儿的脸："不睡了？"

"悯之睡饱了。"她从爸爸怀里跳下来，给他捏手臂，"爸爸累，悯之捏捏。"

陆季行拍了拍她的小脑袋，抿唇笑道："爸爸不累。"

这小猫崽似的，搁在怀里他都感受不到多大的重量。

两个人兀自在一旁说话，却不知道旁边好多双眼睛偷偷瞄他们很久了。

陆季行这些年来沉淀得越发深了，少了很多狂热粉，即便路上遇到粉丝，大家大多也是克制的，并不会去打扰他。有时候，娱乐圈地位似乎靠粉丝数量，以出行接机粉丝数来判断一个人火的程度，但真正意义上，还是要靠作品说话。一个人想走什么样的路，总归还是在自己。

和早几年默默无闻的日子相比，陆季行如今的成就多少带点儿梦幻，有时候，粉丝提起来都觉得不可思议。

其实对尤嘉或陆季行来说，这几年并没有什么不同，不过是从前闲些，这几年稍稍忙些。但 MG 向来对他不错，给了他极大的自由和宽容，所以这些年来，除了感兴趣的东西，他不必勉强自己去接乱七八糟的活动和代言。

自从尤嘉生育之后，他接戏或节目就更谨慎了。平均一年才拍一部片子，每两年一次的全艺赛他会出席，平日里，公司待得多，训练或者带带后辈，除此之外，并无其他事要做。

说起来，跟退休也差不多了。

所以比起尤嘉，他的时间反倒更宽裕一些。无论是遥之、逸之还是恬之，他带的时间都比尤嘉要长许多。

遥之和逸之上幼儿园和小学时的家长会都是他去开，有时候碰见粉丝或者狗仔，会上新闻，说陆季行又单独参加儿子家长会，未见妈妈出席，然后把上次或者上上次的家长会或者哪次他单独带儿子出去玩的事也拿出来一并说，然后似是而非地引导一下，怀疑夫妻不睦。甚至有人爆料，说二人其实早就暗中离异！

陆季行的粉丝惯会调侃："天哪，狗仔真可怜，生活太不容易了，嘤嘤嘤，心疼！编故事都编得这么不走心。我哥哪天舍得离婚了，我放一百挂鞭来庆祝。"

"嗯，一个家长会而已，真能脑补，狗血剧看多了不好！"

"哈哈，笑死我了，'过气老腊肉'日常被儿子、老婆推上新闻。"

"那是因为我哥比较闲，哈哈哈，他一家庭宝爸一个人带孩子参加家长会怎么了？我嫂子一个外科医生，人家拿着手术刀在手术台上治病救人，你操着键盘噼里啪啦一顿敲，人家莫名其妙就被离婚了，你说你缺不缺德？"

"唉，软饭不好吃啊！别说了，我哥人生已如此逆天，儿女齐全，一生初恋，遇到点儿非议大概也是正常的。"

……

其实，每次都是遥之和逸之被拍得多一点儿，但陆季行打点过媒体，孩子的照片不会公然爆出来。粉丝偶遇总归是难免，大家都知道他有一对儿双胞胎儿子，模样与他有八九分像，但大概是性格缘故，很好区分。

悯之倒是不曾出现过，年纪还小的时候，她就经常生病，免疫力低得很，陆季行从来不抱她去人多的地方，因而出门的时间少之又少。后来悯之大一点儿了，他却因为有段时间忙，没好好陪她。那段时间，悯之在奶奶家或者外公外婆家待得多，尤嘉那时候也常常跑去临江苑那边，有时候一住大半个月，他有时候回家，推开门发现人不在，还会一阵失落。

这算是第一次带悯之到人多的地方来，他怕是不知道，自己这张脸多有辨识度。这些年，他拿了三料影帝，地位逐渐稳固下来，每年作品不多，但皆是精品，口碑向来很好。年轻时大爆，那时候出门总是谨慎，现如今他出门倒是随意了很多，粉丝碰见他顶多打打招呼，最多求个签名或者合影，更多时候只会默默围观，再去朋友圈里尖叫一下就算完了。

他的粉丝和他很像，都是把二次元和三次元分得很开的人。这会儿没人打扰他，但大家都已经按捺不住心口的激动之情！

"我……我简直老泪纵横！我哥他带儿子是帅，一个大帅哥领着两个小帅哥，走路都自带背景乐，酷到令人发指！我本来觉得人生完满了，我爱豆这么幸福！直到现在，就现在，我爱豆带他女儿出来，我被萌出一脸血。我的天啊，我哥上辈子一定是拯救了银河系吧！"

"真大使！萌化我这个老姨母，又暖又萌，枕着爸爸胳膊睡了一觉，起来还要给爸爸捏捏胳膊。"

"我哥抱着女儿、挎着大包的样子真是酷到没朋友。"

"@平凡的一家，开播的第 N 年，大半个娱乐圈都请过了，麻烦安排一下我哥！谢谢！我想看我哥的带娃日常。"

……

终于叫到号了，陆季行去窗口登记，悯之抱着爸爸的大腿站在原地，乖乖的，不乱动，旁边一个阿姨一直在看她，出于礼貌，她冲阿姨抿唇笑了笑，阿姨激动得手抖，捂着胸口，险些晕厥过去。

恫之被护士阿姨领着去打针，她很害怕，紧紧抱着爸爸的脖子。陆季行低声哄着她："恫之乖，一下下就好了。"他把恫之的外套脱下来，露出女儿细细的胳膊，一手把女儿揽在怀里，一手去捂女儿的眼睛，低声说，"害怕就抓住爸爸。"

恫之一条胳膊被护士阿姨攥住，她用另一只手紧紧搂住爸爸的腰。一阵刺痛，然后是麻麻酸酸的感觉，不过，片刻便好了。恫之苍白的小脸终于缓过来，强忍着的泪水颤颤地从睫毛根处抖落下来，她委屈地扁扁嘴，一下子扑到爸爸怀里，虽然很难过，但还是没有哭出声来。

后面排队的人也顾不上等得焦躁了，一个个歪着头看恫之，捧着心口说："好可爱的小姑娘。"

陆季行紧紧抱住女儿，轻声哄着："恫之乖，你看，阿姨都夸你可爱呢！"

出了社区医院的门，尤嘉开车等在外头，她终于下班了，听说他们还在医院，特意过来接。尤嘉把恫之抱过来，看女儿闷闷的，睫毛上还沾着些微的泪水，可把她心疼坏了。上了车，把恫之搁在腿上好一阵哄，恫之便"扑哧"一声笑了。

陆季行隔着后车镜看尤嘉和女儿，轻轻摇了摇头。

那天过后，网上又是一阵热传，说陆季行家有个天使女儿，又暖又萌，可爱得不像话。于是风向从组团偷阿季嫂到组团去偷双胞胎，又转到组团去偷陆季行女儿了。到处都是@《平凡的一家》官微的，明星带娃类的亲子节目，长盛不衰。

无非大家好奇爱豆是怎么带娃的，况且萌娃自带吸引人属性，看见萌萌的、可爱的、软乎乎的小孩子，一颗心都被治愈了。

后来，陆季行也接到了几次邀约，其实，在遥之和逸之两三岁的时候，他就接到过邀请，但《平凡的一家》向来是父母孩子一家出镜，尤嘉是圈外人，陆季行总归有顾虑，所以拒绝了。

不过这次，陆季行有些犹豫，几个交情颇深的圈内朋友也受邀过来劝他。圈内人对他家的三个宝贝可谓是相当了解，放出去绝对是爆炸式的圈粉，收视率绝对有保障，对陆季行来说也未尝不是一件好事。有时候对孩子来说，一些体验是一种深入骨髓的东西，能永久地停留在记忆里咀嚼，这也算是一种难得的经历。

其实，他如今这个地位，想安安稳稳过闲散平凡日子，那是痴人说梦，既然入了这个圈子，得到一些东西，必然也会失去一些东西。

他靠舞台和聚光灯生活，自然也就比一般人少了些私生活，一举一动皆被人窥探，有时候想来的确苦恼，但凡事都有两面性，一面享受知名度带来的各种便利，一面又痛斥私生活被过度关注，哪有这么好的事？

有些东西，大家好奇，不过是不知道，大大方方给他们看了也就过去了。当初尤嘉是，如今孩子也是。他觉得没什么不可，但尤嘉怎么想，他不好说。

陆季行和尤嘉提过，尤嘉起先有些犹疑，做了这么多年星嫂，她其实看得很开了，倒没觉得有多大的不便利。一来，陆季行向来很有分寸，也一向为她着想，这么多年没让她遭受什么。二来，他的粉丝对他真的是极爱护了，虽然总是动不动就调侃吐槽他，但无论是他突然爆出结婚，把尤嘉放到明面上来，还是逐渐半退隐状态，粉丝对他始终都是维护多过苛责的，这何止是"难得"两个字就可以形容的。

最后尤嘉"嗯"了声，算是答应了。麦哥最兴奋，他已经预料到这是一场怎样的"腥风血雨"了。

节目开拍前一天晚上，就有节目组的工作人员把摄像机埋在了房间的各个位置，以确保每个角落都在拍摄范围内。而第一天的拍摄内容就是发生在家里的大事小事，后期由节目组剪辑。

尤嘉昨天加班，陆季行在电话里跟她交代了下，她回来时一切已经安置妥当。她凑过去看了看，一堆机器，也没放在心上，反正也没什么妨碍，顶多是说话做事要注意点儿。

她有时候记得，有时候记不得。

一大早就睡懒觉——难得休息，闹钟放过了她，她睡得别提多香甜了。悯之两岁就和她分床了，这会儿没人来吵她。

陆季行起床，先去悯之房间抱她去洗漱，悯之爱睡懒觉，大概也是随了妈妈，陆季行要哄好一会儿悯之才会起床。洗漱完，悯之说要去练琴，他便抱女儿上楼。

遥之早早起了，正在楼上练舞。今天是陆季行每月亲自教他的日子，他一早先自己热了身。由于音乐声太大，隔音效果极好的舞房也隐隐约约传出来一点儿声响，悯之凝神听了听，说："大哥哥在跳舞。"

陆季行"嗯"了声："你大哥哥从来不睡懒觉，悯之羞不羞？"

悯之把小脸埋在爸爸怀里，嘻嘻地笑："悯之不羞。"

陆季行也忍不住笑了。

逸之还在睡，听阿姨说，他昨夜看书到很晚——逸之年纪不大，看的闲书却多，陆季行并不过多干涉他。他不看书就四处拆家，有时候心血来潮，甚至想把电脑拆了，看看里面是什么。孩子好奇心重，胆子也大，就没他不敢做的事，倒不如看看闲书，还能安静会儿。

陆季行早上去了逸之房间一趟，看见他桌上放着的书是《搜神记》，线装竖版，也不知道能不能看得懂，竟然还看得入了迷忘了睡觉。大白蹲在飘窗上思考猫生，它年纪越来越大了，都不爱动了，有时候盯着窗户外头，一盯就是大半天。它以前特别喜欢窝在尤嘉怀里闹，现在不喜欢让别人抱了，也就蹭着悯之撒撒娇。

阿姨在厨房里准备早餐，叮叮当当的不知道在鼓捣什么，看见他路过，勾头问了句："阿季，今早想吃点儿什么？"

"按平常来就好，给尤嘉准备点儿酥饼，她这两天一直念叨，叨叨得我头疼。"

阿姨笑了："她要是真想吃，早就来找我了，叨叨你啊，肯定是故意的，她就喜欢闹腾你。"

陆季行闷声笑了下："我最近是太惯着她了，她啊，三天不收拾就皮痒痒。"

悯之被爸爸抱着，迷迷糊糊的，还没太清醒，瓮声瓮气说："悯之也要吃酥饼。"

阿姨弯唇笑了笑："好嘞！婆婆给悯之做酥饼。"

陆季行忽然想起什么，把悯之放下来："悯之自己上楼去，我去叫你妈妈起床。"

悯之从爸爸身上下来，乖巧地"噢"了声，又说："悯之不羞，妈妈才羞。"

陆季行边走边说："嗯，等她起床了，悯之要好好嘲笑她。"

今天天气不太好，倒春寒，原本看起来越来越晴的天突然又飘起细雪来，起初还没留意，只觉得窗外天色显得阴沉些，推开窗会觉得空气湿冷得很。大白翻窗出去，溜达了一圈，回来的时候那一身乌黑的毛沾了一些莹白的雪花，进屋的时候一抖，抖了凑过去的悯之一身，悯之觉得手上凉凉的，"呀"了一声，忽地抬头去看，看见窗外零星飘着雪花，悠悠地带着点儿漫不经心的散漫意味，天空从一片灰蒙蒙变成明净的一片白，大地寂静无声。

悯之小跑着去叫爸爸，小奶音听起来分外可爱："爸爸，爸爸，下雪喽，下雪了呢！"

陆季行在卧房，因为摄像头一直追着他，他拿了衣服去洗手间换，出来的时候，悯之已经扑了过来，他就势把女儿抱起来，捏了捏她的小脸："鞋子呢，鞋子又丢哪儿去了？"

悯之蜷了蜷脚趾头，冲着陆季行害羞地捂了捂脸："悯之不知道。"

陆季行刮她鼻子，摸了摸悯之有点儿凉的手脚，把她抱去床边，塞进了被子里，哄骗她："去，悯之，摸摸妈妈的肚子，看妈妈肚子暖不暖和。"

悯之狐疑地看了眼爸爸，但她向来是最听爸爸话的，于是悄悄地把魔爪伸向了妈妈的肚皮。尤嘉睡得有点儿魇着了，明明耳朵里能听得见人说话，就是迷迷糊糊的清醒不过来，直到悯之冰凉的小手悄咪咪地探到她被窝里她才一激灵。

悯之睁着一双大大的眼睛，整个人半趴在妈妈身上，一半身子在被子里一半在外面，她看见妈妈紧闭的双眼忽然间睁开了，自己的小手被妈妈攥住了，她看见妈妈看了看她又看了看爸爸，忽然把她裹进被窝里笑骂她："小坏蛋！"

悯之咯咯笑起来，和妈妈在被窝里大战了三百回合，最后以自己手脚被整个束缚住作结，她累得气喘吁吁，一喘一喘地说："悯之不坏，爸爸坏。"

尤嘉亲亲女儿的额头，低声在女儿耳边说："悯之说得对，所以呢——"尤嘉陡然飞起一脚，直踹陆季行的肚子。他没躲，只是一把攥住了她的脚，面无表情地挠了下她的脚底板。

然后，悯之就感受到妈妈以一种丧心病狂的姿势狠狠地激灵了一下，发出愤愤的一声"嗷"，语气似笑又似恼，拥着被子坐起来，探身过去打爸爸："你怎么这么讨厌啊！气死我了！"拳头一下一下打在爸爸身上。

尤嘉哪有多大力气，拍在身上跟挠痒痒似的，陆季行躲都不带躲的，直接反剪她双手，调戏似的掐了掐她的脸，笑着说："起来洗漱，悯之都比你起得早。"

悯之扳着自己的小脚，郑重点点头："妈妈羞。"

尤嘉捏了捏她的小脸，哼了声："爸爸的小马屁精。"说完，偷偷踹了陆季行一脚，得逞后闪身就跑去洗漱了。

陆季行摇了摇头，把悯之从被窝里抱出来，随口问道："妈妈幼不幼稚？"

悯之是捧场王，爸爸的小马屁精，闻言立马点了点头："幼稚，比悯之还幼稚，妈妈三岁。"

陆季行颇认同地点点头："悯之说得对。"

阿姨叫大家吃饭，遥之洗了澡、换了衣服出来看见悯之，捏了捏她的脸："叫哥哥。"

悯之乖巧地叫："大哥哥。"

陆季行指使悯之："去，看你二哥哥起床了没。"

别人去叫陆逸之不见得起，悯之去叫，他多半会忍不住起来逗逗她，一逗也就醒了，他这个人只要清醒了，就不会赖床。

悯之"嗒嗒"地跑去二哥哥的房间，门没锁，她踮着脚开了门。二哥哥正在刷牙，于是悯之扬声喊道："二哥哥起床啦！"然后推门进了房间。

陆逸之吐掉最后一口漱口水，把牙杯搁在台面上，然后捧水洗脸，刚要去拿毛巾，悯之一边拽着他的裤腰，一边踮着脚，把毛巾递给他："二哥哥擦脸。"

陆逸之便笑了，接过来擦了脸，一把把悯之抱起来："叫哥哥。"

悯之又乖巧地叫了声："二哥哥。"

陆逸之"哎"了声，抱着她往餐厅去。

这时候，爸爸、妈妈还有哥哥都已经坐下了，他把悯之放在中间的椅子上，大白忽然围着悯之的椅子腿一直"喵喵"叫，不知道是饿了还是想要悯之抱。

悯之伸手叫大白，大白便跳到了她身上，悯之嘻嘻笑，一下一下，像模像样地给大白顺毛。她不愿意放大白走，于是没手吃饭了。陆逸之倒了杯牛奶，一口一口喂悯之吃切成小块的酥饼。他吃一口，喂悯之吃一口。

尤嘉敲了敲桌子："陆逸之，你妹妹都三岁了，她自己会吃，你让她自己吃，别老惯着她。"

陆逸之看了妈妈一眼，又看了爸爸一眼，很认真地用自己新学的成语回答："上行下效。"

"我老爸宠他老婆更过分，我喂我妹妹吃饭而已，怎么了？"

尤嘉看儿子隐隐含着傲气的眉峰微微挑着，绷不住笑了，戳了戳陆季行的胳膊："你说你儿子随谁？哎呀，我怎么就没有这么个哥哥。"她哥哥每天只会戏弄她，小时候还老是让她背锅、当挡箭牌、出卖妹妹。

陆季行倒了杯豆浆给她，递了纸巾给她擦徒手捏油条的手指，面不改色地回答："很显然，悯之比你招人疼。"

尤嘉哼了声，不高兴了："我不招人疼？我哪里不招人疼了，我小时候也很乖的。"

陆季行把她两只手都擦干净了，这才抬头看了她一眼，抿唇笑了笑："也就我勉强疼疼你了。"

尤嘉又"哼"了声，最后还是没绷住笑了："你脸皮可真厚。"

遥之只顾埋头吃饭，对于老爸老妈这动不动就互相"调戏"的场面早就见怪不怪了。逸之则把扭头去看的悯之的脑袋扳回来，低声跟她说："别看，少儿不宜。"悯之一脸懵懂地看着他，嚼着酥饼，腮帮子鼓鼓的，跟只仓鼠似的。

隔着老远的距离，尤嘉不能拍那小崽子的后脑勺儿骂他"胡说八道"，只好就近掐了陆季行一把，嗔怪他："上梁不正下梁歪。"

陆季行把她的手拍开，淡淡瞥了逸之一眼："老规矩，除了悯之，今天谁吃饭最慢谁去帮阿姨洗碗。"

遥之埋头吃了大半了，尤嘉和他差不多，也吃好了，只剩逸之一直在喂妹妹，面前的早餐剩了一半还多。

司马昭之心，昭然若揭。

逸之暗暗翻白眼，喂悯之吃了半碟蒸蛋，诚恳地说："老爸，你要是个皇帝，一定是个昏君。"

他老妈就是那祸乱朝纲的妖姬。

陆季行坦然地点了点头："你知道就好。"

潜台词是：别惹你妈妈。

陆逸之："……"

天哪，昏君当道，人心不古，世道艰难。

饭后，陆逸之去帮阿姨洗碗，阿姨直把他往外赶："这哪用得着你，婆婆一个人洗就够了，出去玩去。"

婆婆身材矮小，逸之站起身都快和婆婆一般高了，他伸手固定住婆婆两边的手臂，绷着下巴说："答应的事要做到，我不能给悯之竖立坏榜样。"跟过来当小尾巴的悯之拽着哥哥的衣角，狠狠点了点头，虽然她也不知道这是什么意思，但哥哥说的肯定是对的。

逸之笑着去撸她脑袋上的毛："出去玩。"

遥之跟着爸爸去楼上舞房了，妈妈满屋子跑着在捉大白，要给它洗澡。大白是只"旱鸭子"，一到冬天更是对洗澡有种发自灵魂深处的抗拒，每次誓死不从的样子都跟要拽它上断头台一样。

它一跃跳到了悯之的怀里，一只大胖猫把悯之撞得险些踉跄。不知道为什么，悯之总觉得这样把大白交给妈妈似乎特别对不起大白，于是在尤嘉朝她走过来的时候，悯之抱着大白就跑。

小胳膊小腿，跑得还挺快。

尤嘉："……"

跑着跑着，悯之绊到地毯摔倒了，脑袋磕在桌子上，立马红了一片，没破皮，但悯之皮嫩，看起来还是触目惊心，尤嘉也不管什么大白了，心疼地抱起女儿。

悯之倒是没哭，见妈妈心疼还哄她说："悯之不疼。"

只是那小表情委委屈屈的，可怜得很。

尤嘉抱着女儿的小脑袋："妈妈给悯之呼呼。"

大白趁机逃窜。

后来，尤嘉去捉大白，悯之在后面给大白加油："大白跑，跑快些！"那只猫最后一头撞在了逸之身上，逸之揪着它脖子后头那块皮，无语地看了他妈和他妹一眼，三两步走到浴室，把它按在了浴缸里。

悯之跟着跑过来，扒在浴缸沿上，心疼地看着大白。她按了按大白的脑袋，仿佛要安慰它似的。大白很有灵性地呜咽了声，语气颇委屈。尤嘉在旁边乐不可支，觉得大白不愧是戏精猫，演技杠杠的。她撸袖子给大白洗澡，脸上是一种不良的笑意。大白不出所料地炸毛了，在浴缸里乱扑腾。

逸之把悯之抱出去了，蹲在客厅里陪她玩画沙。逸之从小就比遥之浮躁些，多动症似的，以前从来都不会安安静静坐一会儿，更别提玩什么画沙的游戏了。这么看，悯之还真是厥功至伟。

尤嘉给大白洗好了澡，拿吹风机给它吹毛，它大概是终于知道抗争也没用了，低眉耷眼地趴着，任凭蹂躏，一副遭受欺辱、忍气吞声的可怜样子。

尤嘉故意气它，吹完了毛又胡乱蹂躏了一番，它龇牙咧嘴地冲她好一阵号，愤愤地跑了，蹲在飘窗上，一下一下舔自己的毛。陆逸之再次叹了口气，扬声对楼上说："老爸，管管你媳妇啊，她再逗大白，大白要把家拆了。"

尤嘉冲他扬了扬拳头："陆逸之同学，别逼我揍你啊！"

陆逸之："……"他把悯之拖过来，搁在自己怀里，"悯之，保护二哥哥。"

悯之忙抱住二哥哥："悯之保护二哥哥。"

"嗯，乖。"

尤嘉："……"

没多久，陆季行就下来了，单手插在口袋里，姿态闲散，反正……习惯了。他瞥了一眼浑身湿淋淋的尤嘉，摇了摇头，攥着她的手腕把她拖到卧室，边走边训她："你几岁了？"

尤嘉跟着他走，摄像头追着她，尤嘉突然有点儿不好意思，挣了挣他的手，"欸"了声："那个摄像机后头有人吗？"

陆季行侧头看了一眼，勾唇笑了："你冲它打个招呼试试。"

尤嘉一言难尽地看了他一眼："我傻吗？"

"哦？不傻吗？"

尤嘉那点儿仅存的矜持和顾虑都不要了，抬脚踹他："我劝你考虑清楚再说话。"

两个人进了卧室，陆季行嫌弃地把她衣服脱了。脱完外套，忽地想起来什么，过去把卧室的摄像头挡住了，尤嘉"咦"了声："这样……好奇怪啊！"她这会儿越来越没办法忽视这些机器了，不知道调了什么模式，反正人一动，镜头就随着人走，跟眼睛似的。

陆季行兀自笑了："没事，后期会剪辑，不会把你拍太丑的。"

尤嘉哼了声："你才丑。"

"行，我丑，你最美。"

尤嘉随口应了句："那是。"应完又问，"那机器会收音吗？"

陆季行低声笑了："你是傻子吗？不能收音摆在这儿拍哑剧啊！"

尤嘉觉得自己一跟他说话就无底线犯蠢，愤愤地一顿"天马流星拳"捶他："闭嘴，不想跟你说话了。"

陆季行勾手，拖她到身边，蓦地俯身吻过去。

眉眼里，分明带着笑意。

尤嘉觉得，陆季行这个人，坏是真的坏，孩子都这么大了，也没见他收敛点儿。

于是她闷闷地又哼了一声。

第十九章

天使一家人

外面雪越下越大，渐渐地，房顶、地皮、枝丫上都是一层薄薄的雪，到了下午，竟然堆了有半尺厚。推开窗去看，颜色尽失，一片肃白。

悯之揪着两个哥哥的手，说想要堆雪人。她说要什么，遥之和逸之很少拒绝她。这会儿，遥之去拿工具，逸之拿了衣服，把她整个人裹得严严实实的，跟只企鹅似的，然后才拉着她出去了。

悯之又叫了爸爸妈妈，她开开心心地拽着妈妈，揣着手，一起坐在小马扎上，等着哥哥、爸爸给她们堆雪人。尤嘉捧着脸，悯之揣着手，两个人动作颇一致地身子微微前倾，胳膊抵在膝盖上。

她们像两个等老师发零食的幼儿园小朋友。

悯之就算了，尤嘉这一大把年纪的人也真是傻得可爱。

陆季行忍不住笑着摇了摇头。

尤嘉坐着无聊，过去帮忙，然而事实证明，她这个大孩子和两个小孩子共事，事情总是难免往奇怪的方向发展。比如现在，三个人不知道为什么，突然互相拿雪砸对方，砸着砸着，就演变成了一场互相追逐的雪仗。悯之不幸被波及，缩着脖子，却咯咯地笑了起来，过来一下子扑到爸爸怀里："爸爸保护悯之。"

陆季行暗暗叹气，把女儿抱起来，过去先逮住了陆遥之，然后又扯住了陆逸之，最后眯着眼，看了尤嘉一眼。

尤嘉立马站直了。

他这才说了句："玩归玩，去把手套戴上。"

尤嘉怕冷，还徒手抓雪，这会儿手已经红得不成样子。他把悯之放下来，搁在地上，嘱咐她走路小心点儿，然后过去抓了尤嘉的手腕："跟我回屋。"走着还不忘教训她，"多大的人了，还跟个小孩儿似的，也不怕生冻疮。"

"你越来越有老太太的风范了。"尤嘉诚恳地说。

陆季行戳她脑门："你让我省点儿心，我才懒得念叨你。"

尤嘉很有骨气道："就不！"

进了房间，陆季行拿护手油给尤嘉搓了搓，搓热了把手套给她戴上，这才放她走了。他没再出去，坐在沙发上看报纸，顺便将一捋剧本。后来一抬头，恰巧看见尤嘉摔倒在地上。他忽地起了身，外面，遥之已经把尤嘉拉了起来，逸之嫌弃地骂她笨，但手上却不停地给她拍身上的雪，悯之心疼地给她呼呼手，问她摔疼了没有。

尤嘉却似心有灵犀地一回头，隔着玻璃墙，看见陆季行，见他正看她，冲他吐了吐舌头。陆季行摇头，一脸不想看见她的样子又坐了回去。

这一天属实没发生什么大事，真真是平凡的一天。第二天，工作人员来收机器，尤嘉还问："这剪出来能看吗？"

吃饭睡觉，鸡飞狗跳，好像也没什么好看的。

工作人员却意味深长地看了她一眼，他在屏幕后头盯了一整天，十六个分屏，一家人二十四小时都在监控下。

真是……太虐狗了。

"岂止能看，会炸的。"作为一个专业人员，他可以负责任地说，这狗粮很足，很虐，很招人羡慕、嫉妒、恨。原先不觉得有什么，看久了会觉得这家人真是一言一行都是糖，莫名其妙觉得甜。

目测新一轮偷阿季嫂计划又将提上日程。

第一期播出的时候，那可真叫一个热闹。

这次嘉宾总共七个家庭。除了尤嘉和陆季行，其余夫妻双方都是圈内人，节目组一向财大气粗，请的都不是泛泛之辈，全是大佬，加上原先节目口碑不错，一些半退隐的前辈也愿意参加。相比之下，陆季行这三料影帝的名头也不算太惹眼了，反倒有人推测，因为尤嘉圈外人的身份，陆季行这一家人气想必不会太高。毕竟在镜头前表现是个技术活儿，许多圈内人钻研许久也不见得能在形态和言语上达到让人舒服的状态，一般人再漂亮、修养再好，在镜头前也多少会带点儿拘谨，缺点也会被无限放大。陆季行能靠着自己的个人魅力撑住场子已经算是不错了。但他又是个高冷的，帅则帅矣，却不太平易近人，综艺向来不是他的强项。他出道至今，除了全艺赛，很少上综艺节目。不过这毕竟是个亲子节目，父母和孩子的相处才是重头戏，据传陆季行的两个儿子十分独立且头脑清晰，特别能和陆季行斗智斗勇，而女儿则是个小甜豆，如果是真的，那还值得期待一二。

《平凡的一家》第一期《平凡的一天》向来是分集播放，七个家庭各成一集，通过网播，先让观众大致了解各个家庭的基本情况，各集的点击率、播放量、分享量也是人气的一种体现。

相比其他夫妻双方甚至连娃都有粉丝撑场，陆季行这边多少显得势单力薄了一点儿，加上陆季行一向没公开过儿子、女儿的脸，导致路人对这一家极其不熟悉。

但开播那天，场面何止是热闹。

首先，陆季行的太太特别上相。尤嘉妈妈年轻的时候是个大提琴演奏家，在剧院工作，尤妈妈的容貌在一群美人中间也是相当出挑的。尤嘉爸爸就更厉害了，他年轻的时候正赶上摇滚大潮，组过乐队，他是主吉他手，因为模样周正，每次出去表演都会有人过来砸花。后来，叛逆期过了，他被家里支配着去考了大学，再后来公费去国外镀了金，回来后成了私企的研究员。有一次，单位组织去剧院看演出，认识了尤嘉的妈妈。

尤嘉作为一个继承了两人优良基因的孩子，五官不说惊为天人，至少也是不错的，加上五官立体，脸也小，上镜更是美三分。之前一直有人猜尤嘉是"糟糠之妻"，和陆季行相逢于微末之时，然后陆季行火了，虽然对太太似乎不错，但公开怎么看都没好处，肯定得一直捂着。当初过激一点儿的甚至猜测说，八成长得丑。后来一些偶然碰过面的粉丝力证阿季嫂长得挺好看的，但很多人都觉得这是粉丝滤镜在作祟，普通人的好看在镜头前也完全不够看。

节目开播之前，陆季行家各站子的粉丝都开始疯狂约束自家，说哥哥结婚这么多年了，眼见越来越幸福，一家子和乐融融，我们作为粉丝虽然难免会想有一个各个方面都配得上他的人做他太太，但感情的事，外人谁也没资格插手，谁都别去触哥哥霉头。哥他自己都说了，他是个普通人，他的太太也是普通人，或许没有那么漂亮，但在哥眼里，肯定就是最好的，谁也别指指点点，显得很没素质。

粉丝达成一致——阿季嫂不管长什么样，大家都爱她，保护我方阿季嫂。人嘛，对一件事的期待变低的时候，那是真的很容易满足的，是以尤嘉正脸刚出来，弹幕立刻飙涨，整个画面都被挡住了，盛况空前。

"阿季嫂好漂亮！"

"好小巧！"

"好精致！"

"好可爱！"

"谁说阿季嫂糟糠之妻的，又出去打啊，我的妈，我哥这是走了什么狗屎运！"

"好软，嘤嘤嘤，想偷。"

……

陆遥之和陆逸之就更不用说了。遥之随爸爸，性子冷，人也沉稳，除了平时在舞房，很少像小孩子那样闹腾，俨然一个翻版的陆季行。逸之行事有点儿散漫，身上带着点吊儿郎当的痞劲，但并不轻浮。至于悯之，所有见过她的人，没有不喜欢她的，软软的，懂事，可爱，萌得人心都化了。

这一家，简直是天使之家。

陆季行的粉丝本来就爱吐槽他，这会儿更是炸裂。

"拯救银河系的哪是我阿季嫂，明明是我哥。"

"一家五口，我哥最丑。"

"怪不得我哥藏着掖着，金屋藏娇啊，怕人惦记。"

……

然后福尔摩斯粉上线，开始一帧一帧地抠细节，越抠越觉得自家哥哥宠媳妇宠得腻死人。比如陆季行抱了悯之去尤嘉被窝里摸她肚子。

"看我哥的眼神，完全一副老父亲看自家崽越看越好看的宠腻的眼神。"

其间，尤嘉踹了陆季行一脚，陆季行挠她脚底，尤嘉在被窝里来回扭动，陆季行怕她掉下床，往前挪了点儿，挡在她身侧。下床的时候陆季行有一个弯腰的动作，随即摸了下鼻尖，又直起了身。

"此处非常像下意识的动作，哥他想做什么？亲阿季嫂还是抱她起来？"

"可见镜头前是收敛了的。"

"啧，单身狗无所畏惧，我不哭，我还能再看一百集。"

……

后来吃饭的时候，陆逸之一直在喂悯之，动作娴熟，一看就是经常做。

"又是别人家的哥哥，兄妹难道不是应该相爱相杀吗？哼，这不公平，我要求我哥回炉重造。"

"看了这个，我反手打了我哥一巴掌，然后……他又打了我一巴掌，人生啊，就是这么残酷。"

饭桌上，逸之和悯之相亲相爱，陆季行和尤嘉在互怼。但明眼人都看得出，陆季行总是自然而然地给他媳妇擦手、拿餐。而无论尤嘉还是遥之、逸之、悯之，他们都……习以为常。

"虐狗于无形当中，虽然他们一直在拌嘴，但我竟觉得这比情话还虐。"

"岂止是虐，简直是虐杀。"

……

而且只有更虐，没有最虐。

尤嘉给大白洗澡，扑腾了一身水，陆季行带着她去卧室换衣服，把镜头遮了，只能听见声音。其间有几分钟的静默，在两个人拌嘴的间隙，这沉默显得相当可疑。

"我赌十包辣条，我哥在亲阿季嫂。"

一家五口人去外面堆雪人，尤嘉和儿子打雪仗，陆季行就在旁边无奈地摇头，最后逮了这个，扯住那个，用眼神把尤嘉唬住了。粉丝的心都提起来了，哪知道下一秒他把人牵进屋了，又是给人搓手又是给人戴手套，末了才拍了拍她的脑袋，叫她去玩。

看到这里，已经有人摔碗了，拿甜甜的恋爱虐狗太过分了。

后来，陆季行留在房间，尤嘉依旧和儿子、女儿在外面堆雪人。天寒地滑，尤嘉不小心摔倒了。陆季行刚好抬头去看，下一秒猛地站起了身。

"哎哟，瞧把我哥着急的。"

这时，尤嘉猛地回头，看向屋里，她对着正在看她的陆季行有些羞涩又有些心虚地吐了下舌头。陆季行则朝她挥了下手，一副不想看见她的样子。

"口是心非，明明担心得要死。"

"如果遥之小宝贝没有及时把妈妈拉起来，我哥大概已经冲出去了。"

"啊，男人啊！"

……

有人做了尤嘉和陆季行的剪辑，全程就是两个人在互相斗嘴，你一句、我一句，好不热闹。有人剪了静音版，配上音乐，自行配台词，欢脱剧立马变高糖言情剧。

"我终于知道我哥为什么说爱逗他媳妇了，太可爱了，就想欺负，看媳妇跳脚骂他，他再去哄，亲亲、抱抱、举高高，套路啊，都是套路。"

"心疼阿季嫂，被一只大尾巴狼叼回窝了。"

楼上舞房里，遥之练舞很认真，但陆季行教他的时候依旧很严厉。休息的时候，遥之还是忍不住问道："老爸，你当年教我妈跳舞的时候也这么凶吗？她难道没有揍你？"

陆季行面不改色地忽悠道："你是男子汉，她是小姑娘，你们不一样。"遥之似懂非懂地点了点头。

"傻孩子，你爸教你妈那是为了泡妞，那能一样吗？"

热搜上了好几条，开始有人煞有介事地探讨他们是否有作秀的嫌疑。但大家认为，一个人装得再像，很多潜意识里的东西还有家庭氛围，一时半会儿是伪装不了的。

"我拒绝这狗粮，太虐了，我一个单身狗为什么要进来受伤害。"

"走了、走了，去偷阿季嫂，偷到就是赚到。"

"还是偷悯之吧！这是站在食物链顶端的小女孩儿。"

"我哥一个闷骚老男人，究竟是何等的好运气啊！"

"我哥的至理名言：先下手为强。"

"怪不得人家还小着呢就惦记人家，这要是长大了，哪有他的份。"

……

正式开播那天，尤嘉和陆季行带着三个宝宝出发，赶到了节目组安排的地方。第一站是一个位于山上的度假庄园，七个家庭分别住在七个度假别墅里。

第一天的任务是让宝宝离开父母的怀抱，和小伙伴一起睡。

节目组在第二期请了嘉宾，都是十七八岁的少年，让他们来历练带小孩儿。他们在一家单独的别墅里准备了玩具和零食，任务是成功哄好小朋友，让宝贝安稳睡一晚。

对小孩子来说，离开父母简直是太虐心的一件事了，更何况还是在陌生的环境里，一个个哇哇大叫，怎么都不肯走。各自的父母都在努力劝说宝贝去往 2 号别墅，但尤嘉这里就简单多了。

陆季行把遥之和逸之叫过来交代完，两个人都没问为什么，直接"噢"了一声，然后逸之把悯之驮在了肩膀上。尤嘉拍拍他的脑袋，让他把妹妹放下来："小屁孩儿，学什么高难度动作。"

逸之才不管，驮着妹妹左闪右躲，然后拍着胸脯保证："放心吧，我会照顾好悯之。"

悯之向来不是特别黏爸爸妈妈，跟着哥哥混也很开心。于是三个人屁颠屁颠，自己就过去了。工作人员目瞪口呆，还第一次见这么配合的小孩儿。

这天晚上，孩子们被嘉宾们带着，单独待在没有爸妈的地方。为了节目效果，节目组会跟嘉宾要求，让他们和小朋友聊天，尽量引导他们聊一点儿爸爸妈妈的事。但导演大概是没带过孩子，不懂得离开爸妈的宝贝们是听不得"爸""妈"两个字的。

刚一有人试图开口问，孩子们刚刚稳定下来的情绪又爆发了。一个小姑娘嘴角一撇，悲从中来，"哇"的一声就哭了起来。她一哭，其他小朋友也哭，连环效应，那效果简直炸裂。几个嘉宾自己都还是个半大孩子，顿时手忙脚乱起来，又是哄又是逗，好半天都控制不住局面。

相比之下，陆季行家的三个小孩儿最为淡定。毕竟他们身边都有熟悉的人，而且因为尤嘉在医院比较忙，陆季行有时候拍戏也好几个月不见人，对于他们来说，爸妈不在身边，并没有多么不可接受。

逸之还教训悯之："悯之乖，哭就不漂亮了，知道吗？"

遥之哄悯之过来的时候塞给了她一根棒棒糖，她这会儿还没舔完，牛奶棒棒糖浓郁甜腻的味道在舌尖上裹了厚厚一层，悯之觉得甜得整个人都飘飘的，她并没有想哭的感觉，只是觉得小朋友们哭得莫名其妙。

从小到大，对悯之来说，如果乖是一种本能，那附带的功能就是万分强大的适应能力和随遇而安的心态。对她来说，看不见爸爸妈妈顶多只是有些难过和失落罢了，她还有很多其他的爱和关心，满得都要溢出来了。

这些宠爱带给她的，是无比豁达的心境。

当然，用一种通俗的说法，叫没心没肺。

负责带他们的是一个小姐姐，名字很奇特，叫上官蝶，十六七岁的模样，有两颗尖尖的小虎牙，笑起来时，眼角的泪痣特别明显，清纯中透着几分邈远的风尘味。当然，三个小孩儿是做不出这样的评价的，这评价是《上古诸神考》的导演给出的——她在很久之前和陆季行合作过，那时候遥之和逸之还是个受精卵，上官蝶也才十岁。

尤嘉去剧组的时候，她全程都在。她记得很清楚，尤嘉和陆季行在剧组狭路相逢的那一瞬，她就站在不远处的廊柱下，因为记不住台词，正一边掐自己手心一边跺脚，歪头的时候，尤嘉和陆季行堪堪迎面碰上。

那时候，陆老师身边有很多人，工作人员浩浩荡荡围了一大圈，众人本来在讨论台本的修改问题，却因陆季行突然顿了脚而齐齐收声，一个个顺着陆季行的目光看过去。

面前站着一个漂亮的小姑娘，年纪不大，眼神灵动，一颦一笑都透着股不谙世事的少女纯真和明媚。其中有人只记得尤嘉是跟资方代表一起过来的，没什么架子，来这边似乎也只是因公徇私，来玩上一趟，无伤大雅，也没人在意，况且，剧组一天流动人员百十来个，忙得脚不沾地，哪会关注一个小姑娘。虽然漂亮，但娱乐圈最不缺的就是漂亮姑娘，众人自是见怪不怪。

但这会儿，大家一个个好奇地看着她。尤嘉大概没料到这场面，一时怔在那里。陆季行忽然很浅地笑了下，歪头跟身边人介绍："这个，我太太。"

从上官蝶的角度能清晰地看到尤嘉的耳朵尖在阳光下显出一种粉色，她害羞了。本来很随性的一个姑娘突然拘谨起来，生硬地跟人打招呼问好，偏偏陆季行身边都是社交老油条，惯会调侃打趣，一人一句，只说陆老师平时不显山不露水，动作还挺快。还说陆老师这么难搞的人，问尤嘉是怎么把人搞定的。尤嘉闹了个大红脸，陆季行一把把人攥住了，微微往身后护着，面上仍温和地笑："哪是她搞定我，是我好不容易才搞定她，你们别逗她了，她脸皮子薄。"

一群人嘻嘻哈哈，又笑闹两句，最后体贴地结伴走了。大家走后尤嘉先拍了他一巴掌，又是恼又是羞又是怒地怪他："你早知道我在这儿，怎么都不提醒我？"

陆季行便勾着她的下巴，很坏地笑着，仿佛一只谋算得逞的老狐狸："你自己笨，还怪我？"

尤嘉生气了，又是踩他脚又是踹他小腿，然而力量悬殊，最后被陆季行钳着两只手拖走了。她气鼓鼓地在后面哼他，陆季行回头冲她笑，曲指刮她鼻子，说："你骂也骂了，打也打了，再闹我收拾你了啊！"

上官蝶看着，突然就觉得好羡慕。她出生在一个很糟糕的家庭，生活的混乱和窒息感让她早熟且厌倦。大概相由心生，她长了一张厌世脸，看人的时候总带着几分冰冷和疏离，尚且稚嫩清纯的长相让她身上融合出一种诡异的气质，倒是也独特，所以海选的时候，导演一下子就看中了她。

娱乐圈是资本汇聚的地方，自然暗潮汹涌、云谲波诡。上官蝶虽然年纪小，但已经懂得很多了。她知道这世界的残酷，知道人性丑陋和粗鄙的一面，知道肮脏，知道愤怒和焦虑，知道绝望和无奈……而这一刻，她像是跌入泥潭的愤世恶鬼，突然抬头看见了一抹清透的月光。

离那时已有七年了，再回忆起来，她仍旧感激，感激命运给了她明光一般的启示，告诉她黑夜和黎明相伴相生，这世界虽然残酷，但仍有美好存在，仍旧值得期待。

这么多年，她长大了，在娱乐圈有了一席之地。虽然有很多不如意的地方，但大体活出了她要的样子，不阿谀奉承，不谄媚迎合，一心磨刀修炼。

心向光明，光明自然光临。

这次综艺，她本来无意参加，她并不喜欢小孩儿，因为会引起自己一些不美好的回忆，但节目组提供的资料里明确说陆季行一家会参加，她就觉得心痒痒。一直以来，陆季行和尤嘉总盘桓在她脑海中，被回忆一次又一次地美化，以致变成一种圣洁的象征，是她至今向往的爱情的模样。大概有爱的家庭也会生出有爱的小孩儿，她看遥之、逸之和悯之越看越喜欢。

上官蝶趴在床头问小女孩儿："悯之最爱爸爸还是妈妈？"

小女孩穿着卡通毛绒小鸭子套头连体卫衣，后面还有一只小小的尾巴，她正陪两个哥哥整理床铺，闻言忽然扭过头来，看着面前的小姐姐，眨巴着眼笑起来："姐姐，你好漂亮，悯之喜欢你。"说完，捂着嘴巴嘻嘻窃笑。

这是思思表姐教她的必杀技，避重就轻，转移话题。

上官蝶没想到悯之会这样回答，哈哈笑了起来："那今晚你跟姐姐睡，好不好？"

悯之歪着头思考了会儿，觉得好像也没什么不好的，就点了点头："好啊！"

这么好说话的小孩儿，真是罕见，上官蝶问她："悯之在家跟谁睡啊？"

"悯之自己睡。"

"这么小就自己睡啦？"

"悯之不小了，悯之三岁了。"

"不喜欢跟爸爸妈妈睡吗？悯之喜欢自己睡？"印象里小孩儿似乎都特别爱黏着妈妈，哪怕像她那样糟糕的家庭环境，妈妈对她如对蝼蚁，她像悯之这么大的时候也仍然渴望跟妈妈黏在一块儿。

这个问题对悯之来说有点儿复杂，她思考了好一会儿才捋清了："悯之喜欢跟爸爸妈妈睡，但悯之长大了。思思表姐说过，好孩子应该懂事，爸爸妈妈有自己的事做，悯之不能打扰，羞羞。"

上官蝶登时愣了起来，隔了好一会儿才扭头看了眼镜头，问镜头后的导演："这个能播吧？"

后期剪辑的时候，剪辑师甚至把上官蝶那句"这个能播吧"也剪进去了，于是这个片段顿时就搞笑起来，粉丝看的时候不住狂叫。

"哈哈哈，上官小姐姐，你很懂嘛！"

"悯之，你说这话是不是你爹那个大尾巴狼教你的？"

"妈呀，哥，你太过分了，你怎么能带坏小朋友。"

"脑补了。"

"悯之，我跟你说，你回家是要挨打的。"

"你长大会后悔的，我跟你讲。"

"哈哈哈，你老爸老妈有十亿的大项目要谈。"

"猝不及防被女儿出卖，哈哈哈，哥，你说你这老脸往哪儿搁吧！强烈要求节目组采访一下，把话筒塞我哥嘴里，我想听他解释。"

"……"

尤嘉看见的时候，整个人绝望地倒在地上，完了，没脸见人了。

第三期的录制是在野外，大家睡帐篷，晚上会有篝火会。上一期观众因为悯之的一句话脑补到天际，掀起了粉丝的热烈讨论，连本次负责串场的主持人也拿上一期的内容调侃陆季行。

悯之有些感冒，声音沙沙的，尤嘉喂她喝药，悯之不喜欢苦的东西，不想喝，但她又不是喜欢哭闹的性子，她总是慢吞吞的，拒绝也拒绝得很委婉。

妈妈说："悯之，来喝药了。"

悯之走过去看看药，抿了抿唇又抬头看妈妈，忽地笑起来，露出两排整齐的小贝齿，唇角弯出深痕："妈妈，你今天好漂亮哦。"

嘴巴真甜，尤嘉摸摸她的脑袋，慈爱地告诉她："不要转移话题，乖。"

知女莫若母，尤嘉太了解她了。小不点儿，乖得很，偶尔的心计也明晃晃的，让人一看就透。真是傻傻的，可爱得很，尤嘉每次看见女儿都心软得一塌糊涂，但药还是要吃的。

悯之捂脸偷笑，转而撒娇道："妈妈，药好苦哦，悯之不喜欢。"

"吃了药悯之就不生病了，乖。"尤嘉把悯之揽在怀里，捏捏她的小脸，"好不好？"

悯之一转头趴在大哥哥怀里，撒娇："哥哥。"

遥之把悯之抱在怀里，坐在了上官蝶旁边，一下一下抚着悯之的脑袋。因为上官蝶的呼声很高，所以这一期依旧请了她过来，她不大爱说话，惯常微笑着听别人讲，偶尔有人提示她才会说上几句，也大多很简短。她给人的感觉冷冷的，有点儿拒人千里之外的气场，圈内人都知道，对此也不会太见怪。

逸之是略显得乖张的性子，却唯独对妹妹耐心得叫人惊讶。好不容易哄着悯之喝了药，她咂巴咂巴嘴，苦得整张小脸都皱着。上官蝶递了一颗梅子给她，悯之含在嘴里，委委屈屈地趴在哥哥怀里，模样真是可爱得让人想揉揉她的脑袋。

那边在闹腾，主持还在套陆季行的话："陆老师有看粉丝的评论吗？你怎么看？"

陆季行微微笑了笑："嗯，看了。我觉得我需要澄清一下，这个不是我教悯之的。"他虽然比较喜欢和尤嘉有点儿私人空间，但他实在是不忍心带坏悯之的，八成是思思那个小鬼教她的。尤靖远家的那个小姑娘可厉害得很，完全没继承妈妈温婉软糯的性子，行事颇为泼辣，机灵得近乎妖怪。一肚子花花肠子，说话一套一套的，明明尤靖远和周倩都没教她什么，也不知道从哪学来的，鬼机灵。

主持人哈哈大笑："看得出来，陆老师和太太很恩爱。"他做节目这么久，看了太多娱乐圈貌合神离的夫妻，大多时候镜头前表现得恩爱异常，但私底下却平淡如水，宛如陌路。双方更多时候是一种利益关系，互惠互利，仿佛一种商业合作。有演技好的看起来仿佛真如那般恩爱，但多少带点儿刻意为之的尴尬。看得多了，他总觉得爱情好像就那么回事，更多时候像一种利益纽带。

但陆季行和尤嘉是不太一样的。尤嘉属于那种一看就养尊处优的女孩儿，没经历过什么波澜，性子单纯，别人把陆季行当神，但尤嘉对陆季行却是极为平等的态度，偶尔还会怼一怼他。有时候还很嫌弃他，嫌弃他不会照顾自己，嫌弃他东西丢得乱七八糟。

陆季行对尤嘉从来不客气，逗她，欺负她，甚至把尤嘉气得跳脚。但两个人相处的每一个细节里，都是爱和温馨。

陆季行很了解尤嘉，知道她的每一个喜好，吃饭的时候会很自然地帮她挑出她喜欢吃的和不喜欢吃的，并不是刻意为之的做作，自然得仿佛刻在骨血里的习惯。

尤嘉虽然皮，但内心很关心他，她很愿意为他做些什么，哪怕只是替他揉揉肩膀。虽然一边给他揉肩膀一边怼他，但看得人还是很羡慕。

这种细水长流的温暖，格外打动人。

陆季行低头，面上表情柔和，沉默片刻，回答："我不能没有她，她是我生命的一部分，融进我的骨血里。"

太肉麻了，尤嘉隔着人群，忽地抬头看他，篝火跳跃，看不清楚人，只依稀看得见他眉眼温和得不像话。尤嘉有些不好意思，佯装给悯之喂东西吃，悯之却"嘻嘻"笑了声："妈妈脸红了哦。"

尤嘉揪她小辫子，低声讲道："悯之学坏了。"

悯之就趴在哥哥怀里偷笑。遥之就虚虚地揽着妹妹，面上带着笑意，他的妹妹有着柔软的身躯和柔软的性格，叫人忍不住去疼爱。

这一家子，真是处处都是温情。

第二十章

不单纯的图谋

第三期节目播出的时候，遥之和逸之的粉丝飙涨。

"呜呜呜，别人家的哥哥从来没让我失望过。"

"谁都别拦我，我要去偷悯之，悯之绝对是人生赢家，两个妹控哥哥，爸爸宠、妈妈爱，简直是现代版小公主，还那么懂事，怎么会有这么可爱的人。"

"遥之好霸气啊，我的天，冷冷的，随爸爸，不爱说话，但对妹妹是真的疼爱，看表情都看得出来，平常面无表情的，对着妹妹的时候才会表情柔和一点儿，还会对着妹妹笑！"

"哈哈哈，这兄弟俩太有意思了！冷淡小王子和玩世不恭小少爷，冰山对火山。"

"话说，哥哥对弟弟也是宠，每次逸之做错什么，遥之都跟在后面擦屁股。"

"天哪，我好想卷铺盖住在我哥家，好有爱，好温馨，这大概就是爱情的模样吧！"

"你们发现了吗？每次我哥对着阿季嫂都会忍不住笑，天，酥到骨子里。"

"可不是嘛！建议你们翻翻以前的采访和节目，每次我哥提到自己太太，面上表情都会柔和七分，自带柔光特效，对太太是真的宠。"

"听某导演爆料，说我哥每次拍戏都不会离开太远，有时候半天的休息时间都要回家陪太太和孩子，是真的很顾家了。"

"嘻嘻嘻，我哥自己说的，太太是很软的性子，他得多宠着、多爱着，不然他觉得心疼。"

……

网上讨论得热烈，甚至有人把以前的各种资讯都搬出来，越抠细节越觉得陆季行和尤嘉之间太有爱了，是那种不显山不露水的疼爱，细水长流的幸福。怪不得儿子和女儿都那么可爱懂事，家庭氛围好，对孩子来说就是最好的教育。

第三期节目结束的时候，尤嘉和陆季行要飞回家，因为行程是公开的，所以有粉丝来接机，粉丝拉的横幅很好玩："悯之在手，天下我有。"还有："只要九九八，阿季嫂带回家。"

关于陆季行的反而一个都没有。被抢了风头，陆季行表示自己是真的过气了，他指着横幅说："欸，醒醒，别做梦了，我老婆是我的，我女儿也是我的。"

粉丝撇嘴哼他："哥，你现在不吃香了，我跟你说，你不要太嚣张，我们都商量好了，组团去偷悯之，就问你怕不怕？"

陆季行抱着悯之，小姑娘这两天有点儿累了，蔫蔫地瘫在爸爸怀里，闻言忽然抬起头，一板一眼地说："不能偷悯之，妈妈会伤心，爸爸会伤心，哥哥也会伤心。"她顿了顿，眨了眨眼睛，认真地说，"偷东西是不对的。"

一群粉丝被逗得哈哈大笑，一遍一遍地叫悯之"小可爱""小心肝""小宝贝"，纷纷要和她合影。悯之被人围观惯了，也不怯，就是软兮兮的，听闻有人要和她合影，她就从爸爸怀里爬下来，比剪刀手，别提多可爱了。

节目总共十二期，最后一期的录制正好赶上初夏的暴雨，他们在乡镇的一个小村庄里，爬山的时候出了点儿意外，尤嘉从矮坡上踩空，滑了下来。

那时候，陆季行正和人说话，谈论新近的电影节，你来我往，心不在焉。他余光里看见尤嘉往后倒，瞳孔猛地缩了下。当时离得最近的摄影师都还没反应过来，陆季行已经三步并作两步冲了过去，单膝跪地，直接把尤嘉打横抱了起来。

正和陆季行说话的女演员也愣在当场，明明陆季行和尤嘉两个人最近似乎都冷淡疏离得很……一些人私下里还在讨论，说两个人是不是吵架了。

她还以为……

看来是她自以为是了，但此刻，本该熄灭的火却烧得更旺了，她甚至能听到自己内心深处的蠢蠢欲动。

她是节目组里唯一一个独自带孩子来参加亲子节目的妈妈，她离异已经三年了，虽然单身带孩子对她来说并不是多么辛苦的事，离异后，她甚至感受到了前所未有的轻松和洒脱，但夜深人静时，她偶尔也希望有一个人在枕边，让她依偎一下。

她看得上的人很少，对于她来说，一次失败的婚姻带给她的伤害几乎是伤筋动骨的，她比年轻时更渴望爱，但也更吝啬爱。爱情就像奢侈品，年轻的时候总是更容易冲动消费，倾家荡产也想拥有一次；年纪大了，奢侈品虽然对她来说依旧是奢侈品，但她有能力去消费了，也不至于倾家荡产了，反而学得谨慎了。

单身这么久，她都没有再嫁的想法，直到这次节目。以她挑剔又苛刻的目光来看，陆季行是理想的另一半。克制，内敛，却从不掩饰对自己所爱之人的柔情和疼爱。每每看见尤嘉，她内心深处都会由衷地响起一声浓重的叹息。

可惜了。

像陆季行那样在舞蹈和演艺上可以称为"天才"的人，没想到也喜欢这种毫无城府、失去亲人庇佑就几乎无法生存的低幼小女生。并非觉得尤嘉不好，只是她觉得尤嘉不配。

有时候，爱情来了就像是一场魔咒，明知道没有结果，也还是会忍不住去幻想、去琢磨。她总是忍不住去想，如果陆季行和尤嘉离婚了……

如果他能关注她……

如果两个人能组成一个家庭，她的女儿和他的儿子、女儿一家六口人，想想竟也觉得温馨向往。

不可否认，她爱上了陆季行，哪怕只是单方面，哪怕他有自己的家庭，她还是无法控制自己，想多触碰他一点点。

哪怕只是一点点，也让她觉得心口无比熨帖。

她眯了眯眼，雨水顺着领口滑入胸前，冰凉的触感让心口的火热更加清晰。

尤嘉人没多大事，但吓得不轻，陆季行问她"有没有哪里受伤"的时候她才反应过来，眼眶一红，差点儿哭出来。

最近两个人没吵架，只是尤嘉智齿疼，怕龇牙咧嘴的太影响观众，所以刻意闭嘴少说话。陆季行带她去看了医生，开了药吃着，但效果没那么快。是她让陆季行别搭理她的，他一和她说话她就忍不住话痨起来。没想到他那么听话，说不搭理她还真不搭理她。尤嘉正郁闷呢，这会儿看见他紧张地冲过来，心情才稍稍明媚点儿。

陆季行看她不说话，眉头蹙得更深，在她最可能受伤的小腿上按了按，轻声问她："疼吗？"

其他人都围过来问候，尤嘉终于摇摇头，说"没事"。脚扭了一下，但不严重，只是用力的时候隐隐作痛。作为一个外科医生，她可以专业地判断……没多大事。

陆季行背着她下山。

路又窄又湿又滑，但陆季行走得很沉稳。

上官蝶抱着悯之。上官蝶是个很敏感的人，她敏锐地感受到了来自某单亲妈妈释放的秋波，不禁觉得有些烦躁。她看了一眼被陆季行背在背上的尤嘉，总觉得陆季行不会是那样的人，但再强悍的人意志力也有薄弱的时候……

她不知道，该不该提醒一下尤嘉。

遥之牵着逸之的手，几个人走在最后面。

尤嘉不时回头，看一眼两个小男孩儿，怕他们不小心摔倒，遥之和逸之却一左一右护在上官蝶身边，保护悯之。尤嘉哼了哼，擦身而过的时候拽了拽逸之的耳朵："你们这偏心得也太明显了喂！"

逸之挣开她的魔爪，偏头瞧了她一眼："你有我老爸还不够吗？他就差把你拿真空玻璃罩罩起来了，我有说他偏心吗？没有。"

尤嘉："……"

男人都是大猪蹄子，无论老少。

回到住的地方，已经是晚上七点多钟，卫生所的医生过来给尤嘉看伤，尤嘉自己在医药箱里拿了几样药，就让陆季行送医生离开了。负责后勤的小姐姐不知道从哪里找来一根拐杖，踏进门就高高兴兴地给她看："腿脚伤不容易好，出门小心点儿，别用力。"

大概是尤嘉那张脸和柔软迷糊的性格给了人她很傻的假象，好像已经没有人记得她是个外科医生了，还是主任当接班人培养的对象。照顾病人是她的专业，向来是她叮嘱病人不要这样、不要那样，还是第一次有人跟她说注意事项。

尤嘉失笑，不过还是很开心地把拐杖拿在手里掂了掂："谢谢你啊！"应该是从邻居老人家里借来的，花梨木的拐杖，还是龙头造型的。尤嘉觉得自己可以扮演佘老太君了，拿着在地上一捣，气场两米八！威武霸气……个屁！嗯，她整个人看起来更傻了，傻萌傻萌的，连送拐杖的姑娘都笑得前俯后仰。

逸之安顿好悯之出来正好瞧见，意味不明地笑了声："董阿姨，你不用担心，有我老爸在，我妈完全可以不用腿。"

走哪儿背哪儿，他老妈的人生理想了。想当年，尤嘉低血糖昏倒，陆季行背了她两天，她哼哼唧唧地撒娇求继续背，奈何老爸不陪她演生活偶像剧，翻了她一个白眼，让她好几个月都在念叨。这下好了，光明正大，多年夙愿得偿。

尤嘉扭身，拿拐杖敲他屁股："陆逸之！"

虽然日常被各路人马调戏，但尤嘉仍是一只容易害羞的大白兔，也就在陆季行面前会色胆包天点儿，一到外人面前就破功。

逸之迎着她愤愤的目光，灵活一躲，扬声道："没什么害羞的，妈，你应该学学我老爸，那脸皮子厚得刀枪不入。"秀恩爱秀得脸不红心不跳的，不愧是影帝，心理素质杠杠的，调戏尤嘉的技能也是杠杠的。他说完，正好看见陆季行回来踏进门，于是整个人一闪身就没影了。

尤嘉："……"

欺软怕硬，小兔崽子。

后勤小姐姐看见陆季行，冲尤嘉挤眉弄眼，小声说："陆老师冲过去一把把你抱起来的时候，真的帅惨了。"她整个人有种被酥到的感觉，一瞬间荷尔蒙飙升，心花怒放，有种自己谈恋爱的悸动感。这些剪出来直接可以当电影镜头了。

妙啊！之前从来没想过陆老师是这样的……老公。

印象里，陆季行好像一直都不太热络，无论参加节目还是拍戏，人总是冷冷的、酷酷的，不会或者说不乐意接梗，职业素养很高，做什么事都很认真，天赋很强，是天生属于舞台和灯光的那种人，往台上一站，整个人气场都变了。

陆季行在年纪很小的时候就备受尊敬，公司后辈在他面前都不敢造次，恭恭敬敬地叫他"陆老师"或"陆哥"。他很优秀，所以光芒万丈，很难想象他谈恋爱是什么样子，也很难想象什么样的人能配得上他。

之前曝光婚姻的时候，粉丝哀号有之、气愤有之、祝福有之，但爱豆结婚，哪怕嘴上说着祝福，可有时候难免也会有种空落落的、类似于失恋的感觉。她那时候也算个路人粉，得知他结婚了还很不高兴，偏激地觉得他那样好的人不应该被任何人拥有。

不过，她现在年纪大了，两个人又这么甜，看到陆季行和尤嘉站在一起会忍不住露出谜之微笑，更别说刚刚陆季行简直老公力爆棚，她就差在旁边呐喊一声"亲一个、亲一个"了。

年纪这么大了，一点儿都不庄重，果然少女心这种东西不是长大了就没有了，主要是没有合适的引发点。

尤嘉抿唇，掩面摇头，这可真是太让人不好意思了。她抬头的时候看了一眼陆季行，他进来和后勤姑娘点了个头，就拐去厨房烧开水去了，从尤嘉这边只能看见他一个侧影。

帅。尤嘉也觉得帅，老夫老妻了也觉得他帅，整个世界他最明亮，哪怕他深处人群尤嘉也总能一眼就找见他。正发少女心呢，陆季行扭过头来看了她一眼，微微挑眉："一直看我做什么？想上厕所？"

尤嘉："……"这个煞风景的大猪蹄子，"没有，我就是看你好像又丑了点儿。"

陆季行眯了眯眼，尤嘉就尿得转了头。后勤董小姐不知道被戳中了什么笑点，直接笑得直不起身，险些趴到地上去。后来，后勤妹子又闲聊了两句，就离开了。然后陆陆续续有导演、助理、嘉宾过来探望尤嘉，都是看了陆季行的面子，尤嘉自然也礼貌地道谢，说自己没什么事，顶多不太方便罢了。

相比尤嘉来说，这会儿更心酸的可能是陆季行，不仅要照顾尤嘉，还要照顾儿子、女儿，晚饭要他准备，睡前还要哄悯之睡觉，然后帮尤嘉洗澡……

路漫漫其修远兮。

最后来了一位单亲妈妈，带着女儿来送餐："我熬了点儿鸡汤，有多的，想起你受伤了，就拿过来慰问了，可别嫌弃。"她把饭盒放在桌子上，亲切地挨着尤嘉坐了下来。

温柔妩媚，一举一动都是风情。尤嘉也算是开了眼，感叹娱乐圈处处是人才。但尤嘉与她并不熟悉，到现在也叫不出她的全名，只模糊地记得大家一直叫她"高姐"。

她女儿有些内向，节目里就一直不太说话，但很会照顾别人，所以总听人夸她懂事，除此之外并没有太多存在感。这会儿见了尤嘉，她也只低声叫了声"阿姨好"。

来看尤嘉的叫高若琳，叫不出她的名字其实也不怪尤嘉，因为高若琳长了一张美则美矣、辨识度却不高的脸。之前混得风生水起，也大火过，后来生了孩子就半隐退了，再后来离婚的时候都没怎么溅起水花。这几年她本来就没怎么露面，而尤嘉也对娱乐圈不太了解和关心，所以不知道也正常。

是以这会儿气氛显得略微有点尴尬，尤嘉点了点头："怎么会，谢谢你。"

高若琳笑了笑，四处张望了下："陆老师呢？怎么没看见他。"

"刚刚还在，出去了吧！"

"陆老师刚刚可是惊到我了，我很少见他有这样紧张的时候。"高若琳笑了笑，"我从前围观过他和阿索拍广告，导演让他和阿索做亲密动作，他脸贴在人家脸颊上，却没能亲下去。陆老师是我见过最禁欲的人了，没想到私下里却跟我想的不一样。刚刚我们还在聊天，我发现，陆老师其实很幽默。"

心机女标配技能，指东打西，暗示加内涵，说话模棱两可，但总是恰如其分地让人心里哽一下，像一粒沙掉进了齿轮里，虽然不影响运作，总归不舒服的那种。

这话还是周扬教她的，周扬十分不看好地埋汰她："遇见心机女，以你的段位就不要怼了，你比较适合躺尸装死，表演最怕遇见瞎子，岂不是躺赢？"

尤嘉摩挲着手里的拐杖，一时不知道是不是自己想多了。她又看了一眼高若琳，还是没什么印象，连她拍过什么戏都不知道，她和陆季行有没有合作过尤嘉更是一无所知。

尤嘉倒是知道阿索，她也是这次的嘉宾，是个歌手，性感辣妹，跟丈夫一起带儿子过来，住在右手边第三间。她老公比她小三岁，很爱她，也很听她的话，有种姐弟恋、小奶狗和霸道御姐的感觉。

尤嘉舔了舔嘴唇，忽地笑了："我知道，阿索跟我讲过。你应该记错了，其实他们没拍到那一步，陆季行不会拍亲密戏，每次导演都恨不得亲自替他演。我记得那次是拍艾滋病主题的公益广告，导演让他拍床戏还是什么的，那天麦哥开了直播，非要给我看，诚心气我，结果陆季行掉链子，还被我嘲笑了好久。后来是错位拍的，导演很不错，拍出来效果挺好的。"

高若琳挑眉："这样吗？那可能是我记错了吧！"

外面雨声未歇，雷声隆隆，上官蝶收了伞上楼，高若琳正好从尤嘉那里出来。七个家庭住在一个筒子楼里，一楼不住人，他们都住在二楼，高若琳住在尤嘉他们斜对面。上官蝶就住在隔壁，她经常过来蹭饭。尤嘉煮饭的时候她在边上打下手，偶尔逗逗悯之。

上官蝶和高若琳擦身而过的时候，脚步停顿了一下，然后互相打量着，点了下头。宛如野兽敏锐的嗅觉，上官蝶从高若琳身上嗅到了一丝不怀好意的味道，高若琳从她身上嗅到了一丝敌意。上官蝶在圈子里待得久了，自有一套看人的法则，高若琳这个人表面看起来温和柔顺，内里心思沉得很。她对陆季行，有种不寻常的关注。

上了楼，上官蝶在自己房间门口顿了顿，而后把伞靠在门框，往前两步，跨进了尤嘉房间。尤嘉正在涂药，脚背连带着脚踝和小腿下段都肿了起来，这会儿抬都抬不起来。陆季行不知道出门做什么去了，尤嘉涂得有些艰难。

上官蝶走过去，半蹲下身子说道："我帮你涂吧！"

"那……谢谢你啦！"尤嘉不太好意思，这小姑娘年纪不大，但身上气场很强，尤嘉总有一种小弟见大哥的感觉。

嗯，虽然大哥对她很好……

有好几次上官蝶都差点儿冲口而出，让她注意点儿高若琳。娱乐圈的女人不简单，尤嘉的段位实在不够看。但看尤嘉三十多的人了还被陆季行护得跟个小女孩儿似的，就实在不忍心说什么。

于是上官蝶只问了句："高姐刚刚来看你？"

尤嘉点了点头："随便聊了两句。"

出门的时候，上官蝶碰上陆季行，她犹豫片刻叫住了他。

"陆老师，高若琳刚刚来过。"

陆季行手里拿着一把韭菜，配着通身的高冷气质和干净熨帖的衬衫牛仔裤，看起来格外有反差萌。上官蝶只说了这么一句，便没了下文，今天来看过尤嘉的有几十人，上官蝶偏偏提了高若琳。

陆季行却领会了，敛眉沉默片刻，沉声应了句："我知道了。"

不提醒尤嘉，提醒陆季行，上官蝶其实并不确定自己的选择对还是不对。她很喜欢尤嘉，尤嘉身上有股不谙世事的天真和养尊处优的温和教养，让人觉得舒服。尤嘉是她曾梦想过的模样，不曾被生活打磨过，眼神永远澄澈明净。

或许是她对人性一贯的偏见和不信任，她总觉得人身上的劣根性是很难克服的，比如喜新厌旧，比如偷腥尝鲜……她不希望陆季行是这种人，但尤嘉这种性格，即便陆季行在外面玩出花来，如果存心瞒她，她也不一定会发现。她提醒陆季行，是想告诉她高若琳这个人心怀不轨，别有用心。

　　但谁又知道，他会不会伺机蠢蠢欲动。

　　爱情这东西，还是太过薄脆了。

　　哪有什么情比金坚。

　　哪有……

第二十一章

没有人比我更爱你

尤嘉拄着拐杖，在陆季行身后当尾巴，他走哪儿，她跟到哪儿，蹲在厨房门口的小马扎上看他包水饺，一会儿说他皮擀得太厚了，一会儿嫌弃他鸡蛋放少了，实在没刺挑了就嘀咕着说自己牙疼。

陆季行称这种行为是"间歇性黏腻症"，在某一段时间里，尤嘉会特别喜欢用尽各种手段博取他的关注，像一只开屏的花孔雀，恨不得在脸上写出：快看我！

陆季行惯用的应对方法就是不理她。

越找存在感，越无视，等她自己投怀送抱。

他会一边嫌弃地推开她一边再把人拽回来，表演一种叫作"嘴上说着不要，但身体还是很诚实"的绝技。

这不叫恶趣味，这叫夫妻情趣。

尤嘉这次学聪明了，他不理她，她就拍拍屁股走人了。尤嘉从小马扎上起来，说要去找助理导演聊聊天，吸收一下蓬勃的年轻朝气。那个小男生今年才刚硕士毕业，身上有股子青涩劲儿，皮相不错，很奶，被人逗脸就会红，尤嘉经常笑眯眯地说他长得像她们学校的校草。

关于校草，陆季行有一段很不愉快的回忆，所以当尤嘉颠颠地拄着拐杖出门的时候，一直沉默的陆季行拍了拍手，三两步出门，直接把尤嘉抱了回来，义正词严地告诉她："瞎跑什么，不够给人添乱的，给我好好坐着。"

尤嘉戳了戳他的脸："你不是不搭理我？"

"我不搭理你，你就跑去找别人？"

"你不搭理我，我还不能找别人？"尤嘉为了凸显自己的气场，敲了下拐杖，从椅子上一下子站了起来。

陆季行又一下子把她按了下去，他没收了她的拐杖，往旁边一杵，弯腰掐她的脸："我吃醋，行不行？"

尤嘉眨巴着眼看了他一会儿，小声嘀咕："你吃醋你还有理，你还凶。"还顶嘴。

这会儿没镜头，陆季行直接俯身，在她唇角咬了下。

尤嘉舔了下自己的唇角，感觉舔到了血腥味，气得用自己那只完好的脚踢了他一下："你干吗啊，你以为你是吸血鬼吗？"

陆季行用指腹擦了下她的唇角，满意地拍了拍她的脑壳："我去煮饺子，再乱跑我揍你啊！"

"呸！法西斯！"

这一段边上虽然没有摄像机，但还是有收音，后期剪辑的时候导演觉得非常有意思，硬是加了音频进去，贴心地配了字幕，亲亲的那片刻沉默，用了一组微笑的表情滚动滑过，营造出了一种分外暧昧和不可描述的氛围，又羞耻又好笑。

"我实名为剪辑导演打电话，人才啊，人才！"

"哥，我劝你做个人。"

"你知道吗？哥，你是我见过最不要脸的人，吃醋都吃得这么霸道强势。"

"你不要狂啊，小心回家跪榴梿。"

"阿季嫂现在可是有后援会的人，哥，你小心收刀片。"

"吸血鬼，哈哈哈，哥，你太粗鲁啦，我们阿季嫂那么软的妹子，你真是……哎呀，粗鲁！"

"心疼阿季嫂，像一朵被暴风雨蹂躏的小白花。"

"我哥每次在阿季嫂这边都幼稚得只有三岁。"

"是真爱没错了。"

……

尤嘉腿脚不方便，每次去哪儿都是陆季行背着尤嘉过去，安置好她，他才去做别的事。户外真人秀运动量大，一整天都在玩或者做小任务，因而尤嘉很多镜头都拍不了，节目组在互动的时候尽量避开她。但为了节目的完整性，还是选择让她在旁边待着聊聊天或者做一些脑力活动。尤嘉觉得忒无聊，玩手机又很不雅观，只能随身攥本书打发一下时间。所有人都觉得她应该看那种插花啊、诗啊、美食啊之类的风花雪月的东西，毕竟她看起来自带甜系属性，玛丽苏气场席卷全场。被爱情滋润的女人，干什么都透着股精致浪漫味。

然而上官蝶翻开她的书皮，发现她在看《解剖与达·芬奇》。里面全是医学插画，封皮上大字标着：重口味美学里程碑之作。尤嘉正在看的这一页画着各种内脏。

上官蝶："……"

尤嘉看得津津有味。

半途陆季行过来的时候，她正翻开乳房结缔组织延展成的蝴蝶页面。尤嘉指给他看："你看这乳房，多饱满。你看这构图，多妙啊！"

陆季行："……"

其实尤嘉这个人很有猎奇精神，从小就喜欢古古怪怪的东西，长大了更是有奇物收集癖，家里那几排通顶的博古架足以证明。

陆季行把书给她合上了。

尤嘉伸手要："你干吗啊？"

"外面光线太强，对眼不好。"

尤嘉不情不愿地应了声，百无聊赖地玩手边的一只毛球。她当然知道对眼睛不好，就像大家都知道熬夜非常伤身，但夜生活还是不能少。

人生如果这么死板，那得少了多少乐趣啊！

哼，他这人有股变态的掌控欲。

陆季行走到尤嘉身后，说了声："闭眼。"然后把手绕到她眼前，让她头微微后仰，给她做眼部按摩。

尤嘉舒服地往后靠，指挥他："重一点儿……哎，再轻一点儿……"

废话特别多，陆季行弹了下她脑门，她才老实。

悯之和小伙伴去拔花生，弄得一脸土一脸汗，脏兮兮的，像个小花猫，随后，遥之哥哥把她抱了过来，让她找爸爸，让爸爸带她去洗脸。悯之一过来，就看见爸爸在给妈妈揉揉。她把十根手指叉开，举着往爸爸那边去，然后站在两个人面前，当一个明晃晃的电灯泡。也不说话，就站在那里等。

悯之是想，爸爸和妈妈有事做，那她就等着，等爸爸忙完了就能带她去洗脸洗手了。因为这边儿水台太深，小朋友是不能自己靠太近的，悯之作为一个听话的好孩子，自然是不会自己过去的。但在尤嘉看来，这完完全全就是挑衅啊！

于是尤嘉扭过头去看陆季行："选我，还是她？"

陆季行没好气地再次弹了下她脑门，停了手上的动作，走过来把悯之抱了起来。

尤嘉捧着自己的心口。

负心汉！有了女儿忘了媳妇！

情敌太强大，打不过，打不过。

陆季行捏捏悯之的鼻子："怎么搞成这样？"

说到这里，悯之就很委屈了："二哥哥拿脏手给悯之擦汗。"

那当然是越擦越脏了，二哥哥还很恶劣地前俯后仰地笑，不过大哥哥帮她报了仇。陆季行笑着摇了摇头，抱悯之去水台边给她洗脸、洗小手，洗干净了陆季行又带她去换了衣服。

尤嘉还在那边坐着，偷偷把书拿过来，接着看。

工作人员走来走去，但很少有人打扰她。她看了一会儿，就开始犯困，有人拍她肩膀，她还以为是陆季行带悯之回来了，刚想说"我的悯之小宝贝呢？抱过来，让妈妈亲亲"，结果一回头发现是高若琳的女儿。

小姑娘拽了一下她的胳膊，蹲坐在地上，有些迷茫又惆怅地半仰着脸看天，眼睛微微眨了下，显得很失落："我妈妈在逗悯之。"

高若琳的女儿之前姓魏，名多荫，现在随妈妈的姓。性格略阴郁内敛，很少主动和人沟通，很懂事。但这个年纪，她懂事得有些过分了。出于医生敏锐的直觉，尤嘉觉得原生家庭带给多荫这个小姑娘的负面影响还是很大的。

尤嘉喜欢关注不寻常的东西，无论是物还是人。自从上次高若琳来探望她，说了一番莫名其妙的话后，尤嘉难免多关注了下她，但其实更好奇多荫这个小姑娘。

她年纪小小，心事却很重。

小孩子总有表现欲，就连逸之那种不羁的个性，遇上自己擅长的事情也难免会表现一番，邀功请赏。但多荫却很少表现。上次在琴行看见一把镇店之宝的琵琶，标价很高，主持人过去看了眼，还问了老板几个问题。老板人很热情，说"你要是会弹可以试试"，主持人说"我不会，但是有小朋友会"，问老板介不介意小朋友试试。老板说"当然可以"。

那天去的几个小朋友里，只有逸之和多荫会弹。逸之那完全属于半吊子，周末上琴课的时候为了认识一个小妹妹学了几节，勉强能弹出来音调罢了。主持人给他还拨弄了两下，但递给多荫的时候，她拽着妈妈的衣角，沉默地摇了摇头。高若琳蹲下身来跟她说："可以试试，没关系的。"多荫还是摇了摇头。

尤嘉看到几个人离开的时候，多荫回头看了眼那把琵琶，有点儿不舍。尤嘉一度认为是小孩子害羞，怕弹不好丢脸，但后来她听说多荫的琵琶已经考到了九级。

多荫很抗拒表现自己。一个小孩子在技能傍身并且相对安全的环境下，被妈妈鼓励着也无法在擅长的领域发声，这已经不仅仅是害羞内向那么简单了。这会儿她这样说，尤嘉有些心软，半开玩笑地问她："多荫吃醋啦？"

就像尤嘉抱别家的小孩儿，三个宝贝都会明显表现出不满一样，那是一种领地被侵犯的不安感。多荫摇了摇头，忽然看向尤嘉："我妈妈喜欢陆叔叔。"

尤嘉："……"

这是什么新型招数吗？

尤嘉沉默了片刻，才开口问道："多荫为什么这么说？"

或许是尤嘉的表情太淡然，多荫以为她不信，咬了咬嘴唇说道："我妈妈经常在电脑上搜陆叔叔的名字，吃饭的时候会特意坐在他身边，就连刚刚，她看见陆叔叔抱着悯之，慌忙迎上去，也只是为了和陆叔叔说话，她其实很不喜欢小孩子。尤阿姨，你不生气吗？"

她都觉得好生气呢！

不仅生气，还很沮丧。

尤嘉笑了笑："多荫像个小大人，那阿姨就以大人的方式和你讲话，好不好？阿姨知道你的意思，你想让阿姨阻止你妈妈，是吗？你怕她做错事，对不对？"

多荫"嗯"了声，有些难以启齿。

"好孩子，阿姨会帮你，你就当不知道就好了，大人的事还是交给大人来解决。你还是个小孩儿，开开心心去玩，不要想那么多，嗯？"

悯之不喜欢那位小高阿姨，她也不知道为什么，可能是她尖尖长长的指甲显得人凌厉，也可能是她笑起来温柔得有点儿假情假意，又或者是因为她老是靠爸爸很近说话。每次爸爸都会礼貌地往旁边躲，但小高阿姨总是能找到恰当的机会靠近。

这让悯之感觉很郁闷。

思思表姐说，聪明的女人会和别人的丈夫保持距离，看来小高阿姨人有点儿不聪明。逸之哥哥说过，不要和不聪明的人说话，愚蠢会传染。所以小高阿姨问她"最喜欢爸爸还是妈妈"的时候，她摇了摇头，没说话。

小高阿姨笑了笑，伸手摸她的脑袋，狡黠一笑："悯之选不出来？"

悯之还是摇头，她是觉得问这个问题问得太不聪明了，她不想回答。

"那悯之喜欢阿姨吗？"她拿了一颗糖递给悯之，脸上依旧是温柔的笑意，像个引诱小红帽的狼外婆。

悯之看了她一眼，又看了爸爸一眼，觉得这个问题更不聪明。再说，妈妈说过，不能吃别人的糖，于是"啪叽"一下趴在爸爸的怀里，不吭声了。

陆季行笑了笑，只是唇角的笑显得有些冷了："抱歉，悯之最近感冒，不能吃糖，我得先离开了，我太太一个人待着，我不放心。"

悯之听见爸爸这样说，狠狠地点了点头。旋即又觉得自己这样好像不太礼貌，羞愧地趴在爸爸的怀里。

高若琳点点头，微笑道："啊，我倒是忘了。那你们快去吧！尤嘉一个人待着，的确是不太方便。"

高若琳知道陆季行对她无意，但那又怎么样，男人这种东西，定力向来不强，一遍不行就两遍，两遍不行就三遍，这世上没有坚若磐石的墙角。现在他知道自己有意，这就够了。她知道这样做有违道德，但人生苦短，何不多为自己打算一些。

多荫不知道什么时候回来的，这会儿过来牵她的手，沉默着不说话，眼神里带着异样的隐忍和哀痛。她知道多荫早熟，大概已经觉察到了什么，于是蹲下身，抚了抚女儿的脸："阿荫，大人的事，与你无关。"

多荫猛地甩开她的手，跑掉了。

她没有去追，小孩子总是脾气大一些，转头就会忘掉的。她的女儿，真是随她爸爸，道德感强到愚蠢。

你为别人着想，谁又为你着想。

自己为自己打算，才是真切的。

有些事，争取才会有结果。

尤嘉摔了毛绒玩具，摔了恼之一米高的大角龙，然后抱臂蹲在沙发上，重重地"哼"了一声。

气、气、气，气吐血！

麦哥跟着陆季行一进门就被大角龙砸了个正中面门，他侧身躲了过去，顿时乐不可支："哟，我嘉妹这是吃错什么药了，还是阿季做了什么对不起你的事？你说，我帮你昭告天下，让全世界的粉丝来谴责他、唾骂他。"

距离《平凡的一家》最后一期的录制已经过去了一周，昨晚节目全网播出，随之而来的是网友对每一个细节的解读和评判，吵得不可开交。

最开始要追溯到录制时期。那天，多荫去找了尤嘉，尤嘉还没寻到时机和高若琳好好谈一谈，毕竟这件事可大可小，闹起来必定不好看。再者，无论如何，小朋友是无辜的，尤嘉不想伤害多荫，所以还是想尽量低调处理。只是她还没来得及思考对策，高若琳就退出了节目，理由是突发心肌炎，实在没办法再继续下去。

本来拍摄就没剩多少了，再说节目组也不好让人带病奋战，自然是让她先回去好好养病了。然后第二天，就有所谓的狗仔爆料，说高若琳因病退出《平凡的一家》节目组，其实背后另有隐情，疑似她和陆季行之间有情感纠葛，意欲令陆季行将她扶正，但陆季行不同意，两个人产生分歧，吵了一架后，高若琳愤而退出。

爆料说，陆季行和尤嘉屏幕前的恩爱都是假的，其实陆季行私底下和高若琳不清不楚，然后附上了一些照片，有一张陆季行低着头，高若琳背着手，微微踮脚，镜头是从高若琳正后方打过去的，各自的脸是看不见的，但姿势怎么看都像是在接吻。连尤嘉看了都觉得很像，一瞬间血气翻涌，差点儿大耳刮子扇陆季行脸上。

不过到底忍住了，这么低劣的手段，她才不上当呢！

但俗话说，"好事不出门，坏事传千里"，作为一个艺人，八卦的传播远比作品口碑的传播要快得多。况且大家都觉得，到了高若琳和陆季行这个级别，完全没必要靠这种手段去博什么关注，相反，站得越高，越是爱惜羽毛。于是这件事就显得越发逼真起来，没多久就有各种相关爆料陆续报道出来，连一些网友自己的臆测和揣度都能拿出来当证据用以佐证陆季行婚内出轨这件事。

这些尤嘉都不在意，她在意的是那些照片。

很显然，照片是在《平凡的一家》录制期间拍摄的，而录制期间除了节目组的人，不可能有所谓的狗仔能精准恰好地拍到两人在一起的画面。如果尤嘉没记错，陆季行单独见高若琳，恐怕就那一次，这未免也巧合得太可怕了。

如果让她阴谋论一下，她猜是不是高若琳在自导自演？

那这女人也太可怕了。

陆季行的工作室很快就做出了声明：不实消息，已交律师处理。

高若琳随后也发了声明，说了一大段，大意是自己失败的婚姻和自己一个人带孩子的不易，但绝没有动不该动的心思的意思。然后狠狠夸了陆季行一顿，说他是个很优秀、对太太用情很深的男人，让大家不要肆意猜测，也为自己给陆季行带来的不良影响深表歉意。

回去上班的第一天，周扬同学就迫不及待地对尤嘉发表了自己的看法："那个高若琳啊，不简单，太不简单了！我跟你说，你可别信她那些屁话，说得好听，绝对白莲花一个。正常人谁会蹭自己八卦的热度说一些似是而非的话，明面上是夸陆季行，但留给别人想象的余地就更多了，还不如别吭声，跟你家男人一样，交给工作室处理。她这几年不露面，虽然名气没那么大，但咖位还是在的吧！这么做实在是匪夷所思！指不定憋着什么坏水。"

后来，陆续又有爆料，但都是些"据说"开头的，没凭没据的，所谓"知情人士"的爆料。

尤嘉还接到了高若琳的电话，电话里，高若琳声调低沉，满含愧疚："陆老师的为人，您应该最清楚，网上那些消息都是空穴来风，您千万千万不要相信。我和陆老师之间清清白白，什么都没有……但愿没有给您和陆老师之间带来影响，不然我万死也难辞其咎……"

这话说得真是恳切，尤嘉沉默了好一会儿，终于还是没忍住："高女士，我们打开天窗说亮话吧。多荫来找过我，说你喜欢我丈夫，并且有进一步的想法。当然，如果仅凭这个，我并不敢确信你对我老公有什么想法。但还有女人的直觉，加上我一些综合的判断，高女士，你否认吗？"

高若琳没有说话，她是个很骄傲的人，她可以撒谎，但被人识破谎言还要让她继续否认，她做不到。

尤嘉笑了笑，差不多明白了："多荫那时候想让我想想办法，不要让你做不该做的事。那时候我想，人都是会犯错的，这也没什么，小时候谁都肖想过不属于自己的东西。但高女士，我希望你能明白，只有小孩子才控制不住自己的欲望，大人应该明白，有些事是不能做的。我很心疼多荫，她很懂事，但你不觉得，小孩太过懂事，是妈妈的失职吗？我知道你一个人带女儿并不容易，但我还是希望你能多考虑一下多荫。你不要再继续了，这会让我觉得很可笑。我可以很负责任地告诉你，陆季行不会喜欢你，我也不会因为这些而去怀疑他，我自小认识他，十几岁就和他在一起，他有多爱我，你想象不到。"

说完，尤嘉就挂了电话，然后她觉得自己的脸皮越来越厚了。

"他有多爱我，你想象不到。"

这话好像非常中二……

麦哥和陆季行进门的时候，尤嘉刚挂完电话，正自己生自己的气。麦哥调侃她也就算了，陆季行把大角龙捡起来，扔她怀里，也笑话她："你今年可以跟悯之一块儿去上幼儿园了。"

尤嘉当然是踹了他一脚。

麦哥来拿资料，拿完就溜了，溜走之前还特意跟尤嘉打招呼："嘉妹，家暴吧，别客气！我看他也很欠抽。"

尤嘉指着他说道："你赶紧走，我看你更欠抽。"

麦哥仰天大笑出门去。

人走了，陆季行才捧着她的脸，低声问了句："怎么了，嗯？"

尤嘉把自己的经典中二语录复述了一遍，然后揪着他两只耳朵看他："那你到底爱不爱我？"

陆季行沉沉地笑，然后摇了摇头。

尤嘉气得咬他脖子，又问他："你再说一遍？"跪在他腿上平视他，"爱不爱？"

陆季行笑意更深了，想再次摇头，尤嘉按着他脑袋不让他摇，脸上的小表情倔强得不得了。

他终于低头，亲了她一下："爱，很爱，没有人比我更爱你。"

"我有多爱你，你也想象不到。"陆季行捏了捏她的脸，把人抱过来坐在腿上，笑道，"你看看你，一大把年纪了，幼不幼稚。"

尤嘉荡漾了一下，戳了戳他的脸："你竟然都开始说好听的话了！"

陆季行仰头，笑了起来。

傻瓜！

第二十二章

追你这么久，考虑得怎么样了

悯之今天去了外婆家，遥之被舞蹈老师带走了，逸之最近在学围棋，家里只剩下尤嘉和陆季行。

二人世界，陆季行拿了车钥匙："走吧，带你出去玩。"

大白不知道从哪里钻了出来，懒懒地"喵"了一声。它年纪大了，越发不爱动，尤嘉没事就揉揉它，对它温柔了很多。

这会儿，尤嘉把大白抱起来，问它："你也想去？"

大白又懒懒地"喵"了一声。

"好嘞，那就带你去。"

陆季行："……"

于是，二人世界多了只猫型电灯泡。尤嘉极宠大白，摸头挠下巴顺毛，不让它走路，走哪儿抱哪儿，大白本来就不爱动，整只猫懒洋洋的，时不时蹭一下尤嘉，别提多惬意了。

大肥猫特别惹眼，走到哪儿都引人注目。尤嘉跟个炫娃狂魔一样，遇见人好奇凑过来问，就挺胸跟人讲大白坎坷而传奇的猫生。

陆季行敲她脑袋："它最传奇的经历就是有你这么个不靠谱的铲屎官，能开开心心活到现在，纯属心态好，不然早被你气死了。"

想起当年刚抱大白回来的时候，尤嘉自己偷喝酸奶还要诬陷大白的黑历史，他能嘲笑她一辈子。

尤嘉不服气："我对大白不好吗？我对它像对你一样好。"

陆季行："……"

什么比喻。

两个人去餐厅吃饭，被服务员拦了下来——宠物不得入内。于是尤嘉兴冲冲拉着陆季行去吃海鲜大排档，一边碎碎念外边的饮食大多不卫生，一边对着服务员大指特指："这个，这个，还有这个，那边的青蟹、皮皮虾上两份，再来份椒盐小乌贼。"然后扭过头来看陆季行，一本正经地说，"但偶尔吃吃也没关系，人体被虐多了，反而更结实。"

瞧瞧，像一个医生说的话吗？

吃饭的地方人很多，虽然两个人很低调，但因为最近有节目播出，关注度本来就高，所以刚坐下就有人认出了他们，旁边一桌跃跃欲试了好久，终于鼓起勇气来问尤嘉："我女儿很喜欢你，可以请你跟她合张影吗？"

尤嘉抱着猫，看了看对方妈妈又看了看陆季行，有点儿搞不清楚状况，指着自己确认道："和我？"

对方妈妈恳切地看着她，"可以吗？"

尤嘉有些蒙地点了点头："那……好啊！"

小姑娘有些羞涩地从妈妈背后冒出头来，小心翼翼地抓住尤嘉伸过来的手，偎在尤嘉身上，她妈妈帮她们拍了张照。小姑娘好像对大白很感兴趣，尤嘉就笑着跟她说："你可以摸一摸它，它脾气很好，不会凶的，不过，不要摸它尾巴哦！"

小姑娘摸了摸大白的脑袋，大白眯着眼仰着脖子打呼噜，看起来很惬意，小姑娘高兴坏了，母女俩高兴采烈地道了谢，然后回了自己桌。

尤嘉终于醒过神来，凑过去和陆季行咬耳朵："她为什么要和我合影，难道是不好意思找你吗？你说说你，为什么每天板着一张脸，吓到小朋友了！"

陆季行眯了眯眼："板着一张脸？"

尤嘉"啊"了声，微笑："我是说，表情不那么温和。"

狗腿子陆季行笑了笑："不，她可能只是想和大白合影，不好意思忽略你。"

尤嘉想了想，觉得好像有道理，丧丧地皱了皱鼻子，感觉受到打击了。陆季行好笑，狠狠地揉了把她的脑袋。

因为被认出来，尤嘉吃饭都斯文了很多，剥虾都剥得秀气，后来，陆季行直接给她擦了手，专门剥给她吃。尤嘉手笨，本来剥皮皮虾就困难，于是美滋滋地等着投喂。

吃完饭，两个人去湖边散步，初夏的傍晚，风是潮热的，夹杂着几分凉意，倒也舒爽。散步锻炼的人很多，情侣也多，碰上年轻情侣腻腻歪歪的，让尤嘉这个已婚多年的人都觉得脸红。

陆季行一只手搭在尤嘉的后颈上，尤嘉侧头抬眼看了他一眼，又看了看周围手挽着手的小情侣，觉得别人都是来秀恩爱的，自己像是陆季行带出来遛的娃……

于是尤嘉撇撇嘴："你这人，长那么高干吗！"

陆季行简直哭笑不得，拍了下她脑袋。

有群年轻学生在写生，看见尤嘉怀里的大猫很感兴趣，厚着脸皮来求尤嘉拍照片。尤嘉高高兴兴摆姿势给人拍，还把大白的大脸露出来给镜头。那个小男生拍完后不停地鞠躬道谢，还送了小熊饼干给尤嘉，尤嘉再三拒绝之后还是没扛住热情，收下了。

小男生摸着耳朵，"嘿嘿"地笑，陆季行倏忽间皱了眉，不动声色地把尤嘉拉到身后去，抿着唇角跟男生说："不客气。"

那副傲娇的样子，真是没眼看。

尤嘉捂着脸偷笑，转头嘲笑他幼稚。

后来，陆季行直接把大白接过来，抱了在自己怀里，就不再有人来跟尤嘉搭讪了，陆季行终于舒心了。尤嘉解放了双手，又不安分起来，走到桥头一家手作店，看店家自己做的风铃样本，尤嘉前前后后、左左右右地打量，久到年轻老板娘主动过来招呼："太太，有什么需要我帮助的吗？"

尤嘉不好意思道："冒昧问一下，这个可以卖吗？"那个风铃是很古朴的样式，带点儿异域风情，铃声很独特。

老板娘抱歉一笑："对不起哦，太太，这个是非卖品。材料本店都有，如果您有兴趣，可以自己制作一个，如果有哪里不懂，我可以教您。"

尤嘉扭头看陆季行，一脸哀求。

陆季行哪次又真的拒绝过她，无奈地"嗯"了一声。

尤嘉眉开眼笑，合掌说："阿季，你最好了。"

陆季行唇角便忍不住抿开一丝笑意。

店里没多少人，这边本就偏僻，加上店很小，风格拙朴，不是很显眼，这会儿店里仅有一对情侣、一对母女还有一个年轻女孩儿。

情侣正在打磨一对对戒，女孩儿一直嘲笑男友手笨；母女在做套娃，妈妈很耐心地教女儿给套娃涂绘；那个年轻女孩儿则在做木房子，大概是哪里出了问题，自己一下一下全拆了，眉毛纠结成一团，对着微信语音"凶神恶煞"地说："老娘手都快被胶水粘烂了，你上辈子修了什么福才能遇见我！"

尤嘉拉着陆季行挑材料，然后在长桌的一角坐下来。她这手拿手术刀又稳又快又准，但是拿这些小玩意儿就是没辙。

手笨，不治之症。

她哀求地看着陆季行，陆季行无动于衷地瞥了她一眼。尤嘉扯了扯他的袖子，陆季行依旧无动于衷地抚了抚大白的毛。

"阿季！阿季？阿——季——"尤嘉撒娇似的拿指头戳他的脸。

陆季行终于绷不住，笑了下，把猫递给她，认命地弹了下她脑壳。

尤嘉殷勤地给他卷袖子，大白无聊地打了个哈欠。隔壁年轻女孩儿抬头看了眼，又低头继续摆弄面前的一大堆木头。隔了会儿，又抬头看了一眼，对着微信语音压着声音说："我的妈，我好像看见陆季行和他老婆了。"

尤嘉："……"

陆季行把材料大概梳理了一遍后就动手了，手法之娴熟让尤嘉都怀疑他是不是偷偷学过，于是，她捧着大白，全程迷妹式星星眼。陆季行这辈子活在聚光灯下，到处是掌声和尖叫，却只有这一个人的目光是最特别的。

陆季行侧头，亲了下尤嘉的鼻尖。两个人坐在角落里，屋子里人少，但总归是公众场合，陆季行还是第一次这么无所顾忌。

尤嘉推了他一把："干吗呀你！"

连大白都"喵"了声以示抗议。

陆季行只笑了下。

风铃做好了，老板娘帮她仔细地包了起来，还直夸她有个好老公。尤嘉眯着眼笑，说"谢谢"。

天已近傍晚，家里阿姨打电话说悯之回来了，陆季行开车带尤嘉去舞蹈老师那里接遥之，又去少年宫接逸之。回来的时候，悯之正在闹脾气，说不想吃饭，陆季行弯腰把女儿抱起来："悯之为什么不想吃饭？"

"悯之不饿。"

"在外婆家吃零食了？"

悯之偷偷把脸埋在爸爸怀里。

陆季行抱着她坐在餐桌前："爸爸喂你，悯之喝碗粥，好不好？"

悯之乖巧地点了点头。

遥之去洗澡了，逸之蹲在客厅的棋盘前作思考状，尤嘉蹲在他面前问他："小国手，可吃饭？"

逸之看了老妈一眼，傲娇地绷着下巴，点头："可！"

把三个宝贝安顿好，已经是晚上七八点钟。陆季行洗完澡，在开电话会议，尤嘉无事可做，把陆季行的衬衣拿出来熨烫好，然后抱着平板刷了会儿新闻。

娱乐版块正好跳出来爆料，说有网友偶遇陆季行和太太吃海鲜大排档，说两人应该是出来玩，都很低调，就没上前要签名、求合影，不过两个人撒狗粮确实很秀。

陆季行的粉丝团在下面调侃——

"'过气老腊肉'日常靠老婆、孩子刷存在感！"

"我哥这偶像包袱约等于没有，带我阿季嫂吃海鲜大排档。"

"秀恩爱？不存在的，我哥已经够克制了。"

"初恋了解一下，生孩子全程陪同、工作全推了解一下，我哥紧张我阿季嫂那可是圈内闻名啊，哈哈哈！"

"没办法，谁让我阿季嫂这么可爱。"

……

自然也有人阴阳怪气，说什么尤嘉公主病，说陆季行宠老婆宠得丢人。

还有人阴谋论说这操作指不定是洗白来的，高若琳和陆季行的事还没有定论，这就急着出来秀恩爱，也是假得不行。

"高若琳那人，明眼人都看得出来是怎么回事，好吧？你们阴谋论的同时，怎么不阴谋论一下是不是高若琳在自导自演呢！"

"这女人心事重成那样，当年和魏导的离婚案就能看出来了好吗，自私又势力，我到现在还在为多荫判给她而愤愤不平。"

"我要是陆季行，眼瞎了才不喜欢阿季嫂喜欢她。"

"人家夫妻恩恩爱爱的多好，就有人看不得别人好，都什么心态。"

"谁要是给我生个双胞胎，又生个乖巧可爱的女儿，我把她供起来都可以，再宠都不过分，好吗？"

"这就公主病啦？那我让我老公帮我洗脚岂不是罪大恶极？天哪！"

"承认人家恩爱就那么难吗？我哥这么低调，这么多年好不容易舍得把我阿季嫂拿出来秀了，他就是把阿季嫂捧在手心里我都觉得很正常好吗！"

"可不是嘛，阿季嫂对我哥也是超级无敌好！当年生双胞胎的时候，我哥都心疼得不得了，说以后再也不生了，可阿季嫂看我哥喜欢女儿，坚持又怀了一胎。生双胞胎的时候是顺生，生悯之的时候反而不顺利，难产，阿季嫂一度觉得自己不行了，哭着交代后事。"

"对，我就是那个医院的。当时特别逗，其实孕妇状态真的很不好，但没到威胁生命的程度，接生的是我们主任，跟阿季嫂还是老熟人。当时，阿季嫂一直在哭，应该是害怕，她问了句什么，我们主任没吭声，她就有了不好的预感，也不吭声了，过了很久才又忍不住哭起来。我们主任存心逗她，就说你有什么后事要交代吗？阿季嫂一个爆哭，说跟她老公讲，以后要是另娶，就不要告诉她了，她受不了，还说要给女儿取名叫悯之，悼念她英年早逝的母亲，完了又说不要，这样对女儿不好。反正一直在碎碎念，特别可爱。没想到最后还是取名叫悯之了，大概是陆季行确实心疼自己太太吧！"

……

尤嘉看了会儿，觉得有点儿脸红，做星嫂就这点不好，作为半个公众人物，糗事完全瞒不住。当晚十点零七分，陆季行突然开了直播，出来的画面却是尤嘉。

她凑近屏幕说："看得到我吗？我是陆季行的太太，我叫尤嘉。冒昧开了个直播，他不知道，估计明天麦哥会想打我（笑），但我想和你们分享一点儿事。我刚刚看了很多粉丝的评论，其实，我一直很喜欢看你们调侃他，很有趣。最近有很多不愉快的消息，但是我想说，不用担心哈，我对他一直很放心，我十几岁就和他在一起，这么多年，我们一起走过来，不仅仅是我人比较傻，特别惹他怜爱，哈哈，开个玩笑。我是说，我很爱他，他也很爱我，我们之间，插不进去任何人。"

粉丝疯狂刷屏——

"哇哇哇，这是真的阿季嫂？"

"呜，声音好好听，跟节目上有点儿差别，不过还是很甜，很清澈！"

"有……有点儿霸气！"

"呼叫我哥，你媳妇偷跑出来了，盛世美颜今天就被我们共享了，啊，哥，你在哪儿，好想看你们互动。"

"待会儿我哥出来一把抱住阿季嫂：女人，你这是在玩火。"

"对的，然后扔到床上就开始这样那样。"

"了解，安排。导演，请放我哥出来。"

……

尤嘉本来正酝酿情绪呢，结果一秒破功，"扑哧"一声笑了出来："别，别这样，一会儿直播间被锁了。"

尤嘉这才清了清嗓子说道："这段时间，大家一直在吵，说婚内出轨什么的，我觉得这件事，我最有发言权，但思来想去，还是觉得没什么澄清的必要，我就分享一点儿故事好了。"

"搬小板凳。"

"前排兜售瓜子汽水。"

"讲，你讲，我要听我哥跪着求你和他好的故事。"

尤嘉顿时笑了："没，我十几岁的时候多傻啊，他把我骗得团团转。"

陆季行刚开始追尤嘉的时候，尤嘉是拒绝的。

陆季行这个人，她从小就认识，但又没什么交集，两个人就像活在两个世界里。尤嘉是中规中矩的孩子，听爸爸妈妈的话，人生轨迹不出意外就是考个不错的大学，找个不错的工作，到了年纪再找个不错的人嫁了，生一两个小孩儿。而陆季行的人生轨迹……就是没有轨迹。他的人生充满变数，在她眼里，他是疯狂和离经叛道的代名词。尤嘉那么胆小，哪里敢去想和他在一起。

其实算起来，尤嘉十六岁的时候，陆季行就对她似乎有了点儿想法。她到现在还记得高考完的那次聚餐，他把她堵到角落里，觑着眼问她："谈恋爱了？"

那语气，现在回想起来仿佛一只领地被侵犯的狼。

只是可惜了，尤嘉那老实得近乎木讷的榆木脑袋可没半分不妥的想法，既然陆季行和哥哥是好朋友，她自然也是把他当作哥哥看的。哥哥教训妹妹不能早恋，好像完全是应当的？

她颤巍巍地摇了摇头，没有呢，有人追她，但是她没有答应。

陆季行满意地"嗯"了声，唇角矜持地抿了一下，大尾巴狼似的说了句："你还小，不急。"

尤嘉又颤颤巍巍地点了点头，乖得很，生怕他去跟自家老哥告状。毕竟尤靖远那个暴躁二百五，脾气躁起来能过去收拾人。她虽然拒绝了别人，可没伤害人的想法。

那年，陆季行去南方进行为期三年的封闭集训，尤嘉考上了Z大医学院，在家门口上学。他们相距千里，没怎么见过面。

那时候，尤嘉经常回家，每次回家都能恰好赶上陆季行打来电话。他封闭式训练是很严格的，每周只有半天完全自由的休息时间，其余时间无论是打电话还是做别的都要申请。

他那时候也没多大，比尤嘉大三岁，刚过完十九岁生日，还是个大男孩儿，只是天生人比较沉默，显得早熟，尤嘉总觉得自己在他面前小一个辈分，每次接他电话都自带乖巧。

捅破窗户纸是在尤嘉十八岁那年，她大三的寒假，临近过年的时候。

那时，陆季行已经两年没回家过年了，攒了两周的假才终于回来。

尤靖远还有其他一些朋友给他接风。那天是腊月二十七，街上张灯结彩，那年，市区还没禁烟火，巷子里的鞭炮声此起彼伏。

热闹，欢腾。

吃饭的地方在一家私房菜馆，处在一条深巷里，小院，一天就定一桌，菜品都是提早定下的。店开了十多年了，可能是老板的饥饿营销和另类模式使得餐厅格调格外不同，很适合"中二青年"。他们上学那会儿，遇上大的聚会都来这边。当然，价格也不菲，不过，这群从小跳舞、唱歌玩得嗨的人，家庭条件本身也都不错。陆季行也属于富裕家庭，只是没那么夸张。

去的大多是男生，很多是当初和陆季行一块儿学跳舞的，女孩子很少，有也是作为"家属"陪同的。

雄性气息浓烈。

尤嘉那天是被尤靖远硬生生揪过去的，他那两天惹老爸老妈生气，正被禁足着呢，为了不挨骂，就按惯例拿尤嘉当作挡箭牌。以往都是带她出了门就让她自个儿出去玩，但那天已经临近傍晚，外面下着小雪，又近年关小偷肆虐，尤靖远不放心把她自己放出去，便不顾她的强烈反对，硬生生把她揪去了接风宴。

尤靖远和陆季行身边的那群狐朋狗友，大多家境优渥，行事放诞，说话荤素不忌，可想而知，尤嘉这么乖，完全是羊入虎穴！尤靖远平常还是很有谱的，捂自家妹子捂得紧紧的，生怕她被大染缸给染坏了，但今天纯属特殊情况。

果然，这会儿看着尤嘉跟着尤靖远一块儿进来，几个人就忍不住吹了声口哨，尤靖远警告他们："别打我妹主意啊！她还小。"

尤嘉不好意思地问了好。

在场的她认得的，除了尤靖远经常一起玩的几个，就剩下陆季行。今天是陆季行的主场，尤嘉特意跟他问了好，他抿唇"嗯"了声，叫服务员在边上加了个凳子，吐了声："坐。"

有人忍不住调侃，说萌妹子就是待遇好，我们阿季这么无情的人都开始照顾妹子了。陆季行没反驳，反而难得地笑了下，不知道想起了什么。

后来几个人跳舞助兴，有个个子高高的男生还滑步到角落里的尤嘉身边，勾了下她的下巴。

尤嘉瑟瑟地躲了下，对方笑得前俯后仰，调戏这种小奶兔可太有趣了。一整场聚会下来，尤嘉就是那个开心果，时不时有人过来逗一逗，看她懵懂的眼神和想生气又不敢生气的表情解闷，恶趣味十分严重，尤靖远吹胡子瞪眼，都要打人了。

陆季行全场没说什么话，基本上有人问他才答几句，目光偶尔落在尤嘉身上，不知道在想什么。尤嘉总觉得很紧张，皮绷得紧紧的，就跟学渣不小心和教导主任坐在一张桌的感觉一样，但她总疑心是自己感觉错了，说不定陆季行根本没在看她。

席间，有个穿得很嘻哈的小哥哥蹭过来坐在尤嘉身边，侧着身子问她："妹妹，有男朋友了吗？"

尤靖远隔得老远指他："去你的，离我妹远点儿啊！少打她主意，她可不是你们学校的小太妹，你欺负她，我跟你拼命。"

"哪能啊，不欺负，不欺负，我认真的。"说完看着尤嘉，"妹妹，考虑一下我呗，我这人挺好的，住得也近，将来结婚了，银行卡归你，房产证写你名字，我妈会游泳，生孩子保大……"

他一句话把大家逗得哄堂大笑。

尤嘉顿时闹了个大红脸，求救似的看向尤靖远，但他被人拉住了，一通嬉闹，哪顾得上她。

尤嘉都要哭出来了。

陆季行突然咳嗽了声，拽住了那男生的胳膊："阿西，你要跟我比赛，我们年后找个时间，她胆子小，别逗她。"

那男生愣了下，旋即吹了声口哨，老老实实往后撤了两步，还做出一副"保持距离"的夸张动作，两条浓黑的眉毛波浪似的挑得欢快。

其他人也纷纷起哄："哎哟哟，比赛！比赛！比赛！"

"不是吧，我没听错吧！"

"阿西，上！不要尿！"

被叫作阿西的男生连连摆手："不、不、不，我有自知之明，我不和阿季比，不找虐！"

尤嘉只顾得上松口气，他们在说什么，她也听不懂。

有人问："妹妹，你觉得阿季和阿西，谁能赢？"

尤嘉被点了名，有些莫名其妙。虽然她不太懂，不过听老哥说，陆季行在舞社是很厉害的人物，十四岁的时候老师就说没什么可教给他的了，不过因为朋友都在，他还是经常泡在那里。

所以尤嘉秉持亲近原则，很诚恳地说："我不懂欸，我只知道季哥哥挺厉害的。"

这是实话，但听在别人耳朵里自然就不一样了。他们这群人经常丧心病狂地靠比赛抢东西，所以陆季行那句话的意思很明显：你要跟我抢，先来跟我比赛。

不同于他们，陆季行对谈恋爱的欲望并不强烈，多少妹子拜倒在他的荷尔蒙之下，可他眼里心里却只有跳舞这倒霉玩意儿。冷不丁听他这么说，一群人真是新奇得不得了。

听尤嘉这意思，显然是更中意陆季行。

得，该死的两情相悦！

于是一群人心疼地看着阿西："阿西，节哀！"

阿西捧着心口，做出一副受伤的样子。

虽然尤嘉还是有点儿不明状况，但这么明显的骚动现场怎么可能一点儿也猜不出来。只是还是那句话，她总觉得是自己的感觉出了问题，毕竟缺少前提条件，她很难往那方面去猜。

全场最震惊的莫过于尤靖远，他内心里一万头羊驼奔腾呼啸——这到底是什么时候的事？他为什么一头雾水？他眼神复杂地盯住陆季行，脑海里闪过无数前尘往事，不放过任何蛛丝马迹地把过往地毯式地搜寻了一遍，然后发现，自己是真蠢，竟然毫无觉察！

在看了陆季行足足三分钟后，他终于憋不住叫了声："阿季，你跟我出来一下。"

二人出去聊了大概二十分钟，不知道达成了什么见不得人的约定，反正进来的时候，尤靖远脸上的笑显得分外荡漾，他叫了声尤嘉："阿季有点儿累了，要回去，你要不要让他先送你回家？"

尤嘉正被一群妖魔鬼怪"折磨"得头痛，于是也不管自己有多怵陆季行，连连点了两下头。所有人都看见陆季行低头笑了下，尤嘉只顾得上激动，完全没注意到。

"那走吧！"陆季行偏头示意。

尤嘉忙跟出去。

后头不停有人说话——

"阿季慢走啊！妹妹慢走，改天再聚。"

"妹妹多跟阿季出来活动啊！"

"这么乖的妹妹，就这样被阿季骗走了。"

尤嘉没听清，屋里音乐声吵闹声震天，她都快耳鸣了，只一个劲儿地点头，乖巧得跟个小媳妇似的跟着陆季行走了。尤靖远在桌子前，大马金刀地一坐，老气横秋地叹了口气："唉，女大不中留啊！"

其他人附和道："节哀，阿季看上的东西向来乐意下狠手，很少失手。不过，阿季至少很优秀，是吧，老哥？"

尤靖远勉勉强强地说了句："算是吧！"只是眉眼里的笑意还是出卖了他，其实，他心里自始至终对陆季行评价挺高的。

完全不知道自己被卖的尤嘉小心翼翼地跟在陆季行屁股后头，跟着他上了出租车，一路上小学生一般端正坐姿，乖巧得一动不动，生怕打扰到他闭目养神。嗯，没错，陆季行一上车就闭着眼靠在了车后座上，尤嘉听说他昨夜才到家，都没怎么休息，今天就有人攒局。

尤嘉不忍心打扰他。

其间，他的手从腿上滑下来，正好搭在尤嘉的手上。尤嘉狠狠吞了口唾沫，脑海里天人交战了足足半分钟，最终还是没敢把手抽出来。于是，陆季行的手全程就那么搭在她的手上，尤嘉觉得手发烫，快要出汗了，整个人跟被烧了一样。

好在路不长，很快就到小区门口了，停车的那一瞬间，他手很自然地顺势从口袋里掏了钱包，付款，下车。

尤嘉松了一口气，脸还是烫得厉害。

雪下得大了点儿，地上白晃晃一片，视线里是迷蒙的雪色，被路灯映衬得暧昧异常。或许是刚刚精神太紧张，导致她这会儿有些犯困，陆季行送她到楼下，尤嘉站在路灯下和他面对面道别。

他沉默了会儿，沉默得尤嘉开始志忑，抬头看他的时候，他忽然问道："追了你这么久，你怎么想？"

尤嘉一下子精神了，不困了，一口气能爬十层楼，不带喘的。

只是她满脑子都是：啊？什么鬼！到底什么鬼！？

雪一直在下，两人都站着没有动，不一会儿，头发上都白了。尤嘉忽然想起那句被用烂的"下雪天，和爱的人一起走，一不小心就白了头"。

要命！

什么跟什么啊！

就像电脑死机一样，尤嘉大脑现在处在完全黑屏的状态。她彻底蒙了，目光里是他——很高，今年二十一岁，身高一米八三，喜欢跳舞，唱歌也很好听，模样好看，走到哪儿都有一群人围着，除了不是世俗意义上的好孩子，哪儿哪儿都好，妈妈是很厉害的独立女性，事业做得很优秀，私下里性格温柔和善……

简而言之：绝佳的适婚对象。

啊，又是什么鬼！

尤嘉也不知道自己在想什么，脑子一片混乱，过了很久才颤颤巍巍地问了句："追……我？"

他仗着身高优势，可耻地按了按她的脑袋，脸上难得地露出笑意："不然呢！回去好好想一想，不着急回答我。"

尤嘉几乎同手同脚地进了楼道，上楼的时候还回头看了眼，他站在雪地里，双手插兜，目光还落在她身上，路灯下，能看见他脸上的笑意。见她回头，他还不要脸地说了句："怎么，不舍得我？"

于是尤嘉又同手同脚地上了楼。尤嘉成功地失眠了，第二天下暴雪，又停电，她在被窝里窝了一整天，思来想去也没从"到底发生了什么"的迷思中走出来。陆季行、尤嘉，陆季行、尤嘉……她默念了八百遍，也没从这两个词中咂摸出丁点儿的暧昧。

但似乎回忆起来很多往事。

比如十六岁那年，被他堵在走廊的角落里，逼问她是不是恋爱了，还给了她一颗糖；比如十七岁，隔壁学院一个学长似乎想追她，好多次说要请她吃饭、看电影，被老哥发现了，尤靖远在"该死的，谁打我妹主意"和"不行、不行，我妹已经大了"的纠结中跟陆季行随口吐槽了句，陆季行一句"她还小，早恋不可取"成功让尤靖远的天平倾斜了，于是尤靖远举着拳头，警告尤嘉，离那些不怀好意的臭男人远一点儿；比如陆季行会在她五月份生日的时候寄礼物给她；比如十八岁生日时，他寄了一条项链给她，那时候，她还想，收这种礼物会不会不太好，被尤靖远一句"成人礼嘛，当然要特别一点儿"给打消了顾虑……

这些好像的确不是正常的兄妹关系，况且他们本来也不是亲兄妹。这么一琢磨，尤嘉还真的觉得自己像个负心汉。尤嘉硬生生给自己洗了脑，掰扯出了一点儿可以叫作愧疚的情绪。

尤嘉在床上翻来覆去，最终觉得：虽然很对不起他，但我们真的不合适。

第三天，腊月二十九，尤嘉终于从终极宅女的状态中走出来，被老哥指使着去给陆季行家里送年货盒子。她本想着得好好和人说清楚，是她自己没领会，对不起人家，所以拒绝和道歉一定要真诚。

她戴了围巾和手套，把自己裹得像个木乃伊一样捧着盒子出门了，外面风大、雪大，好在没几步路。刚走了不到五分钟，远远地就看见一个人影从转弯处拐过来，个子高高的，穿一身黑色，不徐不疾往这边走。尤嘉那时候视力不太好，模模糊糊地就看见一个影子，等走近了才猛地吓了一跳。

陆季行接过她手中的盒子，歪头看了她一眼："怎么不打电话让我过去拿？"

尤嘉摇了摇头："也就几步路。"

"你哥打电话让我来接你。"

尤嘉顿时无语："他脸皮可真厚，自己在家打游戏呢！"

"没关系，我求之不得。"

　　尤嘉被哽了一下，心跳又快了几分，她长这么大，哪遇见过这种阵仗，他说完倒是神色如常。

　　没一会儿就到了他家，他家住在里面的别墅区，花园小洋房，面积虽然不是很大，但是有私人游泳池，这个季节结着冰。以前夏天，尤靖远会来这边玩，回家的时候总是擦都不擦，一身的水，光着膀子，只穿一条大裤衩。每次老妈都要暴打他一顿，让他注意点儿形象，别辣他妹妹的眼睛。

　　不知道陆季行是不是也和他哥一样。嗯，想象不出来。

　　穿过花园和游泳池，就到了正厅，推开门，尤嘉闻到了一股药味。

　　他解释道："厨房在熬药，味道不大好闻，你跟我上楼吧！"

　　"你……生病了？"陆季行的妈妈姜嫣女士是个铁娘子，大年夜前一天还在工作，家里惯常就他、一位家政助理和一位阿姨在，不是他生病就是阿姨生病，但若是阿姨生病，大多是直接请假回家了，所以唯一的可能就是他病了。

　　陆季行"嗯"了一声，尤嘉这才仔细看了他一眼。他本来肤色就偏白，在一群糙老爷们儿中有一种雌雄莫辨的奶油气，配上他那性格虽然不至于别扭，但总归清秀了些。这会儿他脸色更是苍白，只有眼眶周围泛着不正常的红。

　　一个病弱的美少年，格外惹人怜惜。只是别人发烧都脸红，他反而更苍白了。尤嘉发誓，她郑重发誓，她鬼使神差地探手去摸他额头一定是出于一个准医生的职业直觉，而不是别的……他顿住了脚步，尤嘉自己都傻了，手背还贴着他的额头，能感受到他额头灼热的温度。

　　两个人诡异地沉默着，当两个人确信有一方知道另一方喜欢或者可能喜欢自己的时候，是很容易激发暧昧的。尤嘉就觉得这会儿气氛特别暧昧，要命的是，这暧昧还是自己搞出来的，这让打算今天和他说"对不起"的自己显得分外愧疚和自责。

　　陆季行只是沉默了两秒钟，深深地看了她一眼，然后抬手按住她的手，拉下来，轻声说："不碍事，别担心，已经开始退烧了。"

　　他声音轻得近乎温柔。

　　尤嘉恍惚地"嗯"了声，然后他就一直拉着她的手，没松开……

　　尤嘉全程蒙地被陆季行牵着手上了楼。他的卧室在三楼，半开放空间，就他一个人住，平时没什么人上来过。踏上楼梯是一扇很大的推拉门，后面是纱帘，他的床在深处，没门，空间很大，装饰很简洁。

　　他终于放开了她的手，盘腿坐在矮桌前的地毯上，伸手给自己倒了杯水，呑了两口，对着不晓得自己为什么就跟他上楼的尤嘉偏头示意道："坐。"

　　尤嘉乖巧地坐下了，学着他，盘腿坐在了地毯上，一边唾弃自己为什么刚刚没有挣开，一边为了缓解尴尬，问他怎么不吃点儿西药，他说："胃吃坏了，就换了中药吃。"

　　这个尤嘉倒是听尤靖远说过，他的胃一向不太好。尤嘉觉得他其实挺辛苦的，一个人在外面训练，强度本来就大，他又不太会照顾自己。

　　于是尤嘉犹豫了，不知道自己该不该和他说了。

　　唉，他是个病人。

　　陆季行撕了一片降温贴，拍在额头上，又叼了一根体温计含在嘴里。尤嘉看他降温贴没贴牢，快要掉下来了，就倾身顺手帮他抹了下。

　　陆季行忽然伸手，攥住了她的手腕，勾着唇角笑了笑："尤嘉，我可不可以认为，你在给我一些积极的回应……"

　　尤嘉："……"

　　太暧昧了，尤嘉觉得他再稍微用点儿力她就可以直接砸在他胸口上了。

　　"我……"

第二十三章

除了她，我谁都不要

姜嫣下班回来问阿姨："阿季怎么样了？"

"烧一直不退，我说让他去医院挂个水，他不去。"

姜嫣摇摇头："阿季他啊，倔得很。我上去看看，他在楼上吧？"

"在呢。"

姜嫣上了楼，推开推拉门的时候说："阿季，妈妈带你去医院挂瓶水，好不好？"

手挑开纱帘的时候她却愣住了，陆季行本来攥着尤嘉的手腕，尤嘉身子向他那边倾着，两个人诡异地沉默着。

姜嫣推门的时候，尤嘉被吓了一跳，挣扎了一下没挣开，反而被他力道困得砸在了他身上，他托了她一下，低头看她有没有事。

两人的架势特别像亲亲未遂被打搅了好事。

姜嫣也没遇见过这种情况，顿了片刻，往后退了一步，隔着帘子说："啊，你们玩，阿姨待会儿再上来。"

尤嘉的脸腾地就红了，又羞、又气、又恼，忍不住捶了下陆季行的胸口，挣扎着站起了身。就差一句"都怪你"，这一幕就是标准狗血剧桥段了。

陆季行手撑在地上，眯着眼笑了下，然后才起身，跟她下了楼。

尤嘉和陆季行一前一后从楼梯上下来，一个脸红得无法自抑，一个大尾巴狼似的微笑着。

　　姜嫣瞪了春风得意、连病都不在意的儿子一眼，拉着尤嘉的手寒暄了好一会儿，只字没提刚刚的事。后来尤嘉撑不住，跟姜嫣告辞说该回去了，她也没多留，只拿了回礼要尤嘉带回去，还跟陆季行说："挺沉的，你帮嘉嘉提回去。"

　　陆季行"嗯"了声。

　　尤嘉腿一软，忙说："不用了，季哥哥还生着病，别让他跑了。"

　　姜嫣意味深长地笑了笑："不碍事，就两步路，他应该的。"

　　尤嘉都要跪下了。

　　最后，陆季行还是把她送回了家，并且厚颜无耻地过去蹭了顿晚饭。尤妈中途接了个姜嫣的电话，然后就一直用丈母娘看女婿的眼神看着陆季行。一边嘘寒问暖地问他在南方待得习不习惯，一边又问他的病情，最后还说："尤嘉学医呢，你要是不舒服，可以让她多照顾着点儿。"

　　尤嘉嗔怪地叫了声："妈！"她又不是医生，不会开药，就算她大三都上了一半了，但遇到这种情况也只能叮嘱他多休息、多喝热水而已。

　　陆季行笑了笑："不碍事，老毛病了，天一冷就容易发烧，尤嘉好不容易放假，多在家休息陪陪叔叔阿姨就好，不用操心我。"

　　尤妈"哎呀"了声："都是自家人，说什么客套话。明天让尤嘉过去陪陪你，她在家也没事，懒得不得了，昨天在家睡了一天，趴被窝里叫都叫不起来，不像话。"

　　尤嘉埋头喝汤，总觉得事情朝着奇怪的方向发展了。

　　大年三十，鞭炮声更热烈了，一整天都是噼里啪啦的声响，小孩子在雪地里狂奔、嬉笑、喊叫，穿着厚重棉服的大人提着铁锹在街道上堆雪人，物业都回家过年了，地上堆了厚厚的没过脚踝的雪没人打扫，被一个一个脚印踩得脏兮兮的，只有草地上还洁白得近乎端庄。

　　尤嘉踩着高筒小羊皮靴，穿着厚厚的羽绒服，绒线帽子歪歪地扣在脑袋上，戴一条白色的绒线围巾，毛茸茸的围巾裹着她纤细娇嫩的脖颈。她手里提着一个食盒，踏着雪往小区深处走去。

　　阿姨回家过年了，姜姨因为工作，连夜坐飞机去了瑞士，家里只剩下陆季行一个人。姜姨拜托尤妈帮忙照看一下阿季，于是一大早还没吃饭的尤嘉就被尤妈给推出了家门："阿季自己在家饭都没得吃，他还生着病，你去照顾照顾，早饭你俩一起吃吧！"

尤嘉反驳道："让我哥去啊，我去不合适。"

"你哥更不合适，他一浑小子，哪会照顾人。"

"我……"

"你，你什么你，你大了，妈不会再管你，你自己扭扭捏捏，干吗呢！"

什么跟什么啊！

于是尤嘉就这样被赶出了家。她走在路上一遍一遍怀疑自己是不是忽略了什么重要的情节，为什么跳跃这么快！但一想到他的确还在生病，大年三十家里也没有人，顿时又心软了。

尤嘉站在门口敲门，陆季行出来开的门，他趿拉着拖鞋，里面穿着睡衣，只在外面套了件外套，脸色依旧不太好，大约刚睡醒，头发有些乱，说话还带着点儿鼻音，他接过她手里的食盒。

"辛苦了。"

尤嘉忙说："没事。那我……回去啦？你记得吃饭。"她可没打算和他一起吃，她怕自己会浑身僵硬到吃不下饭。

陆季行瞥了她一眼："你哥给我打了电话了，说你带了两人份的饭，要和我一起吃。"

尤嘉："……"

最后，情商堪忧不知如何应对的尤嘉还是被陆季行带了进去，在玄关处脱了外套、帽子、手套，换了鞋，垂头丧气地跟着他去了餐厅。两个人单独在一起吃饭……嗯，可以说是很暧昧了。

尤嘉觉得自己太不应该了，可是该死的她竟然没拒绝？虽然她是个听话的好孩子，但也不是毫无原则啊！

在这一刻，尤嘉对自己产生了深切的怀疑。

难道她内心深处其实也怀抱着不一样的想法吗？

陆季行把四层食盒一个个拆开装盘，然后把粥分出来，尤嘉有些坐立不安地待在餐桌前，最后还是起身去帮他的忙了。两个人一前一后在厨房和餐厅游走，这感觉怪怪的。

二人面对面吃饭，零交流，暧昧是真的暧昧，尤嘉脸都烧红了，她清晰地感觉到不是暖气太热，不是粥太烫，而是她的心跳在加速，肾上腺素在激升。

饭后，尤嘉让陆季行去休息，他站在厨房里看她洗碗，嘴角微微勾着，似笑非笑，眼神里却是显见的温柔。尤嘉瞥他一眼，腿软了下，险些跪下来，他扯了条干净的毛巾给她擦手。

尤嘉不好意思地挣了下："我……我自己来吧！"

陆季行笑了笑："给我个表现的机会。"

尤嘉深深地吸了一口气，她决定……她真的决定……出于对自己的重新认识……出于这么久以来对他心意的忽视……出于事已至此倒也没多抗拒的心态……她决定——

"要不，我们……试试？"尤嘉声音小得近乎耳语，但两个人离得那么近，陆季行怎么会听不到，他手上动作顿了下，看着她。

尤嘉的心跳又加速了，她解释道："但我第一次谈恋爱，什么都不懂，有哪里做得不好，你可以告诉我。"

那郑重的语气，跟参加班长竞选一样。

陆季行失笑，那种血液奔腾的狂喜和对眼前人越来越深的喜欢交织在一起，反而让他显得冷静，只是内心深处无法自控地想做一件他很久之前就想做的事——他忽然勾着她的腰，把人拉过来，低声问："可以吗？"

……啊？尤嘉愣着，也不知道该回答"可以"还是"不可以"，就那么直勾勾地看着他，眨眼的时候，那长长的睫毛似乎都要从他脸上扫过去了。

陆季行眉眼逐渐漾开笑意："你不吭声，我就当你答应了。"

尤嘉第一次恋爱，第一次接吻。

……

陆季行终于在失控的边缘放开了她，看着她红得滴血的脸，抬手擦了下她的唇角，又把她的头发捋到耳后去，气息不匀地低头看着她，微微笑道："说好了，不许反悔。"

尤嘉"嗯"了声，害羞，别过眼不敢看他。

那时候，尤嘉没谈过恋爱，后来才知道，两个人简直进展神速，从确认关系到牵手、拥抱、亲吻，连一周都不到……

陆季行回来最大的图谋已经得逞，之后几天便悠哉地养着病，剥削尤嘉照顾他，趁机占占便宜，逗逗她，腻歪会儿，带她去吃饭、去看电影、去见朋友，舞蹈社去拜访以前的老师也把她骗去了。以前尤嘉路过那个涂鸦了各种抽象图案的玻璃墙，总能透过缝隙看见陆季行在里面和人一起跳舞，那时候只觉得两个人是两个世界的，如今竟然并肩站在里面，人生还真是处处是意外。

年初六就开课了，舞蹈室里各个年龄段的人都有，这段时间更多的是青少年和小朋友，里面闹腾得很。有人认出了陆季行，拉他过去 battle，旁边的人一边调侃对方胆子真大，一边看热闹不嫌事大地起哄。

有人放了段音乐，重节奏，陆季行跳了一段 breaking，无论控制力、节奏还是观赏度都相当精妙，喝彩声不绝于耳，尤嘉在旁边站着，只觉得他会发光。

人有时候会困在自己的世界里，害怕踏出去，但陆季行让尤嘉看到了这世界的丰富多彩，或许，这也是她喜欢他的原因，他与她完全不同。

陆季行就跳了一小段就摆手走了："陪我女朋友，改天再约吧！"

围观的人一齐起哄，叫"嫂子"，尤嘉羞窘，一直往他背后躲，被他揽腰抱到了身前，笑道："脸皮怎么这么薄？"

陆季行走的那天，尤嘉反而有些舍不得，送他去机场的时候差点儿掉眼泪，她觉得自己有点儿莫名其妙，明明在一起才短短几天，却有一种地老天荒的错觉。

陆季行在入口处低头吻她，抱着她的力道很重："我有空就去看你。"

话虽这样说，但之后一年，两个人也就只通通电话、打打视频而已，真真正正的异地恋。不过尤嘉本来就不是黏人的性子，倒也没觉得多难熬，顶多有时候会想念他的怀抱。

见面时间寥寥，尤嘉有时候觉得两个人不太像谈恋爱，寡淡得不像话。有一次她半开玩笑地说，如果你成了大明星有了更喜欢的人，不要觉得不好意思跟我讲，我这个人不执拗的，顶多也就伤心一小会儿，还是可以和你做朋友的。

他沉默了很久，忽然说："尤嘉，我也是第一次谈恋爱，如果我有哪里做得不好，你可以骂我，但不要说分手。"

尤嘉愣住。

她二十岁生日的时候，陆季行因为太忙，把她的生日忘了，尤嘉一整天接了爸爸妈妈的祝福和礼物，接了室友的祝福和礼物，跟朋友一块儿出去吃了饭，吃了蛋糕，等了一整天都没等来他的电话。尤嘉生气之余更多的还是恐惧，她对娱乐圈不熟悉，还停留在外行人执拗的偏见中，总觉得里面到处是诱惑，漂亮的小姑娘一抓一大把。而他那时候忙到没时间和她通电话，所以尤嘉有种错觉，好像两个人的关系就快要走到头了。

晚上，她一个人走在回宿舍的路上，突然就哭了，那种没来由的伤心和恐慌包围着她。打他电话打了好多遍都没人接，那时候，陆季行还没有麦哥，尤嘉不知道怎么能联系到他，就坐在路边的长椅上，不停地给他发语音。说"要不我们就散了吧，你要是不喜欢了也没关系"；说她想得很明白了，他们确实是两个世界的人；说她觉得他很好，但两个人的身份、价值观、作息、爱好都不太合，就不强求了……

尤嘉说了很多，说得口干舌燥、头痛欲裂，她跟他说，自己不难过，其实，她难过死了，难过得天都要塌了。她擦干眼泪，不敢回宿舍，怕被室友追问，就在校外开了间房，跟室友报备了自己的行踪，说回去太晚了，门禁了，就在外面住下了，室友叮嘱她注意安全。

尤嘉躺在床上哭了好久才睡下。睡到半夜，迷迷糊糊地听见敲门声，她登时就清醒了，心跳得厉害，脑海里闪过无数女大学生遭遇不幸的新闻，刚想摸电话向前台投诉，就听见外面有人说："尤嘉，是我，你醒了吗？给我开下门。"

声音喑哑，带着疲惫。

尤嘉一下就听出来了，是陆季行。他给她打了几十通电话都没人接，语音也没回，他去她学校，见了她的室友，最后才得知她在外面过夜，生怕她出事，几乎是飞奔过来。他跟前台说"女朋友不舒服，打不通电话"，押了身份证，半是威胁、半是拜托地让前台放他上来。

尤嘉打开门，陆季行抬手给了她一个拥抱，转身用脚踢上了门，他把人压在门背上，敛着眉，鼻尖相抵，声音喑哑："对不起，但你骂我也好，打我也好，分手我不同意。"

尤嘉睡了一觉，头已经不是很疼了，情绪也缓了很多，看见他整个人更多的是蒙。闹过脾气，一睁眼就看见他，那是她只在梦里想过的。虽然陆季行对自己很好，但他不是无原则的人，工作和私事冲突的时候，没有特别的急事他会优先安排协议好的工作，他很敬业，尤嘉是知道的。

听他这样说，那些伤心和难过得要死的情绪登时消散了，只剩下委屈，像小孩子被摔疼了，本来拍拍土站起来也就算了，但偏偏扭头看见了妈妈，那种依赖和仰仗会滋生出浓重的委屈和类似于撒娇的情绪。

于是，尤嘉真的又打又骂，踢他、咬他。陆季行任由她动作，等她累了才把人抱去床上，哄她，亲她。他本无邪念，但这气氛太适合干点儿什么了，加上他后怕，那种把她彻底占为己有的心情格外强烈。

他压在她身上，低声说："尤嘉，我……"

有旖念了。

"你要是不愿意，我去卫生间解决。"

不用他说她也感受到了，顶着她的腿，她整个人都在战栗。两个人在一起这么久了，亲过、抱过，该做的其实都做了，就差最后一步。尤嘉懵懵懂懂，他实在不忍心，但现在他不想忍了。

他不愿强迫她，但想让她知道自己的想法。陆季行低头看她，沉沉地喘着气，在她额头上亲了亲，正要起身去卫生间的时候，尤嘉小指勾了勾他的衣服，直勾勾看着他。

陆季行便笑了："疼了跟我说。"

……

后来，尤嘉窝在他怀里睡着了，梦见自己抱着一个大火炉，热得浑身冒汗。于是睡着的尤嘉踹了他一脚，翻了个身，睡到一边去了，她睡觉很乖，蜷缩着身子一动不动。

陆季行把人抱回来，亲了亲她的锁骨，凌晨深重的欲念里，他几欲控制不住。尤嘉迷迷糊糊又被折腾，咬了他好几口。

那时候，尤嘉快要毕业，她已经确定被保送进本校研究生院。毕业那天，陆季行来给她送花，尤嘉穿着学士服，站在人群里笑，她跟身边的人说："我男朋友。"

室友笑话她："哟哟哟，怪不得你连校草都看不上，原来是早就有草了，这草还挺帅，身材也不错……"

医学生说话尺度向来大，尤嘉生怕她再语出惊人，一把捂住她的嘴，但对方还是挣扎着说了句："啊，尤嘉，你脸红了。"

结婚那年，尤嘉二十二岁，研二，因为一些奇奇怪怪的绯闻，莫名其妙被陆季行拉去扯了证。

领完证后，尤嘉捧着红本本，惆怅地说："我忽然想起来，你还没求过婚，你都没说过'我爱你'，你整天只会骗我、欺负我，我……我现在后悔还来得及吗？"

她反射弧向来长，这会儿才反应过来又被唬了。

陆季行曲指刮她鼻尖，笑得一脸大尾巴狼样："晚了，上了贼船，下不去了。"

尤嘉呜呼哀哉地栽倒在他怀里："好巧，那你也别想下去了。"

"我？求之不得。"

他从口袋里摸出来戒指，戴在她手上，单膝跪地，亲吻她的手背："亲爱的公主殿下，我发誓，我会守护你一辈子。"

尤嘉登时又笑了，傲娇地点他额头："那，看你表现了。"

……

陆季行推门进来的时候，尤嘉淡定地抬头："你忙完啦？"

"嗯，在干吗？"

"做坏事。"尤嘉乖巧地笑。

"哦？做什么坏事，我来看看。"陆季行漫不经心地走过来，然后，他的脸就出现在了屏幕上。

弹幕瞬间炸了。

"啊啊啊，我哥，我哥，我哥，看这里！"

"我不敢相信，我眼前的我哥，是真的我哥！"

"腹黑！"

"阴险！"

"狡诈！"

"大尾巴狼！"

陆季行低头确认了下："直播？"他坐下来盯着屏幕看了会儿，随口聊了句，"我老婆跟你们说了什么？"

戏精粉丝上线，一个个开始真情实感地爆料。

"嗯，也没说什么，也就说说上学时候的趣事。"

"比如校草啦什么的。"

"哎呀，可惜了，上学时候最难忘的就是谈恋爱啊，碰上你这种工作重于感情的，少了多少乐趣。"

……

陆季行眯了眯眼："那我得庆幸我早早地把她拐到手了。好了，下线了，我带我老婆去睡觉，你们也早点儿休息。"

"好的，再见，哥，祝你好梦。"

"好好表现，但年纪大了，记得养好肾。"

"晚安，明天起来又是惊喜的一天呢！"

……

第二天，关于陆季行的段子满网飞。

"惊！老婆深夜爆料，没想到知名演员陆季行竟是这种人！"

"搞定老婆一百招，陆季行教你如何心机征服心上人。"

"救命啦，这里有人骗小孩儿啦！"

有人还连夜画了同人漫画，尤嘉依旧是那个短腿猫耳朵小萝莉的形象，穿得毛茸茸的，走在雪地里，一脸高冷傲娇，脑门儿上就差写着"腹黑"俩字的陆季行迎面走过来，接过短腿小萝莉手里的盒子，笑得十分大尾巴狼地摸了摸她的脑袋。

"来来来，分析一下这个场面，已知阿季嫂要给我哥送年货盒子，大舅哥给我哥打了电话让他去接，求阿季嫂把东西送出去之后，为什么又被我哥带回家了？"

"得：一、阿季嫂傻乎乎的；二、我哥故意引诱，不带回家多亏。"

"再已知，我哥对阿季嫂用非常无耻的形式表白了，求我哥是如何追到阿季嫂的。"

"得：我哥脸皮不是一般厚，一言以蔽之——农村包围城市，武装夺取政权。"

"再得：此人不仅腹黑，还阴险。"

"啊，心疼我阿季嫂，太可怜了。"

"嘤嘤嘤，我哥这要是都能出轨，我直播吞刀片。"

"他要是敢出轨，我众筹给他寄刀片，'唰唰唰'把他切片炖汤得了。"

……

陆季行回应道："嗯，我用了我毕生最超常的计谋和智慧赢得的太太，来之不易，除了她，我谁都不要。"

啧，天天撒狗粮。

"再见吧，哥，你不需要我们了，你心里只有你的阿季嫂。"

"人艰不拆，大兄弟，让我们活在梦里不好吗？"

"哼，有本事你撒一辈子狗粮啊！"

……

多年后——

粉丝说："……算你有本事，行了吧？"

（全文完）

回忆是甜

有一次吵架，尤嘉两天没理陆季行，偏偏他人又在国外，压根儿连回来哄她的机会都没有。

有时候，她想想也委屈，他这样的工作性质，两个人一年在一起的次数不见得比那些追行程的前线粉多。

尤嘉赌气，不接他的电话，可又怕他瞎担心，于是麦哥打来的电话她都会接一下，说一句"再见"再挂掉。

连着两天，直到第三天凌晨，尤嘉收到陆季行的邮件。

一个压缩的巨大的文件。

里面密密麻麻的，都是她的照片。

每张照片上都有零星的批注。

第一张是尤嘉开学时拍的。

尤嘉上高中的时候，陆季行送她去学校。她记得，那天下着大雨，哥哥懒得送她，就把她推给了陆季行。他表情淡淡的，看不出来情愿还是不情愿，但没有拒绝。两个人在校门口挥手告别，她走出很远回头看，他还撑着伞站在原地，于是她倒退着走，笑着冲他摆手。

没想到，他还拍了她的背影，真是够闷骚的。

尤嘉一张一张看过去，批注都很简单——尤嘉上学，尤嘉吃饭，尤嘉看书，尤嘉睡着了，给尤嘉的礼物，和尤嘉一块儿出去，偶遇尤嘉……

称呼从"尤嘉"慢慢变成"宝贝"再变成"老婆"。

图片内容都很琐碎，大多没有她的正脸，有时是她的背影，有时甚至只是她的一只手，但好像每一张都记录着两个人的过往和每一寸无关痛痒的时光。

不知道为什么，尤嘉看着看着就哭了，她觉得陆季行这个人真的是很过分。他太了解她了，知道她最软弱的部分，把她拿捏得死死的。

尤嘉决定认命了，给陆季行回了个电话，问他怎么起这么早。

他嗓音里带着细微的哑和沉："担心你，睡不着，就一直坐着看照片，看到天亮。"

尤嘉又心疼又生气："又是苦肉计，是不是？"

他低沉地笑，倒是坦然："是啊，那你心疼了吗？"

尤嘉不承认："没有。"

"真的没有？"他笑，语气却是笃定。

尤嘉哼哼着挂了他的电话，转头给麦哥打了过去："陆季行真是越来越坏了！"

麦哥了解她，真生气的时候才不理人，这是气消了，于是笑道："那怎么办，我替你惩罚他？"

尤嘉点点头："罚他不许吃饭。"

她只是说着玩玩，没想到，麦哥还真的学给陆季行听，他就真的没吃饭去参加活动了。陆季行一整天都在出席活动，连轴转到晚上，晚会间，他站在角落，默默捏了个糕点吃还被拍到了。

接受采访的时候主持人问他，是没吃饭就去参加活动了吗？他点了点头，没想到媒体肆意联想，谴责主办方不合理安排艺人时间，导致艺人连吃饭的空当都没有。

陆季行哭笑不得，只得出声解释，不是主办方的问题，是他自己的原因，媒体又歪解说是主办方威胁他发声明。还好他的粉丝理智，调侃说："我哥哥说'不是'就'不是'，他不是那种受了委屈还替别人说好话的人。八成是他又惹老婆生气了，吃不下去饭吧，哈哈哈！"

机场接机的时候有粉丝跟他确认，他抿了抿唇，最后点了下头。

粉丝们乐不可支，追问他到底怎么惹老婆生气了。麦哥跟在后面，护着他往前走，闻言乐了："你们是他肚子里的蛔虫吧？"

那会儿，陆季行热度高，随便一点儿什么事都要上热搜，为了避免不必要的麻烦，麦哥整天还要盯着给他降热搜，却还是挡不住他轮番上热搜的宿命。

于是上班的时候，好几个同事过来威胁尤嘉："快，原谅他！"

尤嘉笑了："我这是站在人民的对立面了吗？"

众人点头："你知道就好。"

我爱你，胜于昨日

某年的九月，号称娱乐圈黑色九月。

这个月，有三对情侣分手，四对模范夫妻离婚，其中多半是因为出轨。于是，娱乐圈的婚姻问题再次被推上风口浪尖。

这个月，陆季行恰好在录制一档新人选秀节目，他是导师，学员封闭训练，他也泡在那里，给大家做指导，两个月都没有回过家。其间，他出去过一次，被狗仔拍到进出一家酒店。同晚，某知名女星也从该酒店与他先后进出。于是第二天，铺天盖地的新闻报道，说陆季行疑似出轨某知名女星，又一爱情童话破灭。

尤嘉那几天很忙，连着做了好几台大手术，忙得没空回家。新闻刚出的那天早上就有无数记者轰炸尤嘉的电话，可惜她进了手术室，手机关了，一直到傍晚才打开。铺天盖地的消息弹窗硬生生把手机给震关机了，她到处找充电插头，好不容易才开了机，第一次切实感受到自己嫁了个怎么样的老公。

尤嘉大致了解了情况后先接了麦哥的电话，他打了二十几通电话才终于打通了，长舒一口气："嘉妹，这事你听我给你解释啊！"

尤嘉手术连轴转，这会儿已经是靠意志力在撑了，打断他说："别，别解释了，我去睡觉，等我睡醒再说吧！"

她压根儿没觉得这是个事，每天各路媒体营销号想方设法从他身上找话题找料，十之八九都是荒唐又无厘头，她要是脆弱点儿、多疑点儿，两人早就分手八百回了。

就算是真的，那也得等她睡好了再说。

尤嘉撂了手机，往值班室的小床上一趴，就进入了梦乡。

陆季行在训练室看学员们排练，抠舞蹈动作，麦哥扒开个门缝，冲他勾了勾手指，示意他出来一下。

等他出来后麦哥搓了搓手说："我今天可是给嘉妹打了一天的电话，刚刚终于接通了，但是人家不听解释，直接挂了电话。"他摊手，意思是我无能为力，你自己想办法。

陆季行想到她可能是科室太忙，但有那么一瞬又害怕她是真的生气了。于是尤嘉一觉醒来，就看见床边坐了个人，吓得她一激灵，一个鲤鱼打挺从床上折起来。她非常幼稚无厘头地拿手指戳了戳陆季行，然后"哇"了一声："活的欸！"

陆季行一巴掌拍在她脑袋上："清醒了没？"

尤嘉捂着脑袋点了点头："你怎么来了？"

陆季行一边给她穿外套，一边没好气地讲："怕婚变，回来看看。"结果压根儿是他多虑了。

尤嘉想起自己太困了，就没有听麦哥解释的事，不由得笑了，凑近他，耳语道："这么没有安全感啊？"

陆季行瞥了她一眼，难得正经地"嗯"了声，倒使得尤嘉愣住了，半晌才凑过去抱了抱他："乖，我不会抛弃你的。"

陆季行把鞋给她提了过来，然后说："走吧，带你去吃饭。"他已经问过了，她接下来两天都休息。

两个人正吃饭的时候，周倩出来发了澄清，说那天是她和老公尤靖远在那边，陆季行是去见尤靖远的，至于那位女明星，他们并不知情。

尤嘉问陆季行："万一你是去见了我哥，又见了那位女明星呢，或者你先见了女明星，又去见了我哥呢？"

陆季行冷冷地瞥了她一眼，尤嘉立马闭了嘴，半晌才又狡辩道："合理怀疑。但是，我知道你不会。"

后来，那档选秀综艺节目主持人还在录制现场暗示尤嘉，起哄让陆季行当场给尤嘉打个电话。

陆季行倒是没拒绝，只是说："她要上班，可能会接不到。"

不过那会儿，尤嘉正休息，刚好就接了。她正吃饭，接起来第一句话就是："早上刚通过电话，你又打，你怎么这么黏人啊！"

陆季行轻咳了一声，提醒她："在录节目。"

台下观众一片哄笑，号称"冷酷大魔王"的陆老师在老婆眼里竟然是个"黏人精"。

主持人忙出声和她打招呼，尤嘉顿时收敛起来，礼貌地说："你好。"

主持人问到她对陆老师最近的绯闻看法的时候，尤嘉笑了笑："听到的时候会不太舒服，我还在适应。"

主持人问："适应？"

尤嘉笑着解释："适应当一个明星的太太。我认识的陆季行只是那个从小到大一直陪着我的陆季行而已，还不太习惯荧幕上的他。"那些流言蜚语对她来说是虚无缥缈的东西，可陆季行对她来说是切实的存在，她没道理因为那些虚无缥缈的东西去怀疑他。

主持人来了兴致，追问道："那在陆太太眼里，荧幕外的陆老师是什么样子的？方便给我们分享一些趣事吗？"

尤嘉思考了会儿："一时也想不起来什么。不过，他其实没有那么冷酷，只是很慢热而已。"

"比如呢？"主持人还是想问出些细节，"对了，之前有一个很火的陆老师舞蹈视频的合集，说他舞台风格很禁欲，他私下里会跳舞给你看吗？"

尤嘉想了下："好像也没有专门跳过，不过会小段地秀一下，有时候，我看见别人跳舞很好看，也会抓他来试试。"尤嘉笑了笑，忽然想起了什么似的，陆季行有一种不祥的预感，然后果然听见她说，"我抓他跳过那种很可爱的女生舞，真的很可爱。"说完，自己先乐了。

因为这段电话采访，那天节目冲上了热搜，评论下面全是重金求购陆老师可爱舞蹈视频的，大家实在想象不出一个以禁欲舞风著称的舞者，跳起可爱风的舞蹈是什么样。

　　尤嘉高兴了，陆季行就倒霉了，接下来的所有节目都很难不被问到这个问题："陆老师，可以跳个可爱的舞吗？"

　　陆季行很有礼貌地微笑，眼神平和而坚定："不可以！"

　　婚姻话题就这么不痛不痒地盖过去了，黑色九月里，陆季行没有下水。在很久很久之后，他和尤嘉也还是那副刚结婚时的样子。

　　有人问尤嘉："拥有一份童话般的爱情是什么感受？"

　　她摇摇头："还是不要给一段感情贴上标签的好，感情也好，婚姻也好，没有真正的童话，都是靠两个人相互维系的。我俩就是很普通的夫妻啊，也会吵架、生气、发脾气，然后互相体谅、包容、爱护。只是他恰好从事着会被过分关注的职业而已，除此之外，并没有什么不同。"

别梦经年（尤靖远 × 周倩）

初遇

周倩从小和妈妈一起生活，手里一直没有什么钱，过得拮据，也没有人脉，前路渺茫，两眼一抹黑。但所幸还是好好长大了，她一直都知道，妈妈很辛苦。

后来有艺人公司来签她，她的第一反应不是担心对方是骗子，而是自问：我配吗？

人在极度的自卑下，是很矫情、脆弱的。

周倩在某一天才突然醒悟，自己不能这样下去。但最可怕的不是迷茫，而是清醒后的无能为力。

人在很多时候会感觉到无能为力，尤其是能力配不上自己野心的时候。周倩并非很差劲，相反地，她从小就是个优等生，拿奖学金，成绩稳坐榜首，被人称作"别人家的孩子"。

那种极度的要强，其实源于极度的自卑和没有安全感，她需要一点儿能够切实抓在手中的东西来证明自己，只不过……饮鸩止渴罢了。

到了大学，她开始慢慢发现自己的平庸，做惯了优等生，不太习惯自己泯然众人。但更多的是不知所措的惶恐，她害怕自己没有未来。一个只有两个人互相支撑的小家庭，前半生，妈妈为了她殚精竭虑，后半生，如果自己没法给予妈妈有效回馈的话，那是很痛苦的事情。

周倩就是在这种情况下认识尤靖远的。

那时，她还在上学，周末去咖啡厅做服务生。她觉得咖啡厅和武侠小说里的客栈一样，这里藏龙卧虎，鱼龙混杂，有穿着昂贵西装的老板和精英在讨论投资，有一身职业装的都市白领交流项目，有讨论学校趣事的学生，还有相亲的男女，刚交往的情侣，出来逛街的闺密……形形色色。

有时，周倩会听他们讲话，他们大多也从不避讳他人。听着别人的故事，想象他们的生活，这种感觉会让她觉得平静。

尤靖远那时候正在创业，他们是学生创业，学校没有给他们批活动场地，他们要开会或者讨论什么，就得出来自己找地方。有时候会来咖啡厅，就坐在靠窗的那个长桌上，有时候七八个人，有时候把十六人桌围得满满当当。

尤靖远总是坐在最显眼的地方，说话声音不大，但是沉稳有力，年纪轻轻已经有了发号施令、运筹帷幄的气度。

周倩经常给他们送咖啡，一个大大的托盘，一手托着，弯腰，一杯一杯端下去，放在他们面前。这是她的工作，她并不觉得辛苦。

尤靖远总是会挑下眉，冲离她最近的人说："帮个忙啊！你们也好意思。"

有时他会亲自起身帮忙，接过托盘，淡声说："辛苦了，我来吧，你去忙。"

周倩经常会偷看他，不自觉地、无法控制，有时看他皱眉，自己的眉也会皱起来，看他笑了，自己的唇角也会忍不住扬起来。

有一次同事问她："你喜欢那边的男人啊？"

她像是被戳中了什么，夸张地"啊？"了声，然后疯狂摇头。

同事笑了笑，意味深长道："你老是往那边看呢。"

相识

周倩没有办法否认。

虽然他们不认识，除了端咖啡过去，偶尔一句礼貌的对话再无别的交流，但周倩觉得，自己好像已经很了解他——知道他叫尤靖远，知道他脾气不太好，经常着急骂人，知道他其实刀子嘴、豆腐心……她甚至知道他是单身，还有个妹妹。

这些都是他们闲聊的时候她听到的。她没有刻意去听过，但却无意识地深深刻在了脑海里。

她觉得有点儿荒唐，长这么大，她一直是个目标明确、自我认知清醒的人，从来没有奢求过自己不应该去得到的东西。

尤靖远是个例外。

例外到丝毫无法抗拒。

他们在学校见面是大三那年。

周倩在文学院，尤靖远在理科学院，东、西两个校区，虽然是同一所学校，却相隔甚远。甚至有东、西两个校区的情侣曾经调侃过，这距离堪比异地恋。

她是替老师送材料去的那边，在楼下的打印店等着打印一份文档。

暮春，太阳晒得人发昏，空气中飘着馥郁的花香。她对花粉有些过敏，不时地打着喷嚏，昏昏欲睡。

尤靖远掀了帘子进来，一进来就问："老赵，我的海报弄好没？你再拖，我公司都倒闭了啊！"

她登时清醒了。

矮胖的老板正吃着一份凉皮，醋味和蒜味飘出来，他听见尤靖远的声音只是抬了抬眼皮，一边"吭哧吭哧"往嘴里扒拉食物，一边回他："没有，你一天催我八百遍，就你这闲工夫，我看也要倒闭。"

尤靖远开了机子，插上 U 盘，笑道："我可谢谢你的祝福啊！"

老板似乎和他很熟，哼道："哎，甭客气。"

打印机"嗡嗡"响起来，开始运作，他站起了身，扭头的时候才看见她，长长地"欸"了声："是你啊！"

周倩觉得心脏像是突然被什么攥住了，发紧，呼吸困难。

她很努力才能佯装镇定："好巧呀！"

他竟然记得她。

尤靖远似乎确实无事可做，靠在那里同她闲聊，没想到她也是 Z 大的学生，问她在哪个学院，说有空去那边转转，他们互相交换了联系方式。

周倩以为他只是随口说说，没想到，半个月后的某一天，他真的发来了消息，说自己就在他们学院附近的食堂，问她吃饭了没，要不要一起吃个饭。

她蒙蒙地赶过去，觉得自己像是在做一个虚无缥缈的梦，一切都是不真实的。他私下里其实很随和，有一种儒雅的意味，不像谈论正事时那样严肃。

周倩请他吃的食堂，没有花多少钱，他也没有拒绝。

吃完饭，他说要去行政楼，问她怎么走，她说："要不，我带你过去吧？"

他欣然接受："好啊！"

周倩送尤靖远到行政楼大门前，告诉他财务部在二楼左手边尽头，他回道："谢谢，改天请你吃饭。"

周倩忙摆手："没关系，举手之劳。"

不承想，第二天他便约了她，问她什么时候有空，要请她吃饭。周倩盯着手机对话框犹豫了半个小时，最终回复道："都可以。"

"那，晚上？"他问。

周倩记得，他们去吃了日料，两个人面对面坐着，他谈笑自如，她紧张到拿不稳筷子。

他送她回去，一直送到宿舍楼下，两个人站在楼下说了五分钟的话，旁边三三两两都是晚归的难舍难分的情侣。她的室友撞见了他们，回到宿舍后逼问她："那男的是不是在追你？"

她把头摇得像拨浪鼓一样，心想，怎么可能。

室友却说："怎么可能不是追你，除非他闲得没事干。"

情动

　　周倩依旧会在周末去那家咖啡厅打工，不知道是不是她的错觉，她好像更经常在咖啡厅见到他了，有时是一群人，有时只有他自己。他自己在的时候，通常会带一个笔记本电脑，点一杯手冲。

　　有一次，他一直待到她下班，她换了衣服，背了包出门的时候，他正好也提了电脑出来，叫住她："回学校吗？"

　　"啊，是。"她回头看他，他戴着金属框的眼镜，一身黑色休闲装，单肩挎着包，像是从漫画里走出来的少年。

　　他笑着："一起？"

　　"好啊！"她回答。

　　两个人肩并肩走着去坐地铁，周末人潮拥挤，两个人贴身站着，随着地铁的频率晃动，各自沉默。十五分钟后，终于到站，她才长长舒了一口气。

　　在他面前，她总是大气都不敢出。

　　他照旧送她回宿舍，她在楼下和他告别的时候，他约她："周末一起吃个饭吧？"

　　她周末有个大作业，于是犹豫了片刻，他紧接着又说："周末我生日。"

　　那话里似乎带着几分可怜的意味，仿佛她不去，就没人给他过生日了，听得她心头不自觉一紧，于是没再犹豫，重重点了头。

　　之后的好多天，她都在思考送他什么礼物。她身边很少有男性朋友，也没有谈过恋爱，对男生的喜好一无所知。她向室友请教送男生什么生日礼物好，室友兴奋地问她："是不是上次那个超帅的男生？"

　　她莫名心虚，顾左右而言他地敷衍过去，然后默默去网上查。

　　搜出来的都是：送男朋友什么礼物合适？

　　男朋友……她默默咀嚼这个词，觉得这是个遥不可及的美梦。

　　她，其实喜欢他。

手心的温度

但或许命运也喜欢开一些荒唐的玩笑。

那个周末，他生日的当天，吃完饭，轧马路走着回学校的时候下起了雨，两个人都没有带伞，尤靖远说："要不要去我公司待一会儿，避避雨再回去？"

他马上就要毕业答辩了，重心更多地放在了公司上，租了个写字楼，再也不用到处找开会场地了。其实，他也并不常回学校了，偶尔几次也不过是因为她，只是那时，她不知道。

尤靖远的公司就在隔着一条马路的对面，一个高高的看起来很高大上的写字楼。

周倩说："好啊！"

他忽然就笑了："你这样可不行，不怕我是个坏人？"

她局促地摇了摇头，连声音都磕巴起来："不……你不是……"

尤靖远很轻地笑了下，他忽然牵住了周倩的手腕，拉着她在雨里奔跑，她的目光带着愕然，木然地被他牵着走。他们穿过了马路，却没有去那栋写字楼，只是去了楼下的咖啡店。

那个咖啡店很小，老板是个留着小胡子、长头发的年轻男人，看起来……嗯，很有艺术气息。

店铺只有两个座位，围着吧台，半包围的吧台里坐着小胡子男人。小胡子与尤靖远似乎颇为熟悉，寒暄道："好久不见啊，尤老板。"说完紧接着又问，"还是手磨？上次那款豆子？"

说完他看向周倩，脸上挂着几分笑意："姑娘呢？"

周倩接过尤靖远递过来的纸巾擦着脸上头发上的雨水，愣了片刻说："我……我和他一样就好。"

尤靖远插话道："给她煮杯热牛奶。"他扭头看她，"可以吗？晚上喝咖啡不好入睡。"

周倩木讷地点了点头，愣了片刻才想起来说："谢谢！"

小胡子看了她一眼，不知道想起了什么，笑着摇了摇头。

雨很快就停了，二人和小胡子告了别。周倩一直低着头，脑子里乱哄哄的，临走的时候，小胡子在她身后压低了声音对尤靖远说："看在你第一次带女朋友过来，我就不和你计较了，下次来再点牛奶，我抽你啊！"

尤靖远没解释也没纠正，只是短促地笑了声："谢了！"

虽然很小声，但周倩还是听到了，心乱如麻。

路过一家花店，老板已经在做清点，准备关门了，他忽然叫住她："等我一下。"尤靖远拐进了花店，周倩站在外面没有动，只是看他推门走了进去，起初女老板只是摇头，他比画着，说了些什么，然后指了指外面的她，女老板朝外面看了眼，笑了笑，终于点了头。

很快，他带着一束包好的花走了出来，七枝红玫瑰，两朵半开的百合，满天星，还有尤加利叶。

他递给她："回礼，谢谢你来给我过生日。"

她不敢接，或者，是怕自己多想。

他就直接塞到了她的怀里："要关门了，所以没什么新鲜的花了，我好不容易才让老板娘给我凑了一束，下次再认真送你。"他皱着眉头，似乎有些懊恼。

周倩抱着花，目光定定地看着他，满是困惑。

那目光倒是把尤靖远看得慌乱了，他的手指不自觉摸向耳垂，那一瞬间所有的策略和筹谋都被抛诸脑后，他直愣愣地说："可以做我女朋友吗？"

周倩不知道自己是怎么回到宿舍的，她傻愣愣地洗漱完，躺在床上，脑子里一遍一遍播放他说的话，然后怀疑刚刚那只是她做的一个梦。

但隐约飘来的花香提醒她，那是真的。

接下来的好多天她都心神不宁、心不在焉。她没有联系他，他也没有继续追问，似乎在给她时间考虑。只是突然有一天，她才偶然得知，原来最近他公司出了事，赔了不少钱进去，最近，他非常焦虑。

她好像一瞬间失去了所有的考虑和踌躇，只剩下担忧和想见他的欲望。

她发消息给他："我可以见你一面吗？"

她怕他会拒绝或者不回答，那样她就不知道该怎么办了。不过，他很快回复了她："好。"

他发了地址，是在公司里，她打了车过去。

那天是周末，她以为公司里没有人，但等她上了楼，穿过前台后发现格子间里满满当当的人，她走到他办公室的这一段短短距离里，接收了无数的目光，自己那些脆弱的坚定几乎就要顷刻间瓦解。

周倩进门的时候，尤靖远还在办公桌前敲着电脑，头发是湿的，穿着一身西装，领带没有打，胡乱地扔在一旁。

他抬头看了她一眼："抱歉，等我五分钟就好。"

周倩犹豫道："我……是不是打扰到你了？"她有些想离开，她没有能力帮助他什么，唯一能做的就是不给他添麻烦而已。

尤靖远似乎看出了她的意图，忽然起了身，走过来，拉住她的胳膊："别走！"

他已经连续加班四天了，得知她要来，才特意去洗了个头，换了身衣服，眼底的红血丝藏都藏不住，胡子也冒了青茬，看起来有些颓丧和憔悴，看她的目光里多了几分哀求，她招架不住，点了头。

她就坐在一旁的沙发上等他，看他坐在那里脸色严肃而认真地做事，觉得就算等到地老天荒她也是愿意的。他说五分钟，其实半个小时才弄好，他搓了搓手和脸，抱歉地看着她："出去喝杯咖啡？"

这里人很多，她很局促，于是点了点头。

两个人并肩走出去，那些探究的目光比她来时更甚，她仿佛芒刺在背，艰难地走过了这段路，然后长长舒了一口气。

他们依旧去了楼下那个很小的咖啡店，点了一壶手冲，小胡子老板很体贴地暂时离开了吧台，留两个人说话。

周倩手指一圈一圈地摩挲杯子，尤靖远只是看着她，很久才问出口："我可不可以认为，你答应我了？"

周倩不能否认自己很喜欢他，她多次劝自己放弃，也知道两个人并不是一个世界的人，可是偶尔的瞬间，她也会想要奢求一下。

比如现在，大约是他身上憔悴的气息太浓，让她生出无限的心疼和怜爱，于是，就连自己也没办法再劝服自己拒绝他。她只沉默了片刻，就点了头，然后低着头不敢去看他。

他忽地笑了，抬手握住她的指尖。他的手掌很暖，后来很多年她都记得那片刻的温度。

梦醒

他们正式交往了。

这期间，尤靖远经历了毕业、商业危机、员工跳槽、合伙人倒戈相向、再重新站起来……短短六个月而已，后来，周倩总觉得她好像已经陪了他大半生。

那一年的冬天特别冷，她从八月份开始断断续续接收到母亲身体不太好的消息。九月份，她回了一趟老家，母亲还在上班，只是瘦了很多，脸色不太好，她仔细问了母亲的身体状况，再三确认没有事才又回了学校。

十一月底的时候，母亲终于觉得瞒不住了，才告诉她，是肝癌。

她接到电话的时候，整个人像是被当头泼了一盆冷水，从上到下凉透了，她冻得牙齿咯咯打战，魔怔了一样在寒冬的夜里在街上来来回回行走七八遍后才猛然意识到，要赶快回家去。她订了夜里的机票，凌晨到了家，连夜去了医院。住院部夜里不让进，她就坐在走廊上等，睁着眼坐到天亮，直到护士来开门。她步伐沉重地走到病房里去寻母亲，她以为自己会痛哭一场，可母亲看见她只是笑了笑，问："回来了？"

她便也只是笑了笑："嗯。"

两个人相顾无言，眼里似乎都有泪，可谁也没有哭。相互支撑的两个人，是不容许自己这一方先脆弱的。她们是彼此唯一的依靠，谁也没有资格脆弱。

那段时间，周倩觉得天塌了，从小到大，妈妈都是她的天，现在天塌了，她承受不住，可还是要挺直腰背。

她离开的第三天，尤靖远打来电话，问她去了哪里。他的语气依旧是温和儒雅的，带着几分情人间的缱绻。她坐在医院的走廊上，闻着癌症病房散发出的浓烈的绝望气味，清晰地预感到：她和尤靖远结束了。

不是因为妈妈的病，也不是她此刻的无能为力，只是从一开始这一切就只是她的自我欺骗。她和他，始终隔着一道长长的、一辈子也无法跨越的沟壑，他们是两个世界的人，她从一开始就知道，只是故意忽略掉了。

现在，梦醒了。

重逢

她没有说分手，也没有告别，只是彻头彻尾地消失了。

她在这段感情里做了一个完完全全的混蛋。

以至于两年后，二人在一场酒会上狭路相逢，她只剩下满腔的愧疚。经纪人让她给尤总敬酒，她便敬了酒。一个从来不听话、不会讨好老板的女艺人第一次这么听话，一个从来不屑于和女艺人有丁点儿暧昧的娱乐公司老板第一次接了女艺人敬的酒。在外人眼里，不过是一个女艺人的沦丧和一个男人本性的流露，只有两个人心知肚明，各自怀着怎么样的心思。

她知道他记恨她，不然像他那样的人，并不会当众给一个女人难堪，哪怕这女人令他再讨厌。

因这一段小小的插曲，她莫名其妙地被送到了他的房间。

她没有逃，他也没有赶她走。

两个人单独待在一个空间，却是无话可说。

他故意羞辱她："每个月五万，外加一年三部戏，跟着我，怎么样？"

她任他羞辱，低眉顺眼："好。"

他嗤笑，似乎嘲讽她的无底线。

她低着头，沉默不语，更没有辩解。

她跟了他半年，这半年就好像重温了一场旧梦，他终于厌倦她，叫她离开的时候，她默默离场，然后梦醒。

她没有奢望过能和他在一起，这半生尽是潦倒，他这种天之骄子，是该高高地立在云端的，不应该俯身去看泥沼里的自己。她没有多大的野心，只是想着有一天，把债还干净，去把自己没有上完的学上完，然后回老家教书。

我只是，很爱你

在她快把债还完的那一年，她又在殷城遇见他。他留她过夜，她没有拒绝，内心深处，她总觉得是自己亏欠他。

况且，她从来也没办法拒绝他。

她只是没想到自己会怀孕。

他知道这件事后，气急败坏地找到她的时候，她着急解释道："不关你的事，我自己负责。"

她记得他卡住了她的脖子，表情似乎是恨极了，想要掐死她出气的样子，但最终那只手也没有收紧，他只是从牙缝里一字一句蹦出："周倩，你有没有心？"

有啊，很痛。

痛到想崩溃地大哭一场，然后毫无顾忌地抱紧他，告诉他："我不是没有底线，我只是，还是很爱你。"